民國文化與文學 研究 文叢

（四川大學特輯）

八 編

李 怡 主編

第 5 冊

校園文化與中國新詩的發生

陶 永 莉 著

國家圖書館出版品預行編目資料

校園文化與中國新詩的發生／陶永莉 著 — 初版 — 新北市：
花木蘭文化事業有限公司，2017〔民 106〕
目 2+176 面；19×26 公分
（民國文化與文學研究文叢 八編；第 5 冊）
ISBN 978-986-485-036-5（精裝）
1. 教育 2. 新詩
820.9   106012786

特邀編委（以姓氏筆畫為序）：

丁　帆	王德威	宋如珊
岩佐昌暲	奚　密	張中良
張堂錡	張福貴	須文蔚
馮　鐵	劉秀美	

ISBN-978-986-485-036-5

9 789864 850365

民國文化與文學研究文叢
八　編　第五　冊　　　　　ISBN：978-986-485-036-5

校園文化與中國新詩的發生

作　　者　陶永莉
主　　編　李　怡
企　　劃　四川大學現代中國文化與文學研究中心
　　　　　北京師範大學民國歷史文化與文學研究中心
總 編 輯　杜潔祥
副總編輯　楊嘉樂
編　　輯　許郁翎、王　筑　美術編輯　陳逸婷
出　　版　花木蘭文化事業有限公司
社　　長　高小娟
聯絡地址　235 新北市中和區中安街七二號十三樓
　　　　　電話：02-2923-1455／傳真：02-2923-1452
網　　址　http://www.huamulan.tw 信箱 hml810518@gmail.com
印　　刷　普羅文化出版廣告事業
初　　版　2017 年 9 月
全書字數　167553 字
定　　價　八編 12 冊（精裝）新台幣 22,000 元　　版權所有·請勿翻印

校園文化與中國新詩的發生

陶永莉 著

作者簡介

陶永莉，女，重慶萬州人，西南大學中國新詩研究所中國現當代文學碩士，四川大學文學與新聞學院中國現當代文學博士，重慶郵電大學教師，近年來致力於中國現當代文學與現代文化研究、新詩研究、人文教育研究。目前已在《現代中國文化與文學》、《當代文壇》、《電影文學》等學術刊物發表相關學術論文十餘篇。

提　　要

中國新詩在發生學上與校園文化有密切的關係，其發源地主要在校園，早期主要作者與讀者基本上都是在校教師與學生，主要活動陣地是校園學生刊物。本書從校園文化的角度研究新詩的發生，共分五章：第一章探討美國教育與中國新詩的發生問題，重點分析康乃爾大學的英國文學專業和學術訓練對胡適詩歌形式探索的影響。第二章探討日本教育與中國新詩的發生問題，重點分析日本高等學校教育對郭沫若詩歌探索的影響，以及郭沫若在日本校園的青春體驗與《女神》的創作關係。第三章探討的是新式教育與新詩發生的問題。從科舉制的存廢到新式教育的開展，從私塾到新式學堂的學習空間的轉換等對新詩發生的影響。第四章以北京大學、浙江第一師範學校為個案探討教師、學生與新詩發生的關係，進而揭示從教師到學生新詩寫作主體的形成過程。第五章以《留美學生季報》和《新潮》為個案主要探討校園刊物與新詩的傳播問題。在研究方法上，將外部的教育制度研究與內部的個體心靈體驗研究相結合，試圖溝通詩歌的外部研究與內部研究。

構建中國現代文學研究「川大群落」的雛形——《民國文化與文學研究文叢》四川大學特輯引言

李 怡

　　2012 年，我開始與花木蘭文化出版社合作，按年推出「民國文化與文學」論叢，2014 年以後又按年加推「人民共和國文化與文學」論叢，可以說，鼓舞我完成這兩大學術序列的堅強的動力就在於我本人的「四川體驗」，更準確地說，是我對於四川大學學術群體的深切感受和強烈期待。「民國文化與文學」與「人民共和國文化與文學」論叢自誕生的那一天起，就是以中國現代文學研究「川大群落」的存在爲「學術自信」的，四川大學學人的身影幾乎在每一輯中都有出現，儼然就是這兩大序列的內在的紐帶和基石。迄今爲止，我們已經在論叢中集中推出了「南京大學特輯」、「中國人民大學特輯」與「蘇州大學特輯」，編輯出版「四川大學特輯」則是計劃最久的願望。

　　在當代中國的學術版圖上，四川大學留給人們的印象常常是古代文化的研究，包括「蜀學」傳統中的中國古代史、古代文學、古代漢語研究，新時期以後興起的比較文學研究也擁有深刻的古代文學背景，其實，中國現當代文學的發展和學術研究也與四川大學淵源深厚。

　　作爲西南地區歷史久遠的高等學府，四川大學經歷了一系列複雜的演化、聚合與重組過程，眾多富有歷史影響的知識分子都在不同的時期與川大結緣，構成「川大文脈」的一部分。例如四川省城高等學校下屬機構的分設中學堂時期的學生郭沫若與李劼人，公立外國語專門學校時期的學生巴金，成都高等師範學校時期的受聘教師葉伯和，國立成都大學時期的受聘教師李

劼人、吳虞、吳芳吉，國立四川大學時期的陳衡哲、劉大杰、朱光潛、卞之琳、熊佛西、林如稷、劉盛亞、羅念生、饒孟侃、吳宓、孫伏園、陳煒謨、羅念生、林如稷，新中國以後的川大學生中則先後出現過流沙河、童恩正、楊應章、郁小萍、易丹、張放、周昌義、莫懷戚、何大草、徐慧、趙野、唐亞平、胡冬、冉雲飛、顏歌等。作為學術與教學意義的中國現當代文學，也在川大早早生根，文學史家劉大杰在川大開設「現代文學」必修課的時間可以追溯到 1935 年，是中國較早開展新文學創作研究高校之一。新中國成立後，隨著中國現代文學（新文學）學科的建立，四川大學的相關學者代代相承，在各自的領域中成就斐然，成為中國現代文學研究界的主要力量。林如稷、華忱之先生是新中國中國現代文學學科的奠基人之一，新時期以後，則有易明善、尹在勤、王錦厚、伍加倫、陳厚誠、曾紹義、毛迅、黎風等持續努力，在郭沫若研究、李劼人研究、四川作家研究、中國新詩研究等方面做出了引人注目的貢獻，是中國西部地區最早培養碩士生與博士生的學術機構。〔註1〕

　　我是 2004 年加入四川大學學術群體的，當時中國高校的「學科建設」的大潮已經開始，許多高校招兵買馬，躍躍欲試，而川大剛好相反，老一代學者因年齡原因逐步淡出學術中心，相對而言，當時地處西部，又居強勢學科陰影之下的川大現代文學學科困難重重。在這個情勢下，如何重新構建自己的學術隊伍，尋找新的學科優勢，是我們必須面對的頭等大事。幸運的是，我的川大經歷給了我許多別樣的體驗，以及別樣的啟迪。

　　首先是寬闊、自由而富有包容性的學術環境。雖然生存在傳統強勢學術的學科陰影之下，但是川大卻自有一種巴蜀式的特殊的自由氛圍，學人生存方式、思想方式都能夠在較少干擾的狀態下自然生長，也正如「海納百川，有容乃大」的川大校訓所示，古典的規誡中依然留下了現代學術的發展空間。在學院的支持下，四川大學現代中國文化與文學研究中心成立，中國現當代文學學科有了學科設計、學科活動的平臺，2005 年，《現代中國文化與文學》創刊，除中國現代文學研究會的《中國現代文學研究叢刊》外，這在當時屬於國內僅有一份由高校創辦的現代文學研究叢刊。八年之後，該刊被南京大學社科評價中心列為 CSSCI 來源輯刊，算是實現了國內學界認可的基本目標。

　　其次是相對超脫、寧靜的治學氛圍。進入川大以前，我所服務的高校正

〔註 1〕　參見程驪：《四川大學與中國現代文學》，《現代中國文化與文學》2008 年第 5 輯。

處於「學科建設」的焦慮之中，那種「奮起直追」、「迎頭趕上」的熱烈既催人「奮進」，又瓦解著學術研究所需要的從容與餘裕心境。到川大沒幾天，我即受毛迅教授之邀前往三聖鄉「喝茶」，山清水秀的成都郊外風和日麗，往日熟悉的生存緊張煙消雲散，「喝茶」之中，天南地北，學術人生，無所不談，半日工夫雖覺時光如梭，但卻靈感泉湧，一時間竟生出了許多宏大的構想！毛迅教授與我一樣，來自步履匆忙、心性焦躁的山城重慶，對比之下，對成都與川大的生存方式多了幾分體驗，在後來的多次交談中，他對這裡的「巴蜀精神」、「成都方式」都有過精闢的提煉和闡發，據我觀察，這裡的「溢美之辭」並非就是文學的想像，實則是對當今學術生態的一種反省，而只有在一個成熟的文化空間中，形形色色又各得其所的生存才有可能，學術生活的多樣化才有了基礎，所謂潛心治學的超脫與寧靜也就來自於這「多元」空間中的自得其樂。〔註2〕春日的川大，父親帶著孩子在草坪上放風箏，老者在茶樓裏悠閒品茗，學子在校園裏記誦英文，教授一時興起，將課堂上的研究生帶至郊外，於鳥語花香間吟詩作賦、暢談學問之道，這究竟是「學科建設」的消極景觀呢？還是另一種積極健康的人生呢？真的值得我們重新追問。

第三是多學科砥礪切磋的背景刺激著現代文學的自我定位。在四川大學，中國現當代文學並非優勢學科，所以它沒有機會獨享更多的體制資源，但應當說，物質資源並不是學術發展的唯一，能夠與其他有關學科同居於一個大的學術平臺之上，本身就擁有了獲取其他精神資源的機會。與學科界限壁壘森嚴的某些機構不同，我所感受到的川大學術往往形成了彼此的對話與交流，例如文學與史學的交流，宗教學、社會學與其他人文學科的交流，就現代文學而言，當然承受了來自其他學科的質疑與挑戰──包括古代文學與西方文學，然而，在古今中外文化的挑戰中發展自己不正是中國現當代文學的實際嗎？除了挑戰，同樣也有彼此的滋養和借鏡，例如從中國少數民族文學中發展起來的文學人類學，原本與中國現當代文學關係密切，但前者更為深入地取法於文化人類學、符號學、民族學、社會學等當代學科成果，在學術觀念的更新、研究範式的革命等方向上大膽前行，完全可以反過來啟示和推動現當代文學研究的發展。

以上的這些學術生態特徵也是我在川大逐步感受、慢慢理解到的。可能也正是得益於這樣的環境，我個人的學術方式也與「重慶時期」有所不同了，

〔註2〕 李怡、毛迅：《巴蜀學派與當代批評》，《當代文壇》2006 年 2 期。

更注重文學與史學的結合，更注意史實與史料的並重，也有意識地從其他學科中汲取靈感，跳出現代文學研究閉門造車式傳統套路，將回答其他學科的質疑當做學術展開的新起點。也是在四川大學，我更自覺地在一個較為完整的歷史框架中思考中國現代文學的發展方向，進而提出了「從民國歷史發現現代文學」、「民國文學機制」等新的設想，在構想這些新的學術理念的時候，我能夠深深地意識到來自周遭的歷史信息與學術方式的支撐力量，那種生發於土壤、回應於知音的精神基礎，那種彌漫於空氣中的「氣質型」的契合……是的，新的學術之路也關聯著現有的社會文化格局。幾年之後，我重新打量這裡的學術同好，在毛迅對「巴蜀自由」的激賞中，在姜飛對國民黨文學挖掘中，在陳思廣對現代長篇小說史料的鉤沉中，啟示也都透出了某種共同的文史互證的趣味，這可能就是悄然形成的中國現代文學「川大學術群落」的氣質吧。

最值得稱道的還是在這一氛圍中成長著的年輕的學子們，從某種意義上說，努力將前述的「川大學術氣質」融入研究生教育，這可能是我們自覺不自覺地一種追求。在我的印象中，可能源於毛迅教授，我自然也成為了自覺地推手。在三聖鄉的「茶話會」誕生了「西川讀書會」，從讀書會發展成為全國性的「西川論壇」，繼而將「論壇」開到了日本福岡，成為中日現代文學學者的兩國對話，從《現代中國文化與文學》的格局開闢出了《大文學評論》的方法論探求，最後兩岸合作，創辦《民國文學與文化》，誕生《民國文化與文學》論叢、《人民共和國文化與文學》論叢，以及《民國文學史論》、《民國歷史文化與中國現代文學研究》等大型叢書，一批又一批的四川大學的博士研究生在這樣的學術格局中發現了新鮮的話題，滿懷興趣地耕耘著他們自己的學術領地，關於民國文學，關於解放區文學，關於魯迅，關於通俗文學……作為導師，能夠「快樂著他們的快樂」，大概再沒有比這樣的時刻更讓人興奮的了。這至少說明，我們對川大學術積極意義的理解和發掘是正確的選擇，這樣的選擇無愧於川大，無負於我們自己，也對得起中國現當代文學！

限於論叢規模，《民國文化與文學研究文叢·四川大學特輯》在 2017 年只收錄四川大學資深學者的論著，以及四川大學中國現當代文學專業畢業的博士生尚未出版的論著，這樣的原則，顯然是將兩類川大學子排除了：一是著作已經先期出版了，二是在川大接受了良好的碩士訓練，並繼續沿此道路在其他學校取得博士學位者。這樣一來，某些洋溢著「川大氣質」的優秀論

著便無緣進入論叢了。不過，我想，遺憾只是暫時的，在不久的將來，我們完全可以重新編輯一套完整的「中國現當代文學川大學人論叢」，只要這「川大學術氣質」真的不是曇花一現，而是持續性的日長夜大，在當代中國的學界引人矚目。在那時，作為川大學術的曾經的見證人，作為川大氣質的第一次的闡釋者，我們都樂意以「川大群落」的一員為驕傲，並繼續為它添磚加瓦。

2017 年春節於成都江安花園

目

次

緒　論

第一節　研究對象的提出

　　翻閱五四時期的報刊雜誌書籍等出版物，我們發現，當時參與到新詩寫作、新詩討論中來的人主要是青年學生及其老師。例如，提出「詩國革命」、「實地試驗」白話詩的胡適當時是美國哥倫比亞大學的學生；創作《女神》的郭沫若是日本九州帝國大學醫科大學的學生；創作《草兒》的康白情、《冬夜》的俞平伯、《繁星》《春水》的冰心、《蕙的風》的汪靜之等等，他們或者是在校大學生，或者是在校中學生。又如，在《新青年》上發表白話詩的魯迅、周作人、劉半農、沈尹默、李大釗、陳獨秀等人，他們都是北京大學的老師。從新詩創作的實績來看，青年學生還是當時新詩寫作的主體。這就為從在校學生及其老師的角度研究新詩的發生提供了史實支撐。

　　基於上述史實，本文以「校園文化」為切入點，探討大中學校校園裏的學生及其老師與新詩的發生問題。試著解決這樣的問題：中國新詩的發生與校園文化有何關係？中國近代新式教育改革對新詩的發生有何影響？胡適、郭沫若等留學國外的人，他們的西方教育背景對新詩的發生有何影響與作用？新詩寫作主體青年學生的文學教育、詩歌知識結構、審美趣味及其青春體驗等對他們的詩歌選擇有何影響，對他們的新詩寫作有何影響？本文將一方面關注現代教育的作用、文學知識的傳承，另一方面關注作為知識接受者的學生的個體選擇，個體感受與體驗，尤其是青春體驗與新詩的關係，亦即青春體驗如何作用於新詩的發生。

在科舉時代，士子童生主要在家塾、族學、義學、私塾等地方接受教育。而近代以來的青年學生則主要在新式學堂（清末稱爲「學堂」）、新式學校（民初將「學堂」改爲「學校」）裏接受教育。除小學多設置在鄉鎮外，中等學校、專門學校、大學一般都設置在縣城、省城。青年學生進入這些學校，意味著離開父母家鄉，進入一個全新的社會空間。他們將在校園裏接受教育，學習知識，開展課外閱讀、社團活動，師生交往等。因此，學校校園是青年學生最重要的活動空間，他們的學習生活，包括戀愛、寫詩、寫小說等，都主要是在校園中進行。他們不僅在學校接受新的知識，還在校園裏盡情釋放青春。可見，校園之於新詩的發生有著重要的意義。早在上世紀九十年代，錢理群就已指出中國現代文學在發生學上與中國現代教育、校園文化有著血肉般的聯繫，「在某種意義上可以說，創始期的現代文學就是一種校園文學：不僅它的發源地是北京大學，它的早期主要作者與讀者大都是大、中學（含師範學校）的教師與學生，它的主要活動陣地——早期文學社團與文學刊物，也都是以校園內爲主的，發動文學革命的《新青年》及其最有力的鼓吹者的《新潮》都是北大師生的社團所辦的刊物」。〔註1〕錢理群揭示了校園爲現代文學提供作者、讀者及活動陣地的歷史事實，肯定了校園文化的意義。相比之下，王富仁則深入到校園的精神內部肯定了校園文化之於現代文學的意義，即校園爲現代文學提供了一個孕育著「新的人的觀念」的社會空間，他指出：

> 中國現代文化中的一切新因素，也都是在中國現代學校中萌芽的。爲什麼呢？因爲在從家國同構的中國古代社會向中國現代社會過渡的過程中，學校幾乎是唯一依照現代社會的基本原則建構起來的一個準社會空間。……在其中也孕育和發展著一種新的社會關係，適應中國古代家國同構的社會形態建構起來的忠孝節義等一整套的思想原則在這個社會空間已經不具有關鍵的意義，只要擺脫掉從外部社會帶來的等級觀念，在同學與同學之間自然建立起來的關係是平等的，而在這種平等的關係中自然孕育著的則是一種新的人的觀念。〔註2〕

〔註1〕 錢理群：《〈二十世紀中國文學與大學文化〉叢書序》，《二三十年代清華校園文化》，黃延復著，廣西師範大學出版社，2000年版，第7頁。

〔註2〕 王富仁：《從本質主義的走向發生學的——女性文學研究之我見（代序）》，《浮出歷史地表之前：中國現代女性寫作的發生》，張莉著，南開大學出版社，2010年版，第6頁。

這種蘊含著「新的人的觀念」的現代學校校園成為現代文學、現代詩歌生成的重要要素。由此可見，從「校園文化」的角度切入新詩的發生學研究具有可行性。

　　校園文化現象是學校本身固有的客觀存在。它隨著學校教育的開始而產生，有學校必有校園文化。然而，「校園文化」這一概念的提出卻是在上世紀八十年代。1986 年 4 月，上海交通大學舉行第十二屆學代會，幾位學生會主席候選人共同提出了「校園文化」概念。接著，上海交大、復旦大學、華東化工學院、華東師大等高等院校先後舉辦了「文化藝術節」、「校園文化建設月」，引起了校內外強烈反響。1986 年 5 月，共青團上海市委學校部主持召開了「校園文化理論研究會」，11 月上海交大發起了「上海市高校校園文化專題研討會」，並編印了第一部「校園文化」理論專集《文化‧校園‧人——「校園文化」研討文集》。與此同時，全國部分青年理論雜誌和高教研究雜誌刊載了一系列「校園文化」研究論文。教育界認同及研究「校園文化」者開始逐漸增多，而且引起各級教育部門、文化部門以及共青團組織的重視。如 1990 年 4 月底，中國群眾文化學會、中國高等教育學會、中國教育學會、共青團中央宣傳部聯合發起，邀請教育、文化部門和大中學校、共青團的領導、專家、學者以及大中學生代表，在北京召開了「全國校園文化理論研討會」，就「校園文化」發展的規律和「校園文化」建設的途徑進行了探討和學術交流。〔註 3〕這是「校園文化」概念產生的情況。雖然，「校園文化」的概念產生於上世紀八十年代，但是現代中國「校園文化」的現象早在五四時期就已存在了。更準確地說，隨著清末近代教育改革的開始和新式學校的建立，「校園文化」就開始出現了。所以，本文將借用此概念來論述五四時期新詩發生期的學校情況，同時還將此概念作為本文研究的切入點來探討新詩的發生問題。

　　然而，「校園文化」是一個「大文化」概念。錢理群曾在蔣夢麟、王瑤等人的觀念啟發下對「大學文化」做過分析。本文將借助錢理群對「大學文化」的分析及其方法，對「校園文化」做界定。錢理群在《〈二十世紀中國文學與大學文化〉叢書序》中說「『大學文化』主要是由校長、教授與學生的活動所創造的。其中包括了：校長的教育思想（觀念）、辦學方針、學校體制，課程

〔註 3〕　上述關於「校園文化」的描述參考了史華楠、周文建、張成銘主編：《校園文化學》，北京醫科大學、中國協和醫科大學聯合出版社，1993 年版，第 1～3 頁。

設置，教授的教學活動、科研工作，師生的社團活動，學校的圖書館、出版物（刊物、報紙、著作與翻譯作品），學生文體活動，各種講座、集會、社會工作，以及校長、教授、學生的衣、食、住、行、娛樂等日常生活……等等」，以及「這些『大學文化』具體構成因素背後的精神追求、價值關懷、哲學思潮、歷史觀念、倫理尺規、學術思想、思維方式與方法、心理特徵、情感方式、審美形態、人際關係、交流方式、文化氛圍、精神氣質、風氣、傳統（也即『校風』）……等等，這些更爲內在的『文化』的精神要素。」〔註4〕從錢理群的分析來看，「大學文化」的外延十分寬泛，涉及到與大學相關的制度、物質與精神等方面。本文的「校園文化」也將涉及到與學校相關的制度、物質和精神等方面。然而，與「大學文化」不同，本文的「校園文化」除了涉及大學外，還包括小學、中學和專門學校。本文以問題爲中心，故擱置諸如「校園文化」方方面面的問題，只就「校園文化」與新詩發生的相關問題，稍作深入開掘。所以，本文將重點涉及「校園文化」概念內涵的以下幾個方面：

（1）教育宗旨、學校制度、課程、教材、老師的教學方法；

（2）學生的知識結構、審美趣味，或學術訓練；

（3）老師或學生的文學活動，包括新詩寫作、創辦校園刊物等；

（4）校園生活與青年學生的青春狀態。

第二節　研究現狀

上世紀九十年代，從晚清到五四轉型期研究成爲中國現代文學研究熱點，較早的有陳平原的《中國「小說敘事」的轉變》，隨之有袁進的《中國文學觀念的近代變革》，劉納的《嬗變——辛亥革命時期至五四時期的中國文學》等，〔註5〕「轉變」、「變革」、「嬗變」、「轉型」成爲研究的關鍵詞，突出了文學的轉型特徵，實現了從文學分期的斷裂到轉型期研究的研究範式的轉變。

〔註4〕 錢理群：《〈二十世紀中國文學與大學文化〉叢書序》，《二三十年代清華校園文化》，黃延復著，廣西師範大學出版社，2000年版，第2頁。

〔註5〕 例如陳平原：《中國小說敘事模式的轉變》，上海人民出版社，1988年版；袁進：《中國文學觀念的近代變革》，上海社會科學院出版社，1996年版；劉納：《嬗變——辛亥革命時期至五四時期的中國文學》，中國社會科學出版社，1998年版，等。

與此同時，海外漢學家如李歐梵的「晚清文化、文學與現代性」、王德威的「被壓抑的現代性」等研究開啓了中國現當代文學史起源的重新書寫。〔註6〕「『被壓抑的現代性』研究熱和轉型期研究熱，帶來了『發生學』研究熱，研究各種『現代』文學的『發生』是如何開始並被建構的。」〔註7〕有欒梅健的《二十世紀中國文學發生論》、王一川的《中國現代性體驗的發生：清末民初文化轉型與文學》、鄭家建的《中國文學現代性的起源》、楊聯芬的《晚清至五四：中國文學現代性的發生》、陳方競的《多重對話：中國新文學的發生》、李宗剛的《新式教育與五四文學的發生》、李怡的《日本體驗與中國現代文學的發生》、張莉的《浮出歷史地表之前——中國現代女性寫作的發生》等，〔註8〕從文本、讀者接受、概念的產生以及出版報刊、教育體制等多種視角切入研究現代文學的發生，使現代文學的發生研究呈現出多元化、立體化特徵。

　　新詩的發生研究是這一場「發生學」研究熱的一部分。具體到新詩領域，專著有姜濤的《「新詩集」與中國新詩的發生》、許霆的《中國新詩發生論稿》、湯富華的《翻譯詩學的語言向度——論中國新詩的發生》、榮光啓的《現代漢詩的發生：晚清到「五四」》、胡峰《詩界革命：中國現代新詩的發生——詩歌本體的現代轉型研究》，〔註9〕以及眾多研究論文，如龔喜平的《新學詩‧新派詩‧歌體詩‧白話詩——論中國新詩的發生與發展》、李怡的《興與中國

〔註6〕　參見李歐梵：《中國現代文學與現代性十講》，復旦大學出版社，2002年版；王德威：《被壓抑的現代性：晚清小說新論》，北京大學出版社，2005年版。

〔註7〕　此處觀點參考了張頤武主編：《新中國60年‧學界回眸‧文學發展卷》，北京出版社，2009年版，第233頁。

〔註8〕　例如欒梅健《二十世紀中國文學發生論》，業強出版社，1992年版；王一川：《中國現代性體驗的發生：清末民初文化轉型與文學》，北京師範大學出版社，2001年版；鄭家建：《中國文學現代性的起源》，上海三聯書店，2002年版；楊聯芬：《晚清至五四：中國文學現代性的發生》，北京大學出版社，2003年版；陳方競：《多重對話：中國新文學的發生》，人民出版社，2003年版；李宗剛：《新式教育與五四文學的發生》，齊魯書社，2006年版；李怡：《日本體驗與中國現代文學的發生》，北京大學出版社，2009年版；張莉：《浮出歷史地表之前——中國現代女性寫作的發生》，南開大學出版社，2010年版，等。

〔註9〕　姜濤：《「新詩集」與中國新詩的發生》，北京大學出版社，2005年版。許霆：《中國新詩發生論稿》，人民出版社，2012年版。湯富華：《翻譯詩學的語言向度——論中國新詩的發生》，南京大學出版社，2013年版。榮光啓的博士學位論文：《現代漢詩的發生：晚清到「五四」》首都師範大學，2005年。胡峰：《詩界革命：中國現代新詩的發生——詩歌本體的現代轉型研究》，山東師範大學博士學位論文，2010年。

現代新詩的發生學闡釋》、方長安的《傳播與新詩現代性的發生》、梁笑梅的《中國新詩發生期新詩集序的媒介價值》、顏同林的《方言入詩與中國新詩的發生》、熊輝的《翻譯詩歌與中國新詩現代性的發生》等等。〔註10〕可以說，近年來新詩的發生學研究越來越受到重視，而且還有可發掘的空間。從已有的研究成果來看，新詩發生的研究視角也呈現出多角度的特徵，如出版報刊、傳播、讀者接受、詩體、詩歌語言、詩學理論、翻譯等等。從整體上看，可以概括為兩大類研究狀況：一類是從出版報刊、傳播、讀者接受等文化視角，探討中國現代新詩產生的社會文化背景，以姜濤的《「新詩集」與中國新詩的發生》為代表，重點追尋新詩的合法性問題、新詩的出版與傳播問題；另一類是從詩學理論、詩歌語言等詩學本體的視角出發，探討新詩的理論建設對新詩創作、新詩詩體的影響，現代漢語對新詩詩意空間建構的意義等，例如許霆的《中國新詩發生論稿》。然而，從「校園文化」的角度研究新詩的發生卻較少。

目前，雖然「校園文化與新詩的發生」的直接研究成果較少，但是關於校園文化與現代文學的研究成果比較豐富。上世紀九十年代開始有學者關注到校園文化與現代文學的關係。比如楊揚的《清華、北美學風與聞一多文化個性的形成》〔註11〕探討了校園文化與聞一多的文化個性形成的關係。又如姚丹的《西南聯大中文系、外文系和校園裏的新文學創造》〔註12〕描述了西南聯大中文系、外文系的課程設置、社會活動、學術氛圍對新文學創造的影響。這一時期影響較大的是錢理群主編的《二十世紀中國文學與大學文化叢書》。1997年，錢理群在《我的中國現代文學研究大綱》〔註13〕一文中提出要

〔註10〕 例如，龔喜平：《新學詩‧新派詩‧歌體詩‧白話詩——論中國新詩的發生與發展》，《西北師範大學學報（社會科學版）》，1988年第3期。李怡：《興與中國現代新詩的發生學闡釋》，《西南師範大學學報（哲學社會科學版）》，1993年第1期。方長安：《傳播與新詩現代性的發生》，《學術月刊》，2006年4月。梁笑梅：《中國新詩發生期新詩集序的媒介價值》，《文學評論》，2009年第5期。顏同林：《方言入詩與中國新詩的發生》，《文學評論》，2009年第1期。熊輝：《翻譯詩歌與中國新詩現代性的發生》，《中南大學學報（社會科學版）》，2013年4月，等。

〔註11〕 楊揚：《清華、北美學風與聞一多文化個性的形成》，《月光下的追憶》，山東友誼出版社，1997年版。

〔註12〕 姚丹：《西南聯大中文系、外文系和校園裏的新文學創造》，《中國現代文學研究叢刊》，1999年第1期。

〔註13〕 錢理群：《我的中國現代文學研究大綱》，《中國現代文學研究叢刊》，1997年第1期。

對 20 世紀中國文學發展起著直接影響與制約作用的三大文化要素（背景）——出版文化、校園文化、政治文化進行研究。在校園文化研究方面，隨後推出有王培元的《抗戰時期的延安魯藝》〔註 14〕描述了魯藝在中國共產黨領導下的若干重要方面和精神文化特徵；姚丹的《西南聯大歷史情境中的文學活動》〔註 15〕描述了西南聯大在「南渡」、「沉潛」、「走出院牆」三種歷史情境中的文學活動；黃延復的《二三十年代清華校園文化》〔註 16〕考察了清華的校園文化和校園文學；高恒文的《東南大學與學衡派》〔註 17〕描述了學衡派的來龍去脈，揭示了學衡派與東南大學各個學術團體的關係。這套叢書，正如錢理群在叢書序中所說，以具體的歷史事實的描述為主，特別重視歷史細節的運用，重視日常生活的再現，在歷史的敘述中體現一種現場感，主要在現象層面上對研究對象做出了初步的整理、耙梳與描述。這套叢書對本文的啟發之處在於：「校園文化」主要包括了校長、教師、學生、課程設置、教材、校園文化氛圍、校園生活、師生文化活動如文學創作、社團、出版等方面；「校園文化」作為本文敘述框架，揭示了校園文化對現代文學的影響作用。然而，由於叢書著重於現象層面的描述，所以校園文化與現代文學的深層互動關係沒有被揭示出來，其中也很少對新詩發生做具體而深入的分析。此外，張玲霞的《清華校園文學論稿（1911～1949）》〔註 18〕以清華的文學社團、文學運動、文學刊物、作品和作家為主要研究對象，對清華的文學發展進行縷析，總結了清華校園文學繁榮的原由和意義。總的來說，關於校園文化與現代文學的研究，一般都是從中國現代大學發展中選取具有典型意義的「點」作為研究對象，如二三十年代的清華大學，抗戰時期的西南聯大等；同時又在「校園文化」的框架下，對現代文學某階段的發展作比較全面的闡述。其最主要的價值是大量原始材料的發掘，而局限在於研究的不深入。

　　與校園文化密切相關的是現代教育，從現代教育的角度研究現代文學的發生，以陳平原和羅崗為代表。羅崗在《文學教育與文學史——中國現代「文學」觀念建構的一個側面》〔註 19〕一文中指出：「新的『文學』觀念經由文學的學理闡釋（理論研究）、文學寫作及相關體制（文學實踐）和文學教育三方

〔註 14〕　王培元：《抗戰時期的延安魯藝》，廣西師範大學出版社，1999 年版。
〔註 15〕　姚丹：《西南聯大歷史情境中的文學活動》，廣西師範大學出版社，2000 年版。
〔註 16〕　黃延復：《二三十年代清華校園文化》，廣西師範大學出版社，2000 年版。
〔註 17〕　高恒文：《東南大學與學衡派》，廣西師範大學出版社，2002 年版。
〔註 18〕　張玲霞：《清華校園文學論稿（1911～1949）》，清華大學出版社，2002 年版。
〔註 19〕　羅崗：《文學教育與文學史》，《今天》，1995 年 4 期。

面共同建構起來」，其中「文學教育不僅指大學文學系的課程設置，教師配備，教材選擇和學生來源，而且關涉整個語文教育。它通過對文學經典的確認，規範著人們如何想像文學，爲一個社會提供認識、接受和欣賞文學的基本方法、途徑和眼光。」在此，文學教育與現代文學的深層內在關係被提出來。又，陳平原在《新教育與新文學——從京師大學堂到北京大學》〔註 20〕一文中指出，在二十世紀中國「新教育」與「新文學」關係密切，而且作爲一種知識生產途徑的「文學教育」，往往影響了一個時代的文學走向。因此，他從新式學堂的科目、課程、教材的變化的角度切入研究新一代讀書人的「文學常識」，從而揭示「文學革命」的誕生，亦即從現代教育制度的角度研究五四文學革命的發生。在此，教育制度研究以及知識生產過程與文學的複雜關係被引起重視。這對本文在研究方法上有一定的啓發意義，尤其是關於教育制度與新詩發生的關係的研究方法方面。陳平原、羅崗爲我們提供了另一種研究現代文學發生的思路，不是考察報刊書局對現代文學發生的影響，而是考察現代教育如何影響了現代文學的生成，現代教育如何爲現代文學提供制度保障，且爲我們展示了從現代教育的角度研究現代文學發生的研究模式與研究意義。羅崗在其博士學位論文《現代「文學」在中國的確立——以文學教育爲線索的考察》〔註 21〕中，對文學教育和大學體制對於中國現代文學的影響作了相當深入的理論辨析，將知識分化、學科構成、大學專業課程設置、文學出版及國家政策等各種「制度」性的因素結合起來討論，進一步討論了「現代」、「文學」等構成中國現代文學的核心概念和範疇的形成歷史。在此基礎上，羅崗出版了《危機時刻的文化想像：文學・文學史・文學教育》〔註 22〕。陳平原出版了《中國大學十講》〔註 23〕、《作爲學科的文學史》〔註 24〕等著作，研究了現代教育制度的建立與現代文學的發生之間的內在關係。然而，以《作爲學科的文學史》爲例，著者最主要的目的還是在思想史、學術史與教育史的夾縫中，思考「文學史」的生存處境及發展前景，與本文所要

〔註 20〕 陳平原：《新教育與新文學——從京師大學堂到北京大學》，《學人》第 14 輯，王守常、汪輝、陳平原主編，江蘇文藝出版社，1998 年版。

〔註 21〕 羅崗：《現代「文學」在中國的確立——以文學教育爲線索的考察》，華東師範大學，博士學位論文，2000 年。

〔註 22〕 羅崗：《危機時刻的文化想像：文學・文學史・文學教育》，江西教育出版社，2005 年版。

〔註 23〕 陳平原：《中國大學十講》，復旦大學出版社，2002 年版。

〔註 24〕 陳平原：《作爲學科的文學史》，北京大學出版社，2011 年版。

討論的新詩的發生問題相距較遠。另外，與陳平原、羅崗側重教育制度研究不同，本文不僅要討論教育制度，還要討論作爲教育接受者的學生，在教育制度與知識傳承之下的個體體驗與感受、個體選擇，尤其是青春體驗等問題。

此外，從教育的角度研究現代文學的發生，還有李宗剛的博士學位論文《新式教育與五四文學的發生》〔註 25〕。他研究指出，新式教育培養了具有異質文化心理結構的創建主體，以及與創建主體文化心理結構相對應的接受主體。前者以陳獨秀、胡適、魯迅等人爲代表，在五四文學的發生過程中，起主導作用；後者以俞平伯、冰心等人爲代表，接受、傳播了創建主體的思想，使五四文學獲得了最終的確立。

上述都是從現代教育的角度，對現代文學作發生學研究，對本文有一定的啓發意義，但是他們沒有具體到對新詩的發生作深入研究。詩歌有自己的文類特徵，僅僅從整體上研究現代文學的發生，還不足以揭示詩歌文類的特徵與新詩發生的意義。更重要的是從科舉時代到近代教育制度的確立，其中中小學堂的古典詩歌教育發生了很大的變化，這與五四一代新青年的知識結構、詩歌審美趣味，以及與新詩的發生，都有密切關係，然而這些未得到研究。由此可見，新詩發生學研究還有可發掘的空間。

從已有的研究成果來看，現代文學（新詩）與現代教育的互動關係研究，不是集中在發生期，而是集中在新文學進入中小學、大學課堂之後的三、四十年代。這與本文有研究時段上的差異，但可資借鑒，因而需要對其研究成果進行梳理。例如，張傳敏對民國時期的大學新文學課程做了詳細的史料梳理。〔註 26〕又如，楊蓉蓉的博士學位論文《學府內外——20 世紀二三十年代上海現代大學與中國新文學關係研究》〔註 27〕以上海的大學爲主要研究對象，探討大學如何「教育」新文學，新文學如何在大學裏得以發展，最終又如何成爲新的文學傳統。此外，還有李光榮的《西南聯大文學教育與新文學傳統》、胡楠的《文學教育與知識生產：周作人在燕京大學（1922～1931）》、

〔註 25〕　李宗剛：《新式教育與五四文學的發生》，山東師範大學，博士學位論文，2005年。又，《新式教育與五四文學的發生》，齊魯書社，2006 年版。

〔註 26〕　張傳敏：《民國時期的大學新文學課程》，《新文學史料》，2008 年 2 期。又，《民國時期的大學新文學課程研究》，張傳敏著，人民出版社，2010 年版。

〔註 27〕　楊蓉蓉：《學府內外——二十世紀二三十年代上海現代大學與中國新文學關係研究》，復旦大學，博士學位論文，2006 年。又，《學府內外——20 世紀二三十年代上海現代大學與中國新文學關係研究》，光明日報出版社，2007 年版。

汪成法的《中國現代大學校園文學與新文學傳統》、季劍青的《北平的大學教育與文學生產 1928～1937》、王彬彬主編的《中國現代大學與中國現代文學》〔註 28〕等等，探討了現代大學教育與現代文學發展的關係，成果較爲豐富。相比之下，新詩與現代教育的互動關係研究較少，有伍明春的《論早期新詩在中學的傳播》〔註 29〕，他研究指出，「在大學教育尚未普及的背景下，早期新詩在中學的傳播是一個值得關注的問題。教科書裏的『新詩』篇目的選擇、中學教師對於『新詩』的大力鼓吹、中學生樂於參與『新詩』寫作實踐，從不同層面反映了早期新詩與中學教育的密切關係。新詩在中學的傳播，既擴大了『新詩』的讀者基礎，也培養了一批富有潛力的『新詩』作者，從而有效地拓展了『新詩』的話語場地和合法性。」與此相呼應，姜濤探討了新詩進入大學課堂的情況。他在《20 世紀 30 年代的大學課堂與新詩的歷史講述》〔註30〕一文中指出：在 20 世紀 30 年代新詩往往成爲大學課堂講授的重點，「在這一過程中，學院的知識生產方式，也潛在地塑造了新詩的歷史想像，以『分期』爲代表的線性敘述，成爲後來新詩討論的奠基性模式」，以及在沈從文、廢名等人的新詩講述中，「他們獨特的『問題意識』和對線性歷史想像的閃避，爲反思模式化的新詩史敘述，提供了有意味的參照。」

另外，本文從「校園文化」的角度研究新詩的發生，因而梳理「校園詩歌」研究現狀就有一定的必要。首先，需要指出的是，關於「校園詩歌」的理解存在這樣一種情況：將「校園詩歌」視爲校園文化的主體部分而存在。於是，「校園詩歌」在當下中國大陸，就往往成爲「新聞媒體和大學文宣部門爲通達信息、提升大學品牌形象、顯示工作成績所慣用的一個泛化的概念，從許多『校園詩歌節』『高校詩歌朗誦會』『大學生詩賽』往往由高校團委主辦、黨委負責人出席、旨在以『校園詩歌』象徵『校園文化』的『恢復』和

〔註28〕 李光榮：《西南聯大文學教育與新文學傳統》，《中國現代文學研究叢刊》，2005 年第 4 期。胡楠：《文學教育與知識生產：周作人在燕京大學（1922～1931）》，《現代中文學刊》，2014 年第 1 期。汪成法：《中國現代大學校園文學與新文學傳統》，《江蘇社會科學》，2009 年第 3 期。季劍青：《北平的大學教育與文學生產 1928～1937》，北京大學出版社，2011 年版。王彬彬主編：《中國現代大學與中國現代文學》，上海人民出版，2011 年版。

〔註29〕 伍明春：《論早期新詩在中學的傳播》，《山西師大學報（社會科學版）》，2009 年 5 月。

〔註30〕 姜濤：《20 世紀 30 年代的大學課堂與新詩的歷史講述》，《學術月刊》，2007 年 1 月。

『弘揚』，可見一斑。」〔註31〕許多關於「校園詩歌」的研究文章就是從這個角度立論，然而，學術價值不高。除此之外，以上世紀八十年代大專院校學生的校園詩歌寫作為研究對象的，有莊偉傑的《重返80年代：校園詩歌的寫作熱潮與文化影響》、李慧明的《從「校園」到「學院」──對1980至1990年代中國詩歌的一種觀察》〔註32〕等等，較深入地探討了八十年代校園詩歌的經驗、演變過程、價值意義及其文化影響。上世紀八十年代與五四時期常被人一起論說，可見二者有著某種關係。所以，這對本文研究五四時期的新詩發生也有著一定的啓發意義。

綜上所述，目前從「校園文化」的角度研究新詩發生的直接研究成果較少，新詩發生學的研究還有可發掘的空間。已有的研究成果，如校園文化與現代文學的研究，可為本文提供部分原始材料，又如現代教育與現代文學的發生學研究，對本文有一定的方法上的啓發。但是，他們沒有對新詩發生作具體而深入的研究，因此，無法揭示新詩發生的規律性認識問題。

第三節　研究思路與佈局

本文的「校園文化」主要包括以下幾個方面：教育宗旨、學校制度、課程設置、教材、教法、校園文化氛圍、教師、學生以及校園刊物。其中青年學生是校園裏最活躍的分子，而教師也曾是學生，從做學生開始的。所以，在本文正文之前需要對青年學生作說明。

王富仁曾指出，圍繞在《新青年》周圍的新文化運動的宣導者是中年人，他們創造了中年文化；新潮社、文學研究會、創造社的成員是青年人，尤其是創造社開創了中國現代青年文化。〔註33〕王富仁對新文化運動作年齡文化層次劃分的啓發在於新文化運動具有分層特徵，即不同的年齡層次、教育經歷、社會生活經歷的人在新文化運動中扮演著不同的角色，起著不同的作用。

〔註31〕　錢文亮：《「學院派詩歌」：概念與現實──兼論中國當代詩歌的處境》，《江漢大學學報（人文科學版）》，2010年12月。

〔註32〕　（澳）莊偉傑：《重返80年代：校園詩歌的寫作熱潮與文化影響》，《海南師範大學學報（社會科學版）》，2011年第4期。李慧明：《從「校園」到「學院」──對1980至1990年代中國詩歌的一種觀察》，《江漢大學學報（人文科學版）》，2011年4月。

〔註33〕　王富仁：《創造社與中國現代社會的青年文化》，《靈魂的掙扎──文化的變遷與文學的變遷》，時代文藝出版社，1993年版，第170～201頁。

羅志田曾從社會學的層面做過劃分，即上層讀書人、不識字者以及介於二者之間的邊緣知識分子或知識青年。在他看來，屬於上層讀書人的陳獨秀、胡適等人，是白話文運動的立說者；知識青年是白話文運動的接受者。知識青年的出現與科舉制的廢除、新式教育的開展以及社會的需求相關，他借用胡適的話說，「如今中學堂畢業的人才，高又高不得，低又低不得，竟成了一種無能的遊民。這都由於學校裏所教的功課，和社會上的需要毫無關涉」，但就是因爲他們的出現，白話文運動才蓬勃發展起來。〔註 34〕與此類似，李宗剛在《新式教育與五四文學的發生》中也做了劃分，他將清末民初由新式教育培養出的學生分爲三代，認爲以陳獨秀、胡適、周作人、魯迅等人爲代表的第二代學生，以康白情、俞平伯、冰心等人爲代表的第三代學生，分別構成了五四文學的創建主體、接受主體，「五四文學正是經過接受主體的接受和傳播，使五四文學創建主體的話語被進一步放大，在接受主體的『同頻共振』中找尋到了社會價值的實現途徑」〔註 35〕。在本文看來，作爲新文化運動的一部分，新詩也不例外，有著明顯的分層特徵：胡適、周作人、劉半農等中年人鼓吹新詩理論，且作爲先鋒嘗試新詩寫作，俞平伯、康白情、郭沫若、冰心、汪靜之等由新式教育培養出來的青年學生積極回應進行大量新詩寫作。需要注意的是王富仁的分層主要與年齡有關，羅志田和李宗剛的分層主要與教育有關，本文的分層則是以教育爲基礎，且強調青年人新詩寫作的青春狀態。

但是，在論及知識青年或學生的作用方面，本文的觀點與他們有根本性的不同。羅志田、李宗剛從傳播、接受的角度，肯定知識青年或第三代學生在白話文運動或五四文學中主要起到接受和傳播的作用。然而，在本文看來，新詩卻不同，它呈現出獨特性。例如從當時已發表或出版的且產生較大影響的新詩作品、新詩集來看，新詩的主要寫作者是在校青年學生，而非是走出校園、已進入社會的中年人。如果說五四時期現代小說的寫作代表是中年魯迅，那麼現代新詩的寫作代表則是青年學生康白情、俞平伯、冰心、汪靜之等人。在新詩領域裏，中年人雖然是詩歌革命的倡導者，但不是主要寫作者；青年學生不僅是詩歌革命的接受者、推動者，更是主要寫作者，或者說新詩寫作的主體。

〔註34〕 羅志田：《再造文明之夢——胡適傳》，四川人民出版社，1995 年版，第 162～172 頁。
〔註35〕 李宗剛：《新式教育與五四文學的發生》，齊魯書社，2006 年版，第 166 頁。

　　錢穆曾經考證過「青年」一詞，他指出：「青年二字，亦為民國以來一新名詞。古人只稱童年、少年、成年、中年、晚年。……乃獨無青年之稱。或稱青春，則當在成婚前後數年間，及其為人父母，則不再言青春矣。民初以來，乃有《新青年》雜誌問世。其時方求掃蕩舊傳統，改務西化。中年以後興趣勇氣皆嫌不足，乃期之於青年。而猶必為新青年，乃指在大學時期身受新教育具有新知識者言。故青年二字乃民國以來之新名詞，而尊重青年亦成為民國以來之新風氣。」〔註 36〕錢穆的考證告訴我們，在中國傳統社會，沒有「青年」這一概念，到了民國初年它才出現。這與中國的官僚制度和科舉制度有關，「通過科舉考試入仕途登龍門是男人們的人生願望，年輕人像個年輕人似的生龍活虎地到處胡鬧，是不被允許的。為了中舉必須奉獻出青春，青年人只是成年人的預備軍」，「年輕人被定位在從孩子到大人的修養過程中」。〔註 37〕由此可見，在中國傳統社會，青年受到了壓制，是一個無關緊要的人生過渡階段，沒有獨立的價值與意義。那麼，「青年」一詞的出現，就不僅僅是為了解決一個生理年齡劃分的問題，更重要的是解釋說明一個新出現的社會現象：清末民初以來，隨著科舉制的廢除、新式教育的開展，接受新式教育的學生越來越多，他們的知識結構、思想觀念乃至思維方式，開始異於中國傳統教育培養出來的士人，他們將不再依附於傳統官僚體制而成為現代職業人，他們可以稱得上一代新人。將他們稱之為「青年」，既是對他們「身受新教育具有新知識」的讚賞與肯定，也是對他們「掃蕩舊傳統，改務西化」的期待。所以，這時的「青年」並非指所有處於青春期的年輕人，而是指具有新知識的青年學生。「青年學生」一方面指向經驗層面的實體，即作為一個社會類別存在的接受新式教育的學生群體；另一方面還指向了文化想像層面，青年學生意味著變動性、可塑性、發展性，代表著活力、希望與未來，隱喻著個體、社會和國家的新陳代謝、除舊布新、改天換地。對於青年學生的讚美，喻示著與傳統的決裂和面向未來的無限憧憬。〔註 38〕與傳統社會對

〔註 36〕　錢穆：《中國文學論叢》，三聯書店，2002 年版，第 26 頁。
〔註 37〕　（日）橫山宏章：《清末中國の青年群像》，三省堂，1986 年版，第 8～10 頁，轉引自《「青年」與中國的社會變遷》，陳映芳著，社會科學文獻出版社，2007 年版，第 2～3 頁。
〔註 38〕　這裡借用了宋明煒在《現代中國的青春想像》中對「青春」的分析結果。在本文看來，「青年學生」與宋明煒所分析的「青春」有某些相似性。參見宋明煒：《現代中國的青春想像》，《現代中國》第 8 輯，陳平原主編，北京大學出版社，2007 年版，第 146 頁。

青年的忽視不同，民國初年的青年不僅受到社會的重視，還被賦予了嶄新的價值與意義。到了五四時期，陳獨秀進一步將「青年」一詞擴展爲「新青年」且被社會普遍接受，這時更明確地賦予了「青年」個性解放、獨立、自由等現代思想觀念。與此同時，青年學生們也樂於接受這些期待與想像，他們還將此作爲行爲的準則，甚至形成了新的道德，他們說：「我們給『青年』這個詞以特殊的含義，用來指導我們的行爲。作爲青年，就必須反對舊禮教，因爲舊禮教是『吃人』的；出門不管路途多麼遠，也不乘人力車，因爲人拉人是不道德的；對於學校裏某些不良的風氣，不能妥協，要進行批評。大家簡單地認爲，既然是青年，就應該胸懷坦白，表裏一致。誰若是違背了這種精神，做了錯事，便有人提醒你說，『你還是「青年」呢！』〔註 39〕

1861 年京師同文館和次年上海廣方言館的設立，標誌著近代教育的發端。但總的說來，十九世紀的中國新式教育處在逆境中。一直到 1905 年正式廢除科舉制後，新式教育才蓬勃發展起來。據 1921～1922 年「中華基督教教育調查團」報告，五四前夕中國學生總數爲 5704254 人，〔註 40〕可見發展之迅速。在中國傳統社會中，家庭、宗族這些家族組織開設家塾、族學、義學、私塾，承擔對年輕人的教育任務。教育制度與家族制度緊密聯繫在一起，年輕人在接受教育的同時也在加強與家族的聯繫。另外，在「家國同構」的思想之下，朝廷開設的官學也是以支撐家族制度的家庭倫理爲教育的主要內容，所以，官學與家族制度的聯繫也比較緊密。事實上，在中國傳統社會中，年輕人的整個教育都被約束在家族制度之中。與家塾、族學、義學、私塾不同，新式學校不再由家族開設，教育與家族的關係開始出現了鬆動，它與國家社會的關繫緊密起來。〔註 41〕新式教育將年輕人從家族的束縛中解放出來，爲年輕人提供了一個進入廣闊新天地的機會。對學生們來說，進入這些設置在縣城、省城的新式學校，意味著他們首先必須離開家族，才能進入到一個全新的社會空間。在這新的學校空間裏，他們開始接受來自西方的知識觀念，與此同時，他們的思維方式、價值理念等也將逐漸受到影響而改變，使他們成爲眞正的新一代「青年」。

〔註 39〕 馮至：《馮至全集》第 4 卷，河北教育出版社，1999 年版，第 381～382 頁。
〔註 40〕 陳景磐：《中國近代教育史》，人民教育出版社，1979 年版，第 305 頁。
〔註 41〕 關於學校教育與家族制度的分離，可參考陳映芳：《「青年」與中國的社會變遷》，社會科學文獻出版社，2007 年版，31～33 頁。

此外，更爲重要的是五四時期青年學生擁有的青春狀態。他們在這種青春狀態中接受新知識，感受新世界，使世界重新以鮮活的面貌呈現出來，這對於詩歌來說尤爲重要。郭沫若曾經對青春的身體做過形容，「從早起來，我的腦袋便成了一個灶頭；我的眼耳口鼻就好像一些煙筒的出口，都在冒起煙霧，飛起火星，我的耳孔裏還烘烘地只聽著火在叫；灶下掛著的一個土瓶——我的心臟——裏面的血水沸騰著好像幹了一般，只迸得我的土瓶不住地跳跳跳」。〔註42〕郭沫若的新詩大多是在這種敏感、焦躁不安、激情飛揚的青春狀態下創作的。1924 年郭沫若在寫給成仿吾的信中，宣判了他的詩歌創作隨著他青春逝去的「死亡」。〔註43〕《女神》之後，郭沫若雖然期待著「總有一天詩的發作又會來襲擊我，我又要如冷靜了的火山從新爆發起來」〔註44〕，但他始終沒能創作出與《女神》媲美的新詩來。郭沫若最優秀的新詩作品，是在他的青春狀態下創作出來的，一旦這種青春狀態消失了，他就再也創作不出非常有影響的新「詩」來了。

綜上所述，本文的「青年學生」至少涉及以下方面：（1）接受新式教育與知識結構、審美趣味的變化；（2）校園生活、校園活動；（3）青春狀態、青春體驗。也就說，本文將一方面關注現代教育對青年學生的影響與作用，尤其是傳統教育制度變革帶來青年學生的文學知識與審美趣味的變化；另一方面關注作爲知識接受者的學生的個體感受、體驗、個體選擇及其與詩歌的關係，尤其是青年學生在校園裏青春體驗與新詩寫作選擇的關係。

作爲新詩寫作主體的「青年學生」是本文研究的核心，但是，與傳統的詩人研究不同。傳統的詩人研究更傾向於傳記研究，即研究詩人的個性和生平，以此進入作品、解釋作品。雖然可以根據詩人的情況去解釋詩歌，可是在大多數情況下，這樣的研究就成了「因果式的」研究，只是「從作品產生的原因去評價和詮釋作品，最後把它完全歸結於它的起因」，「文學作品產生於某些條件下，沒有人能否認適當認識這些條件有助於理解文學作品；這種研究法在作品釋義上的價值，似乎是無可置疑的」，但是，「起因與結果是不

〔註42〕 郭沫若：《創造十年》，《郭沫若全集》文學編 12 卷，人民文學出版社，1992年版，第 79 頁。

〔註43〕 郭沫若：《孤鴻——給芳塢的一封信》，《創造月刊》第 1 卷第 2 期，1926 年 4月 1 日。

〔註44〕 郭沫若：《我的作詩的經過》，《郭沫若全集》文學編 16 卷，人民文學出版社，1989 年版，第 221 頁。

能同日而語的；那些外在原因所產生的具體結果——文學藝術作品——往往是無法預料的。」〔註45〕所以，本文不打算採用這種研究方法，詩人的個性和生平不是文本研究的重點。本文將研究的重點集中在分析新詩寫作者的個體體驗、個人選擇上，一方面注重他們所接受的教育，研究教育制度，包括課程、教材、教法等方面，另一方面注重他們在現代教育背景下的個體體驗與選擇，關注他們如何走上新詩寫作之路的。也就是在研究方法上，外部的教育制度研究與內部的個體心靈體驗研究並重。換句話說，本文一方面注重教育制度研究，另一方面注重青年學生的個體體驗研究，並藉此溝通詩歌的外部研究與內部研究。

本文以早期新詩寫作者「青年學生」接受教育的時間爲依據，將 1910～1923 年作爲本文研究的時間段。本文以胡適對詩歌的探索爲研究的起點，這主要發生在青年胡適到美國留學之後，所以本文研究的開始時間在 1910 年前後，當然這只是爲了論述的方便，是一個大致的時間，因此有時會涉及 1910年前的情況，比如胡適在中國公學時期的詩歌翻譯情況，又比如學堂樂歌的研究。1923 年前後，俞平伯、康白情、郭沫若、冰心、汪靜之等人大都從大學、或中學畢業，或到國外繼續深造，或進入社會工作。在這以後，有的不再進行新詩寫作，有的即使有新的新詩作品，基本上也沒有超過在校時的成就與影響，還有的開始了舊體詩寫作。

另外，在一般的文學史中，胡適幾乎都是被作爲五四新文學運動的倡導者或青年導師的形象對待。在本文看來，胡適的新詩探索與新詩寫作之路開啓於他留美期間，美國大學教育對胡適產生了重要影響，所以，本文重點將胡適作爲美國大學校園裏的青年學生來處理。與此同時，青年學生活動的空間，就不僅僅局限於中國，還涉及到美國和日本。重視胡適在美國、郭沫若在日本的留學教育、校園生活體驗與新詩發生的內在聯繫。所以，考察留學教育與新詩發生的關係，是本文重要內容之一。從整體上看，清末民初教育改革包括兩大方面：新式教育和留學教育。本文一方面考察胡適、郭沫若等人的域外留學教育，另一方面考清廷與民初政府的教育改革。這兩方面根據各自情況分別涉及課程、教材、教法等內容，以此來探討西方知識如何通過教育的方式進入中國，及其對新詩發生的影響與作用。

〔註45〕 （美）韋勒克、沃倫：《文學理論》，劉象愚等譯，江蘇教育出版社，2005 年版，第 73 頁。

　　青年學生是上述這兩種教育的接受者。所以，在探討這兩種教育的同時，仍然離不開對青年學生的研究。或者說，本文不是將教育與學生分成兩部分不同的內容來論述，而是將二者結合在一起論述。這主要是爲了強調在面對教育制度時，不能忽視個體的感受、體驗和個體的選擇。而在已有的文學制度研究中，常常就制度研究制度，很少關注面對制度的個體，尤其是個體的感受與抉擇。因此，本文尤其注重將教育與學生結合在一起論述。

　　基於以上的種種思考，在正文論述的內容中，主要包括兩個大的部分，即域外教育與清末民初的國內教育分別與新詩發生的關係研究。這一佈局主要是考慮到清末民初的教育情況。域外留學教育與國內教育，以及不同的域外留學教育如美國教育與日本教育，它們不僅在教育理念、教育宗旨以及教學教法上差異較大，而且在校園環境、校園文化氛圍等方面也都很不相同。因此，不同的學生在不同的學校學習，他們各自的感受與體驗也不相同。可以說，這是新詩發生多樣性與複雜性的基礎。爲了避免將新詩發生作單一的線性描述，本文從空間的角度，分兩大部分——域外教育與新詩的發生、國內教育與新詩的發生——論述。

　　前一部分由美國教育與新詩的發生、日本教育與新詩的發生兩章構成。考察胡適、郭沫若分別在美國、日本受教育的情況，和他們各自不同的感受與體驗，且以此爲基礎，探討他們如何走上了不同的詩歌探索之路及其對新詩的影響。值得一提的是，日本教育之於中國新詩的意義，除了郭沫若及其《女神》外，還有學堂樂歌。已有學者對學堂樂歌與新詩的語言的關係作了研究，在此基礎上，本文對學堂樂歌與新詩的韻律節奏的關係、詩樂觀念等作進一步研究。

　　在後一部分中，我們主要探討國內教育與新詩的發生，以清末民初的教育改革、教師與學生、校園刊物作爲三個章節。具體涉及了教育宗旨、學校制度、課程設置、教材、教法、知識結構、審美趣味、校園文化氛圍、教師、學生、校園刊物等內容。第三、四、五章分別探討了從科舉制的存廢到新式教育的開展過程中，教育宗旨、課程設置與教材教法的變化，以及從私塾到新式學堂的學習空間的轉換，與新詩發生的關係；考察了在校師生的新詩寫作活動；以及校園學生刊物的創辦情況與新詩的傳播關係。在第四章具體考察在校師生的新詩活動方面，本文選取了北京大學和浙江第一師範學校作爲個案研究對象。在第五章考察校園刊物方面，本文選取了《留美學生季報》

和《新潮》作爲個案研究對象。這主要是因爲它們本身具有一定的代表性、典型性。

此外，還需說明的是本文沒有涉及學生社團活動，主要是因爲五四新文學運動中最具代表性的社團是文學研究會和創造社，這兩個社團與青年學生、校園有一定的關係，但是它們的成立、運作與社會力量如出版社的關係更爲緊密，所以社團活動未納入本文的研究之中。

第一章　域外教育與新詩的發生（一）
——以美國教育爲例

　　談新詩的發生，始終繞不開胡適。在以往的研究中，多從西方影響的角度研究胡適與西方詩歌的關係，藉以探討新詩的詩體形式、語言工具等問題。在本文看來，胡適受到西方影響這自然不錯，然而，胡適是在怎樣的情況下受到西方影響的，胡適自身的體驗與感受如何，這與新詩的發生有何關係等等，這些問題常被忽略。本文認爲，在胡適受西方影響的過程中，胡適的留美中國學生身份至關重要。這一身份決定了胡適是通過中國留學生的視角，感受美國生活、接受美國教育、思考中西文化問題等等，這將影響到新詩的發生。所以，本文將從美國教育的角度，探討胡適與新詩發生的關係，將胡適作爲留美中國學生看待，考察美國教育尤其是康奈爾大學的英國文學專業教育與研究生教育對胡適影響。

　　本章探討的主要問題是：美國高等教育、研究生教育以及美國校園生活對胡適的詩歌探索產生了什麼影響？胡適是如何走上詩歌探索之路的？學術訓練與「詩國革命」有何關聯？對新詩的發生有何影響與作用？

第一節　胡適一代留美學生的留學體驗

　　胡適在《逼上梁山》裏說得很明白，他是被「逼上梁山」的，他的一幫留美同學與他激烈論辯，他不得已產生了「詩國革命」的想法。江勇振說「逼上梁山」，「這個比喻失當的地方，就在於它適足以抹殺了歷史——胡適自己的心路歷程史——而把他的文學革命，截斷其流，硬是把它產生的緣由給斬

斷了」〔註1〕，在江勇振看來，胡適的「逼上梁山」之說，抹掉了胡適個人的文學教育歷程之於白話文學革命的準備意義和價值，這是有道理的。本文將在後文對此做具體論述。此外，仔細閱讀《逼上梁山》還會發現，它隱含了一個深層的框架結構：胡適和他的同學共同構成了一個討論框架，「詩國革命」是在這個框架中提出的，不同的人在這個框架結構中起到不同的作用，每個人的作用都不能被忽視。正如胡適自己所說，「我對於文學革命的一切見解，所以能結晶成一種有系統的主張，全都是同這一班朋友切磋討論的結果」。〔註2〕在以往的研究中，由於胡適的敘述策略和歷史地位，常常從胡適的角度來探討中國詩歌的現代轉型情況，而忽視了胡適的這幫留美同學，亦即忽視了胡適一代留美學生所營造出的留美中國學界的整體氛圍。在本文看來，這幫留美同學不僅是胡適的論敵，促進了胡適的思考，或如胡適自己所說「『煙士披里純』，大半出吾友」〔註3〕；他們還組成了一個留美中國學生集體，胡適是這個集體中一員，胡適與他們既有同一性，又有差異性。我們既不能因同一性而抹殺差異性，又不能因差異性而忽視同一性。所以，我們在論述胡適與新詩的發生問題之前，有必要梳理胡適一代留美學生的整體情況。

考察胡適一代留美學生的情況，方法之一就是與留日學生作比較，在比較中發現差異，留美學生的情況在「差異」中得到具體認識。

在留日中國學界，中國留學生普遍傾向關注政治事件，對國際形勢尤其是中日俄關係極為敏感，集會、罷課、退學、肄業回國以至革命、暗殺，層出不窮，幾乎成為了常態。從1902年成城學校入學事件到1905年的反對「取締規則」運動，從紀念「支那亡國」到1915年反對「二十一條」等等，憂憤、屈辱的留日學生，為了生存，為了民族，為了尊嚴，曾進行過激越的掙扎與殊死的搏鬥，他們可稱之為現代中國的第一批「精神界之戰士」、中國文化的「摩羅」。〔註4〕相比之下，中國留美學生則呈現出另一種狀態。當然，留美學生也討論政治事件，也關心國家大事，例如王琎在1915年1月至4月四個月的日記裏，幾乎每天都要記下他與同學討論應對日本「二十一條」的方法

〔註1〕 江勇振：《捨我其誰：胡適（第一部：璞玉成璧，1891～1917）》，新星出版社，2011年版，第567頁。

〔註2〕 胡適：《〈嘗試集〉自序》，《胡適學術文集·新文學運動》，姜義華主編，中華書局出版，1993年版，第380頁。

〔註3〕 胡適：《胡適留學日記》下冊，安徽教育出版社，2006年第2版，第361頁。

〔註4〕 關於留日學生的留日體驗與精神創造活動，李怡有過精彩的論述，參見李怡：《日本體驗與中國現代文學的發生》，北京大學出版社，2009年版。

的情況，甚至在 4 月 13 日的日記中這樣寫道：「接叔晉兄自英國寄來函一。言若中日戰事一發，當首途歸國，並約余同行，即作書答之」。〔註5〕由此可見，王璡非常關注國內政治，也曾產生過像留日學生那樣退學回國的慷慨激昂的想法。然而，從他的這段日記中，我們更注意到，除了與同學討論「二十一條」之外，他白天忙於上課、做實驗、晚上抄寫化學講義、反思總結學習的勤奮好學狀態，「竟日在實驗室作事，然所效果俱不佳。皆由不小心之故。膽欲大心欲細之語當切記之」，「下午在化學室實驗至五時後方畢。作事總欠細心存心，而且性急」，「竟日在化學室實驗，然所就仍寡。作事皆浮光掠影，不能到□（注：此字看不清）。病根總在於懶於忽」。〔註6〕可以說，王璡的學習熱情絲毫不亞於他的政治熱情。在美國留學期間，王璡的整個生活重心是學習，而不是奔走呼號的政治運動。事實上，這種「好學之風」不為王璡個人所有，而「為美國留學界之一特色，遊美者所共見」〔註7〕，亦即留美中國學界的共同特徵。在他們留下的文字記錄中，有大量勤奮好學的記載，比如胡適的《留學日記》等等。相比留日學生熱衷政治事件，留美學生則幾乎將其全部精力傾注在學習上。任鴻雋曾對他自己的留美與留日情況作過比較，他說他留學美國的目的是為了學習化學，希望畢業歸國後能夠通過化學來振興中國的工業，而留學日本則是為了製造炸彈與革命；為此他認真比較美國高校，打算在康乃爾大學畢業後，到化學工程學更好的學校如哈佛大學、麻省理工大學、哥倫比亞大學繼續深造。〔註8〕可見，任鴻雋留學日本時是在革命氛圍中學習化學，由革命來決定學習的目的與內容，所以，革命比學習更重要，學習讓位於革命，至於知識本身則沒有引起太多的關注。民國成立後，他到美國留學，這時為了「興工業」他注意到知識本身的重要性，開始重視學校的選擇，潛心學習，於是學習成為留美時期的重心。如果說在日本集會、罷課、退學、肄業回國以至革命、暗殺總是層出不窮，無法做到潛心學習，那麼在美國則可以一心一意地學習，亦即上課、做實驗、參加各種學生活動、到工廠見習。趙元任曾說「除了在上海出版《科學》外，我和中國的聯繫不

〔註5〕　關於王璡的留學日記，轉引自王天駿：《文明夢：記第一批庚款留美生》，清華大學出版社，2012 年版，第 53 頁。

〔註6〕　王天駿：《文明夢：記第一批庚款留美生》，清華大學出版社，2012 年版，第48、49、51 頁。

〔註7〕　朱庭祺：《美國留學界》，《留美學生年報》1911 年 7 月。

〔註8〕　參見任鴻雋：《五十自述》，《任以都先生訪問記錄》，張朋園、楊翠華、沈松僑訪問，中央研究院近代史研究所出版，1993 年版，第 180 頁。

多，只經常和我堂表兄弟姊妹以及我最喜歡的姑母儂姑通信。那時中國最振奮的事件是 1911 年推翻帝制的革命……那是我第一次聽到革命的事」；「那些年另一件重要大事是 1914 年的歐洲大戰，我們並未認清那次戰爭的重要性，我在 1914 年 7 月 31 日的日記上只記『歐戰迫近，何等荒謬！』繼續忙於科學社開會等等」。〔註 9〕趙元任的這段說法恰恰是在留美中國學界才容易被理解，如果放在日本則顯得有些「荒謬」。概而言之，學習是留美中國學生的重中之重。

胡適一代留美學生能夠做到潛心學習，很重要的原因之一，就是他們沒有留日學生那樣的焦慮和無處不在的民族歧視、生存壓力，美國政府與清廷給予他們更多潛心學習的條件與環境。美國雖然於 1902 年立法延長了所有排華法案十年，1904 年國會又議決排華法案永遠有效，使原本不受排華法案影響的學生受到了牽連；但是，與此同時，美國還逐漸意識到如果中國青年留學美國，那將有利於美國商貿經濟的發展。他們看到中國為了發展近代教育，模仿日本教育體制，聘請日本千餘教習到中國任教，並且掀起了一股留日熱潮，使日本文化在中國占盡了優勢。他們認為美國應該把中國青年的留學潮流引到美國來，這樣美國就可以從精神和文化方面影響中國，使中國符合美國的利益。〔註 10〕美國的這種文化擴張思想在二十世紀初期蔓延開來，主要體現在希歐多爾‧羅斯福總統決定將退還的庚子賠款用於派遣中國學生留學美國上。在這樣的背景之下，胡適一代留美學生受到了美國中上層人士，尤其是知識分子階層的歡迎與友好款待。在中國方面，鑒於 1905 年至 1906 年之間留日高潮暴露出的種種弊端，清廷開始重視留美教育，加強對留美學生的管理，並且大力資助留美學生。這體現在官費上。當時中國庚款留美學生的待遇非常優厚，一年有 960 美元的官費，也就是說，一個月有 80 美元；辛亥革命前夕，雖然調降為每個月 60 美元，然而除去吃住、學習等必要的開支後，月餘仍很豐富。胡適一代留美學生手頭寬裕，不曾為了經濟問題焦心憂慮。不僅如此，他們還能到處旅遊，進出劇院、音樂會，甚至還能補貼家用。

〔註 9〕 趙元任：《從家鄉到美國——趙元任早年回憶》，學林出版社，1997 年版，第 105、111 頁。

〔註 10〕 例如美國總統希歐多爾‧羅斯福、美駐華大使柔克義、大學校長詹姆士、牧師史密斯等人重視文化擴張與中國的留學教育問題，參見蘇雲峰：《從清華學堂到清華大學 1911～1929：近代中國高等教育研究》，三聯書店，2001 年版，第 6～9 頁。

例如，趙元任剛到美國就花了 220 美元買下一架二手鋼琴（原價 350 美元），又如胡適還能每年補貼母親家用 200 銀元。像任鴻雋、楊杏佛這樣的「稽勳生」經濟更不成問題。任鴻雋在家書中說「房金每星期二元半，食費四元半，和零用每月約四五十元足矣，然學費月須十餘元，每月官費所餘無幾，以添製衣履及假中遊歷。若家用不足，可節此費以爲資助」。〔註 11〕相比郭沫若、田漢等人，因經濟拮据而不能去喝一次心之嚮往的咖啡的留學生活，胡適等人的留學生活可謂相當的舒適。從留美學生自身情況來看，他們大多數來自東部地區尤其是開風氣之先的沿海城市，家裏條件相對優越，童年時期接受過傳統文化教育，青少年時期接受過中國最早的新式教育，數理化等新學基礎知識較好。以庚款留美學生爲例，清廷規定派出的庚款留美學生「中國古典文學及歷史要有基本知識」，「英文程度要能直入美國大學和專門學校聽講」，「要完成一般性學習的預備課程」，「百分之八十將專修工業技術，農學，機械工程，採礦，物理及化學，鐵路工程，建築，銀行，鐵路管理，以及類似學科。另外百分之二十將專修法律及政治學」。〔註 12〕這種規定決定了能考上庚款留學的青年是當時中國最優秀的青年。自身的優秀，使他們充滿了優越感、自豪感，以及責任感，自認爲肩負著建設未來中國的重任。在他們看來，「美國一大建設之國也。留學美國者之所學建設之學也……留美學生於此建設時代中，自有當盡之義務」〔註 13〕，「今日之留學生，與昔者異。苟學而有成，無論其爲農、爲工、爲商、爲法，不患其不能致用。將來政事之廢舉，學業之進退，舉謂視留學生爲轉機，亦無不可」〔註 14〕。認爲數年前中國爲「醒悟時代」，是日本留學界通過書報、言論等方式肩負起啓蒙重任的時代；而今中國進入一個「建設時代」，即需要他們留美學生學習專門的知識才能夠肩負起建設重任的時代。暫且不論留美學生對時代的劃分和認識合理與否，由此可以看出，留美學生在有意識地進行身份建構即以國家未來建設者自居，自視爲「幹才」、「學子」，甚至自詡爲「國人導師」〔註 15〕。因此，他們

〔註 11〕 搶救民間家書專案組委會編：《任鴻雋陳衡哲家書》，商務印書館，2007 年版，第 62 頁。
〔註 12〕 清華大學校史研究室：《清華大學史料選編》第 1 卷，清華大學出版社，1991 年版，第 107 頁。
〔註 13〕 朱庭祺：《美國留學界》，《留美學生年報》1911 年 7 月。
〔註 14〕 裘昌運：《論留美學生對於家國義務之預備》，《留美學生年報》1911 年 7 月。
〔註 15〕 胡適：《胡適留學日記》下冊，安徽教育出版社，2006 年第 2 版，第 66 頁。

在美國就像海綿一樣盡情地吸收知識，一心嚮學，為將來建設國家而做準備。在美國優越的學習環境中，他們幾乎沒有受到什麼外來的干擾，沒有郭沫若、郁達夫式的經濟困擾和民族歧視，更沒有郭沫若、郁達夫式的焦慮、壓抑與緊張，學習成為他們的主要任務與生活重心。

從文化的角度來看，「學習」是 20 世紀中國文化的基石。這是因為「在 20 世紀中國文化中，大量文化概念是以學習為核心建立起來的。我們用學習西方和繼承中國古代文化傳統這兩個概念分辨中國 20 世紀中國文化的總趨勢，其本身就是學習意識的反映」，「在學習意識支配下形成的思維方式是區別性、選擇性、二元對立性的。在已有文化基礎上分別正確與錯誤、好與壞、美與醜、善和惡並在此基礎上決定自己的立場是這種文化的主要思維特徵。」〔註16〕留美中國學生作為 20 世紀中國文化轉型的重要參與者之一，他們在留學期間就體現出了這些特徵，並將它們帶入到中國文化的建設中來。這是一個複雜的論題，本章對此不做具體論述，而是考察青年留美學生在留學期間所體現出來的「學習」意識、思維方式及其與新詩的發生的關係，也就是說從「學習」的角度考察新詩的發生。所以，在本章中，「學習」不僅僅是在美國留學期間的主要任務與生活重心，它還是一種學習意識，以及在這種學習意識之下形成的「學習型」思維方式，甚至形成的「學術型」思維方式。在這裡先分析「學習」，後面再討論「學習」與新詩發生的問題。

在留美中國學生留下的文字記載中，注重學習方法、思維方式的訓練隨處可見。以蔣夢麟為例，他 1908 年 8 月赴美留學，次年 2 月入加州大學農學院學農學，1909 年秋轉到社會科學學院學教育，1912 年於加州大學畢業。隨後赴紐約哥倫比亞大學研究院，師從杜威，攻讀哲學和教育學，1917 年 3 月獲得哲學及教育學博士學位。無論是當時還是在今天看來，這都是很優秀的留學教育經歷。蔣夢麟在《西潮‧新潮》中回憶到美國教育時，重點強調了思維訓練與學習方法：在農學院學習時，對實驗與實驗器材十分感興趣；在社會科學學院時，從邏輯學課中認識到思維方法的重要性，努力進行觀察、歸納、推理的思維訓練，重視經驗的運用；在哥倫比亞大學研究院時，學到如何將科學方法應用於社會現象，以及體會到科學研究的精神。〔註17〕又如，

〔註16〕 王富仁：《影響 21 世紀中國文化的幾個現實因素》，《王富仁自選集》，廣西師範大學出版社，1999 年版，第 68～69 頁。

〔註17〕 參見蔣夢麟：《西潮‧新潮》，嶽麓書社，2000 年版。

1911 年留學美國就讀歐柏林學院的蔣廷黻也曾有過相似的說法，「歐柏林的老師不再要我死記課文，不再要我使用演繹法和孔夫子的格言，他要我多用眼睛多用手。要我在顯微鏡下研究試管中的微點。要我觀察我所能看到的東西，不要忽略所觀察到的事實。訓練我觀察要仔細，提出報告要客觀。經過這一番訓練，物質對我又有了新意義。科學方法也成了一個新發現……我衷心羨慕這種教育方法」。〔註 18〕與中國私塾先生灌輸式教學相比，美國大學老師注重交給學生思維方法與學習方法。又如顧維鈞，他在回憶哥倫比亞大學莫爾教授時說，莫爾強調學會做以下兩件事的重要性：第一，不論是爲了寫文章還是爲了求知，要知道到哪裏去找自己所需要的材料；第二，學會推理。不必讓一個人費腦子去記事實、日期、人名和地點，重要得多的是學會到哪裏去找這些資料，這樣的話，就能保持頭腦清醒，進行獨立思考，而不只是一位編年史的彙編者。〔註 19〕相比之下，中國傳統私塾教育的最大特點恰恰是讓學生死記硬背，這種教育方式在某種程度上與尊崇古代聖賢思想和封建統治有關，不需要有個體獨立的思考，只需要遵守一代代傳承下來的儒家思想與道德倫理。二十世紀初期的留美學生普遍出生於十九世紀八九十年代，四、五歲入私塾，在 1905 年清政府停廢科舉制之前，一般都在私塾讀了 5 至 10 年，隨後進入新式學堂或教會學校學習英語、數學等課程，再出國留學，因此二十世紀初期的留美學生幾乎都接受過較長時間的私塾教育。入私塾不僅僅是一種學習經歷，更重要的是它意味著接受這種學習就是接受與它相關的知識體系、價值觀念、思維方式，甚至詩學趣味。知識體系在某些時候比較容易受到質疑與改變，然而其他方面的改變，相對來說卻要難得多，尤其是詩學趣味。留美學生帶著童年「乏味」、「苦難」的私塾學習體驗來到美國大學，他們顯然會受到美國教育的衝擊，對美國教育尤爲敏感，體驗尤爲深刻，這也是他們在回憶錄中大談美國教育、學習方法的重要原因之一。

具體以歸納法與演繹法爲例。從整體上看，留美學生比較關注科學與方法，尤其是歸納法，多偏重歸納而忽視演繹。他們認爲歸納法可以通過觀察世界本身而取得新知識，而演繹法則不能產生新知識，因爲在任何演繹推理中，結論已經被包含在前提中了。任鴻雋在《科學方法講義》中對歸納與演

〔註 18〕 蔣廷黻：《蔣廷黻回憶錄》，臺灣傳記文學出版社，1979 年版，第 59～60 頁。
〔註 19〕 中國社會科學院近代史研究所譯：《顧維鈞回憶錄》第 1 分冊，中華書局出版，1983 年版，第 35 頁。

繹進行了比較：歸納邏輯是事實的研究，演繹邏輯是形式的敷衍；歸納邏輯是由特例以發現通則，演繹邏輯是由通則以判斷特例；歸納邏輯是步步腳踏實地，演繹邏輯是憑虛構造；歸納邏輯是隨時改良進步的，演繹邏輯是一誤到底的。〔註20〕胡適更是將歸納法上升到「經國之術」的地位，他在1914年1月25日的日記中寫道，「今日吾國之急需，不在新奇之學說，高深之哲理，而在所以求學論事觀物經國之術。以吾所見言之，有三術焉，皆起死之神丹也」，第一術就是「歸納的理論」。〔註21〕在西方，自亞里斯多德以來，演繹法最先獲得哲學家的厚愛；然而，隨著近代自然科學的發展，開始形成一套嚴密的科學方法，首先是經驗觀察，再對觀察資料進行分析，形成假設，然後用進一步的觀察和實驗來檢驗假設：在此過程中，歸納法與演繹法二者都起著重要的作用。與此不同的是，如上所述，中國留美學生卻對歸納法情有獨鍾。李自強在分析五四時期一些學術界人士偏重歸納法時指出，他們主要認為演繹法不能產生新知識，且該法曾經用於灌輸和推行儒家經典，而歸納法則可通過觀察世界本身而取得新知識。〔註22〕這也適合留美學生的情況。在留美學生看來，儒家經典就是採用演繹的方法進行推廣與傳承的。留學美國後，當他們將演繹法與歸納法作比較時，也就是將中國傳統儒家文化與西方近代文化作比較，然後再做出「非此即彼」的簡單選擇，得出歸納法優於演繹法結論。所以，像任鴻雋用一連串具有強烈感情色彩的詞語描述歸納與演繹的差異也就不足為奇了。

　　胡適一代留美學生在留學期間的主要任務是學習，也即是專業知識的學習。對專業的重視，這既與晚清以來「實業救國」思潮有關，也與民國成立、發展現代工業有關，同時還與當時美國的專業文化有關。他們受到了美國專業文化的影響，「1870～1900年間這一文化在美國出現並變得成熟，專業協會紛紛成立，專業標準得到承認。到1900年，法律、醫學等眾多領域已牢固地建立起專業的權威，專業文化業普遍地滲透到美國的高等教育領域，大學校園成為它的重鎮」。〔註23〕胡適一代留美學生是在美國專業文化成熟後來到美國，生活在彌漫著專業化氛圍的校園裏，他們受到了潛移默化的影響。許多

〔註20〕　任鴻雋：《科學方法講義》，《科學》第4卷第11期，1919年11月。
〔註21〕　胡適：《胡適留學日記》上冊，安徽教育出版社，2006年第2版，第84頁。
〔註22〕　李自強：《現代中國科學主義思潮》，鄭州大學出版社，2001年版，第111頁。
〔註23〕　葉維麗：《為中國尋找現代之路：中國留學生在美國（1900～1927）》，周子平譯，北京大學出版社，2012年，第59頁。

留美學生流露出了對所學專業的驕傲與信念，如一位學化學的學生認爲：「在所有解決這些麻煩問題（貧困、落後，等等）的辦法中，化學工程最爲重要」。〔註24〕一些學生認爲專業化是現代人的重要美德，一位學生評論說，專業化「這個最重要的原則」要求每個人選擇一門專業，否則人的頭腦就是茫然的、不集中的，就會浪費時間和精力，「這種人生必定是失敗的」。〔註25〕他們幾乎把所有時間和精力放了了專業知識的學習上，他們重視知識體系的建構、專業學會的成立，以及專業思維的訓練。相比之下，在留日中國學界，由於民族歧視、生存壓力等問題，中國留學生產生了較大的精神上的壓抑、焦慮，甚至苦悶，他們則更傾向於人的內在的精神世界探索，例如魯迅在東京宏文學院念書的時候，一邊感歎中華民族的屈辱，一邊反思：「怎樣才是理想的人性」、「中國民族中最缺乏的是什麼」、「它的病根何在」。又如郭沫若在「成金」時代欲望浮泛中返觀自我，「窺視和描述自己內在的精神狀態」，打開一個欲望與本能的世界。〔註26〕可以說，以魯迅、郭沫若爲代表的留日學生更傾向於人的精神世界的探索，而以胡適爲代表的留美學生則傾向於現代專業知識體系的建立。

站在文學的層面上來看，文學創作是一種極爲複雜的精神活動。如果，我們從環境與氛圍的角度看，在日本留學界，像魯迅、郭沫若、郁達夫等人，他們深刻體驗到民族屈辱、返回到人的內在世界、探索人的精神問題，開拓了一條現代中國文學的創作之路。然而，在美國留學界，優越的學習環境，使胡適一代留美學生能夠安心於學業。因此，留美學生更多停留在學習、知識、專業上面，他們更注重思維訓練、學科專業訓練，在整體氣質上呈現出冷靜、沉穩的學者氣質。以胡適爲例，胡適走上了另一條文學探索之路──用做學問的方式，在理論層面上探討文學、詩歌的問題。

〔註24〕 C. L. Wu, *The Importance of Chemical Engineering to China at Present*，《留美學生月報》1918 年 5 月，轉引自葉維麗：《爲中國尋找現代之路：中國留學生在美國（1900～1927）》，周子平譯，北京大學出版社，2012 年版，第 57～58 頁。

〔註25〕 T. L. Li, *Production, Profession, and Specialization*，《留美學生月報》1917 年 2 月，轉引自葉維麗：《爲中國尋找現代之路：中國留學生在美國（1900～1927）》，周子平譯，北京大學出版社，2012 年版，第 58 頁。

〔註26〕 參見李怡：《日本體驗與中國現代文學的發生》，北京大學出版社，2009 年版，第 116、167 頁。

第二節　康乃爾大學教育與胡適的詩歌形式探索之路

　　胡適從小就有一種歸納整理的學者才能與素質，據說他小時候讀《資治通鑑》，覺得其中的帝王年號很難背，就自己編了一個順口溜，叫「歷代帝王年號歌訣」。〔註27〕胡適的這種學者才能與素質在美國留學時得到了充分發展，他受到了康乃爾大學和哥倫比亞大學嚴格的學術訓練。可以說美國的高等教育、研究生教育發揮了胡適的學者才能，使他最終成長為了一名出色的學者。然而，歷史有時候讓人感到尷尬：本應作為一名學者的胡適，歷史卻讓他先成為了一位白話新詩人，這讓人感歎「做詩人是歷史的誤解」。〔註28〕在本文看來，這種「歷史的誤解」源於胡適身處的時代：一個詩歌革命的時代，也是胡適自己的青年時代。也就是說，從晚清到民初，中國詩歌經過新派詩、新學詩以及「詩界革命」的努力已經走到了一個需要更大突破的關鍵時刻，然而「老的舊派文人繼續重複前人的道路，儘管很有才華，卻也很難在固有的模式中形成大的突破；而新的詩人還沒有生長」，〔註29〕正好青年胡適，讀了很多書，產生了想要推陳出新的願望；可是，胡適缺少做詩人的才情，「他的理性不是在自己對世界、對人生的親身感受的基礎上建立起來的，更多地是從書本中學到的。這種理性在他與周圍的世界、周圍的人生之間擱置了一塊擋風板，使他的心靈不易在周圍世界、周圍社會人生的變動中發生情緒的波動。他沒有常人所沒有的獨特的情緒感受，也就沒有尋找表達這種獨特情緒感受的獨特語言形式的內在要求」，「他天生是一個做學問的人，所以他是按照做學問的方式來做詩的」。〔註30〕這使胡適走上了一條獨特的詩歌探索之路。如果說在胡適之前，黃遵憲是在詩歌創作的實踐中探索詩歌的出路，梁啓超是在「啓迪民智」的政治需要下探索「詩界革命」，那麼胡適則是在美國大學校園讀書學習中探索「詩國革命」。

（一）

　　胡適在康乃爾大學有三個專業：哲學、英國文學和政治經濟。英國文學

〔註27〕　胡適：《胡適四十自述》，中國文史出版社，2013 年版，第 48 頁。
〔註28〕　李怡：《中國新詩講稿》，中國人民大學出版社，2014 年版，第 52 頁。
〔註29〕　李怡：《中國新詩講稿》，中國人民大學出版社，2014 年版，第 54 頁。
〔註30〕　王富仁：《中國現代新詩的「芽兒」——冰心詩論》，《現代作家新論》，山西教育出版社，1998 年版，第 157 頁。

專業與詩歌的關係最密切。從胡適大學四年〔註 31〕選修的英文課來看，早在
農學院時他就選修過一門英文系的課即「英文一」。轉到文學院後，他在 1912
年第二學期選了兩門英文系的課：第一門是「英文二：十九世紀散文」
（Nineteenth Century Prose），這門課胡適得了 86 分。第二門是「英語 38b：
十八世紀英詩」（Eighteen Century Prose），主要讀的包括亞歷山大‧蒲柏
（Alexander Pope，1688～1744）、詹姆斯‧唐森（James Thomson，1700～1748）、
湯姆斯‧格雷（Thomas Gray，1716～1771）、奧利佛‧高德史密斯（Oliver
Goldsmith，1730～1774）、羅伯特‧彭斯（Robert Burns，1759～1796）等詩
人的詩歌。英詩這門課，他得了 83 分。1913 年的春季班，胡適選了三門英文
系的課：「法文一」，他得了 80 分；「英文 41：到 1642 年的英國戲劇」，他得
了 96 的高分；「英文 52：維多利亞文學」，他得了 88 分。1913 年的夏天，胡
適又選了三門暑期班的課：第一門是「教育學 B：教育史」。這是一門教育通
史的課，從古希臘、歐洲一直到當代美國教育的思潮和制度的演變，包括福
祿貝爾、蒙特梭利等新教學法。這門課他得了 85 分。第二門課是「演說與寫
作 C：即席演說」，他得了 94 分。第三門課是「英文 K：莎士比亞悲劇」。在
這門課堂上，要精讀莎士比亞的《哈姆雷特》、《奧塞羅》、《李爾王》以及《馬
克白》，胡適得了 94 分。1914 年秋天，胡適最後一次選英文系的課：「英文
52：維多利亞文學」。這門課是給高年級以及研究生上的課。由於當時胡適已
經是研究生了，所以不打成績，而只是注記：「通過」（OK）。〔註 32〕由此可
見，胡適在康乃爾大學從大一到大四每年都選修了英文課，所選修的英文課
以時間上論，主要是從十七世紀到十九世紀，而以十九世紀的維多利亞時期
為主軸；以教材內容上論，主要是當時美國大學生讀的標準教材：伊莉莎白
時期、浪漫主義、維多利亞時期文學。〔註 33〕

〔註 31〕 大四時胡適進入了研究生班學習。本節探討胡適在康乃爾大學的學習情況與
詩歌的關係，尤其是英國文學專業的學習與詩歌形式的關係。主要集中在 1911
年到 1915 年夏離開康乃爾大學這一時段。

〔註 32〕 江勇振梳理了胡適在康乃爾大學選修的課程。本文關於胡適的課程情況，參
考了江勇振：《捨我其誰：胡適（第一部：璞玉成璧，1891～1917）》，新星出
版社，2011 年版，第 250～252 頁。

〔註 33〕 傅雲博也曾指出在康乃爾大學以及後來在哥倫比亞大學，胡適所念的詩主要
就是當時美國大學生讀的標準教材：伊莉莎白時期、浪漫主義、維多利亞時
期，特別是白朗寧和鄧耐生的詩。參見 Daniel Fried, *Beijing's Crypto-Victorian:
Traditionalist Influences on Hu Shi's Poetic Practice*, Comparative Critical Studies
3.3（2006）.

　　結合上述英文課，胡適在課後做了相應的傳統英詩擴展閱讀，他在《留學日記》中多處寫到讀英文詩，主要有約翰·彌爾頓（John Milton，1608～1674）、撒母耳·丹尼爾（Samuel Daniel，1775～1811）、威廉·華茲華斯（William Wordsworth，1770～1850）、喬治·戈登·拜倫（George Gordon Byron，1788～1824）、約翰·濟慈（John Keats，1795～1821）、阿爾弗雷德·丁尼生（Alfred Tennyson，1809～1892）、羅伯特·白朗寧（Robert Browning，1812～1889）。此外，他雖然還閱讀了美國詩人的詩歌，例如拉爾夫·沃爾多·愛默生（Ralph Waldo Emerson，1803～1882），但是，他的閱讀基本是圍繞具有傳統英詩風格的美國詩人詩歌進行的。所以，胡適的課外閱讀基本上沒有超越他的英文課，或者說，英文課對胡適的影響較大，幾乎限定了胡適的課外閱讀範圍。

　　在英文詩閱讀過程中，胡適還進行了英文詩寫作以及詩歌翻譯。例如，他早在1911年5月29日的日記裏說：「夜作一英文小詩（Sonnet），題爲Farewell to English I，自視較前作之《歸夢》稍勝矣」〔註34〕。然而，胡適比較集中地進行英文詩寫作和詩歌翻譯是在1914年之後，這或許與他在此之前的英文詩閱讀積累到一定程度有關，或許與他大四選修的研究生課「英文52：維多利亞文學」有關。他寫作的英文詩有用十四行體的《紀念康乃爾世界學生會十週年十四行詩》、《告馬斯》以及《夜過紐約港》、《今別離》。他用騷體翻譯了白朗寧的《樂觀主義》、拜倫的《哀希臘歌》和亞瑟·凱切姆的《墓門行》，用散文體翻譯了愛默生的《大梵天》以及用五言古體翻譯了愛默生的《康可歌》，他還用詞翻譯了他自己的英文詩《今別離》。不僅如此，他還將自己的《春朝》、《詩經》裏的《木瓜》翻譯爲英文詩。

　　此外，胡適在農學院時還選修過德文課。《留學日記》裏有他閱讀與翻譯德文詩的記載，如1911年5月12日「今日讀歌德（Goethe）之 *Hermann and Dorothea*」，9月8日「昨夜譯 Heine 小詩一首」。〔註35〕

　　在對胡適的課程選修、課外閱讀以及詩歌寫作和翻譯的梳理過程中，我們發現，胡適的詩歌寫作和翻譯與他的課程進程密切相關。從這個角度看，胡適的詩歌寫作具有學生課後習作的練習特徵，與抒情言志的詩人創作有所不同。一般情況下，詩人創作主要是在強烈的表情慾望的驅動下，追求創新；

〔註34〕　胡適：《胡適留學日記》上冊，安徽教育出版社，2006年第2版，第89頁。
〔註35〕　胡適：《胡適留學日記》上冊，安徽教育出版社，2006年第2版，第16、33頁。

而習作練習主要是學習寫作規則，掌握寫作技巧，所以習作練習可以在沒有強烈的表情慾望的情況下進行。如果說前者主要在於創造新文本，樹立新規則，那麼後者則主要在練習中學習掌握已有的、且常常是經典的文本及其規則。所以，胡適的選修課、詩歌閱讀、寫作和翻譯都是圍繞傳統英詩進行的，像美國當時《詩刊》上的「新詩」還沒有進入胡適的學習範圍中。其次，習作練習因爲要學習、掌握詩歌的規則與技巧，所以往往使人將注意力集中在詩歌的形式諸如語言、韻律、音節、句法、詩體等方面，這在胡適的《留學日記》中有所體現。胡適常常在日記中記錄下他寫作和翻譯之後的心得，這些心得幾乎都是圍繞詩歌形式談的〔註 36〕，例如在白朗寧《樂觀主義》譯後，他寫道：「此詩以騷體譯說理之詩，殊不費氣力而辭皆都暢達，他日當再試爲之。今日之譯稿。可謂爲我闢一譯界新殖民地也」；在拜倫《哀希臘歌》譯後，他寫道：「吾所用體較恣肆自如」，爲此還做了數則弁言《譯餘剩墨》，其中一則論譯詩擇體之難，「譯詩者，命意已爲原文所限，若更限於體裁，則動輒掣肘，決不能得愜心之作也」，他還語重心長告誡譯詩者說「此意乃閱歷所得，譯詩者不可不理會」；又如，在寫完《紀念康乃爾世界學生會十週年十四行詩》、《告馬斯》之後，他在日記裏記錄了文字的雅俗和韻律的修改情況，以及十四行詩體帶給他的拘束感受。〔註 37〕詩歌的形式，成爲胡適到美國後主要關注對象。

據目前掌握的資料來看，胡適在上海中國公學時就開始了詩歌翻譯。他在《四十自述》中回憶說：「姚先生在課堂上教我們翻譯，從英文譯漢文，或從漢文譯英文。有時候，我們自己從讀本裏挑出愛讀的英文詩，邀幾個能詩的同學分頭翻譯成中國詩，拿去給姚先生和胡先生評改。」〔註 38〕翻閱《競

〔註 36〕江勇振對胡適的這些英詩寫作、詩歌翻譯做過分析，他發現胡適非常重視押韻和音節。他通過分析《關不住了》，進一步發現胡適所受的影響是維多利亞時期的傳統英詩及其遺風，而不是許多學者因先入爲主的觀念而想像的現代詩。江勇振主要論證了胡適「詩國革命」的傳統英詩資源，同時批判了意象派來源的觀點。參見江勇振：《捨我其誰：胡適（第一部：璞玉成璧，1891～1917）》，新星出版社，2011 年版。傅雲博也持有相同的觀點。參見 Daniel Fried, *Beijing's Crypto-Victorian: Traditionalist Influences on Hu Shi's Poetic Practice*, Comparative Critical Studies 3.3（2006）.

〔註 37〕胡適：《胡適留學日記》上冊，安徽教育出版社，2006 年第 2 版，第 89、94、198、331～337、340～341 頁。

〔註 38〕胡適：《胡適四十自述》，中國文史出版社，2013 年版，第 93 頁。

業旬報》，胡適這一時期發表的譯詩有阿爾弗雷德・丁尼生的《六百男兒行》、湯瑪斯・坎貝爾（Thomas Campbell，1777～1844）的《軍人夢》、《驚濤篇》、湯瑪斯・胡德（Thomas Hood，1799～1845）的《縫衣歌》、亨利・沃茲沃斯・弗朗羅（Henry Wadsworth Longfellow，1807～1882）的《晨風篇》，〔註39〕這些譯詩有的表現了愛國精神，有的表現了底層人民的悲苦生活，有的蘊涵著社會變革的革命意識，具有明顯的功利主義和政治化的傾向。如前所述，胡適在留美期間將注意力集中在了詩歌的形式上，相比之下，他在中國公學期間則把注意力放在了詩歌的內容與功用上。這個差異，在本文看來，主要和胡適與他生活的社會空間的互動有關。在中國公學時期，胡適自言不作「無關世道之文字」〔註40〕，也就是說強調文學「開民智」、「振民氣」的實用功能，屬於政治功利主義文學觀，他的譯詩活動正是這種觀念的反映。實際上，這種文學觀念在清末因梁啟超等人的倡導而變得十分流行。梁啟超將詩歌視為國民教育的重要手段之一，他說「蓋欲改造國民之品質，則詩歌音樂為教育精神之一要件，此稍有識者所能知也」〔註41〕；他還將小說視為塑造「新國民」的重要工具，「欲新一國之民，不可不先新一國之小說。……何以故？小說有不可思議之力支配人道故」〔註42〕。又如，以南社為代表的革命派，認為「文學是宣傳的利器，詩文並重，效力很大」〔註43〕，尤其詩歌是「喚醒國民精神之絕妙機器」〔註44〕。可見，利用文學來「開民智」、「振民氣」成為晚清人士的文化共識。與此同時，他們還掀起一個創辦白話報刊的高潮，希望以辦報的方式來達到此目的，就當時白話報內容而言「非常注意對當時陋習的抨擊，如纏足、吸鴉片、包辦婚姻等」，或「著眼於道德層面，具有一種傳統『勸善』說教的質地，屬入一些禮教的內容」。〔註45〕顯而易見，作為

〔註39〕 《六百男兒行》原載 1908 年 10 月 15 日《競業旬報》第 30 期，《軍人夢》和《縫衣歌》原載 1908 年 10 月 25 日《競業旬報》第 31 期，《驚濤篇》原載 1908 年 11 月 14 日《競業旬報》第 33 期，《晨風篇》原載 1909 年 1 月 12 日《競業旬報》第 39 期。

〔註40〕 胡適：《胡適留學日記》下冊，安徽教育出版社，2006 年第 2 版，第 122 頁。

〔註41〕 飲冰子：《飲冰室詩話》，《新民叢報》第 40、41 合號，1903 年 11 月 2 日。

〔註42〕 梁啟超：《論小說與群治之關係》，《飲冰室合集・文集之十》，中華書局，1989 年版，第 6 頁。

〔註43〕 柳亞子：《柳亞子的詩和字》，《人物》，1980 年第 1 期。

〔註44〕 高燮：《漱鐵和尚遺詩序》，《復報》，1906 年第 7 期。

〔註45〕 鄧偉：《分裂與建構：清末民初文學語言新變研究（1898～1917）》，中國社會科學出版社，2009 年版，第 97～98 頁。

一名十六七歲的少年學生，胡適受到了當時社會環境的影響。例如《競業旬報》宗旨爲「一、振興教育，二、提倡民氣，三、改良社會，四、主張自治」，胡適就在該報上連載《眞如島》，意在「破除迷信，開通民智」；發表《敬告中國的女子》不要充當男人的玩物，不要作廢物，不要纏足，要發憤讀書；還發表了上文提到的譯詩等。可以說，在中國公學時期胡適的思想還不具有獨立性，他的思想是當時流行的思想，他只是順勢接受了它們，還沒能跳出當時社會環境的制約，做獨立思考。所以，在普遍強調詩歌「開通民智」的實用功能的環境中，胡適自然而然將譯詩活動的重點，放在了詩歌的內容和功能上而非形式上。所以，從新詩發生的角度來看，離開當時中國的社會環境是很有必要的；美國校園就提供了另一個空間，爲新詩的發生做出了突破性的貢獻。

美國校園首先給中國留學生提供了一個優越的學習環境，本章第一節分析：美國校園沒有留日學界那樣嚴重的民族歧視、生存壓力；胡適一代留美學生幾乎沒有受到什麼外來的干擾，也沒有郭沫若、郁達夫式的經濟困擾和民族歧視，更沒有郭沫若、郁達夫式的焦慮、壓抑與緊張，學習成爲他們的主要任務與生活重心。其次，更爲重要的是，美國校園使中國留學生遠離了國內濃厚的功利主義和政治化的氛圍。在美國這樣一個全新的校園生活空間裏，他們的心理結構發生著變化，他們逐漸由功利主義和政治化思維轉向專業化思維，以專業化爲基點，重新認識世界、劃分時代，甚至建立新的道德價值標準。

具體到胡適，在遠離國內濃厚的功利主義和政治化的氛圍之後，對文學「開通民智」的實用功能的追求雖然沒有完全放棄，但是它施加在胡適身上造成胡適無意識的焦慮，相比在中國公學時期，現在變得緩和得多了。就體現在詩歌方面而言，詩歌的內容和功能不再是關注的重點。在英文詩寫作和詩歌翻譯的練習中，胡適不再追求「開通民智」的詩歌內容和功能，這時胡適思考的重點變成了詩歌的形式。可以說，詩歌的形式首先是以一種學習的方式重新得到胡適的關注。

事實上，晚清詩人也關注過詩歌的形式，例如新派詩、新學詩就做過語言形式方面的探索，將口語引入詩歌，或將宗教經典中的生僻詞語、音譯的西方名詞引入詩歌等等；〔註46〕然而，發展到梁啓超的「詩界革命」時，詩

〔註46〕　參見龔喜平：《新學詩·新派詩·歌體詩·白話詩──論中國新詩的發生於發展》，《西北師院學報》，1988 年第 3 期。

人最終還是把關注重點放在了內容上面，「革命者，當革其精神，非革其形式……能以舊風格含新意境，斯可以舉革命之實矣」〔註47〕，未能有效地在形式方面取得實質性突破，這是晚清詩歌革命失敗的根本原因。劉納曾分析過新派詩人失敗的原因，本文認為所言有理，她說：「『新派』詩人沒有改變傳統詩歌的基本句構形式和詞語搭配方式。在傳統詩歌定型化的句法規則、格律限制與其所對應的情感現象之間，早就建立起了密不可分的聯繫。部分破壞這種聯繫的結果，有可能傷害舊形式原有的詩性效果卻又無法接納另一樣的詩思」〔註48〕。只有中國古典詩歌的形式發生根本性變革之後，新的情感、詩思才能進入到現代詩歌中來。令人遺憾的是，晚清雖然有著強烈的詩歌革命的訴求，然而它最終沒能走向徹底的詩歌形式革命，最終將目光停留在了「宣傳」政治的詩歌內容上〔註49〕。如果說詩歌形式是晚清「詩界革命」的終點，那麼它則是胡適「詩國革命」的起點。這是新詩發生的關鍵性環節。胡適在美國校園裏完成了詩歌關注的重點從內容到形式的轉換，從這個角度看，美國校園對於中國新詩發生具有重要的意義。這也告訴我們，要脫離晚清政治功利主義氛圍的影響與束縛，文化空間的轉移是重要途徑之一。

在離開國內環境之後，胡適在美國校園裏開始了詩歌形式的探索，亦即開始了他自己的獨立思考。

（二）

胡適在美國校園轉向關注詩歌形式，然而，這並不意味著新詩發生。在1915年夏天胡適正式提出「詩國革命」之前，除了選修英文課、閱讀、寫作詩歌、翻譯詩歌之外，他還在學習語言的過程中，關注文法、語音；在教授漢字的過程中，思考漢字問題；在與朋友的詩歌唱和與遊戲中，思考詩歌的形式……這些思考應該與胡適勤學好思有關，是他的興趣所在；另一方面也與他在完成大學學業後，進入研究生學習有關。美國的研究生學術訓練促使著胡適思考問題，他的《留學日記》便是證明：日記中記載了他搜集資料、

〔註47〕 梁啓超：《飲冰室合集·文集之四十五（上）》，中華書局，1989年版，第41頁。
〔註48〕 劉納：《嬗變：辛亥革命時期至五四時期的中國文學》，中國社會科學出版社，2009年修訂版，第170頁。
〔註49〕 劉納：《嬗變：辛亥革命時期至五四時期的中國文學》，中國社會科學出版社，2009年修訂版，第208頁。

發現提出問題、思考問題的情況。這些思考對新詩的發生都起到了重要的作用，然而，它們也不意味著新詩發生。這些思考與積累，就像海灘上一枚枚漂亮奪目的貝殼，只有當胡適把它們拾起且攢成一串貝殼項鍊時，它們存在的意義與價值才會因此而改變。也就是說，這些一個個具體的分散的思考，還需整合爲一個核心問題，形成一個理論視野，找到解決問題的方法。在分析胡適是如何解決問題之前，我們首先來梳理胡適的這些思考。

在本文看來，胡適的這些具體的思考，是新詩發生的準備工作。很多學者做過胡適「詩國革命」的探源工作，比較有影響的說法有：胡適受到意象派的影響，或者中國傳統文論的影響，比如宋詩的「以文爲詩」、袁枚的「性靈」說，或者受到 16～19 世紀傳統英詩的影響。〔註 50〕本文認爲，胡適所受到影響的這些中外文學資源很重要，但是，這些資源需要經過胡適自己的思考才能發生作用，所以，本文考察的重點不是這些資源本身，而是胡適如何借助這些資源做一個個具體的思考的。

留學生都會遇到外國語的問題。郭沫若曾羨慕成仿吾在日本高等學校三年間沒有用字典，因爲「日本高等學校的功課，有一半乃至以上是學外國語，有第一外國語，第二外國語……學醫的人在第一德語、第二英語之外，還要學第三種的拉丁語。一個禮拜的外國語時間在二十二三個鐘點以上。」〔註 51〕胡適也遇到了類似的問題，他學習過英語、德語、法語、拉丁語。比較有意思的是，郭沫若學習外國語的副作用，是把他「用力克服的文學傾向助長了起來」〔註52〕，使他和德國文學，特別是歌德、海涅等詩人的詩歌接近了，而胡適則是研究起文法來。他在《留學日記》中記載，「下午與 Mr. Ace 入城購拉丁文法一

〔註 50〕曠新年在《胡適與意象派》一文中對關於胡適詩歌理論資源的研究做過梳理，參見《胡適與意象派》，《中國文化研究》，1999 年秋之卷。此外，持胡適受晚明文論影響觀點如周質平，參見《胡適與中國現代思潮》，南京大學出版社，2002 年版；持胡適受宋詩影響觀點如李怡，參見《中國現代新詩與古典詩歌傳統》，北京大學出版社，2008 年 4 月增訂版；持胡適受 16～19 世紀傳統英詩影響觀點如江勇振、傅雲博，參見江勇振：《捨我其誰：胡適（第一部：璞玉成璧，1891～1917）》，新星出版社，2011 年版，Daniel Fried, *Beijing's Crypto-Victorian: Traditionalist Influences on Hu Shi's Poetic Practice*, Comparative Critical Studies 3.3（2006）.

〔註 51〕郭沫若：《創造十年》，《郭沫若全集》文學編 12 卷，人民文學出版社，1992 年版，第 51 頁。

〔註 52〕郭沫若：《創造十年》，《郭沫若全集》文學編 12 卷，人民文學出版社，1992 年版，第 66 頁。

冊，此君許以相教故也」，「初購希臘文法讀之」；〔註53〕他還在比較中發現，「德文之『主有位』（Genitive Case）甚有趣，漢文『之』字作主有位時亦與此同」〔註54〕；或許是因為學習外國語及其文法的觸動，與此同時，他開始閱讀《馬氏文通》；為了瞭解日本文明，他還涉獵日語文法……不僅如此，胡適還常常產生研究文法、作學術文章的意願，「他日擬廣此意為作『之』字說」，「擬於明日起著《德文漢詁》一書」。〔註55〕大學一年級時，胡適寫成的文章有《詩經言字解》。暫且不論此文論述如何，我們發現，在學習外國語及其文法的過程中，胡適對比中國的情況，認為中國文典遵循的是一種「無形之文法」，他進一步指出「今日現存之語言，獨吾國人不講文典耳。以近日趨勢言之，似吾國文法之學，決不能免」。為了能夠「讀吾國舊籍」與普及教育，要研究新文法，「今日吾國青年之通曉歐西文法者，能以西方文法施諸吾國古籍，審思明辨，以成一成文之法」，他日「後之學子能以文法讀書，以文法作文」，「則神州之古學庶有昌大之一日」。〔註56〕由此可見，第一，學習外國語及其文法是胡適研究中國新文法的靈感來源；第二，胡適有強烈的問題意識，他在中國典籍的閱讀和教育中發現了文法問題，且在中國文化系統中思考問題；第三，在解決問題時，胡適提出引入西方文法以做資源，雖然在這時還看出不成效來，但是胡適已隱約注意到西方文法嚴密的邏輯性特徵，將此引入中國讀書、作文中，最終會產生較大影響。正如胡適多年之後自己所說，「我也完全掌握了以中國文法與外語文法做比較研究的知識而受其實惠。」〔註57〕

關於句讀與文字符號即標點符號問題。胡適在 1914 年 7 月 29 日的日記中說：「我所作日記札記，向無體例，擬自今以後，凡吾作文所用句讀符號，須有一定體例」〔註58〕。一年之後寫成《論句讀及文字符號》一文，其寫作思路與《詩經言字解》一致，即在中西比較中發現中國文化的問題，在西方

〔註53〕 胡適：《胡適留學日記》上冊，安徽教育出版社，2006 年第 2 版，第 4、25頁。
〔註54〕 胡適：《胡適留學日記》上冊，安徽教育出版社，2006 年第 2 版，第 19 頁。
〔註55〕 胡適：《胡適留學日記》上冊，安徽教育出版社，2006 年第 2 版，第 19、32頁。
〔註56〕 胡適：《詩經言字解》，《留美學生年報》1913 年 1 月。此文寫於 1911 年 5 月11 日，參見胡適：《胡適留學日記》上冊，安徽教育出版社，2006 年第 2 版，第 15～16 頁。
〔註57〕 胡適：《胡適口述自傳》，唐德剛譯注，廣西師範大學出版社，2005 年版，第124～125 頁。
〔註58〕 胡適：《胡適留學日記》上冊，安徽教育出版社，2006 年第 2 版，第 217 頁。

的啓發下提出解決問題的方法：與西方相比，中國不僅沒有現代文法，也沒有標點符號，「今世界文明國之文字皆有一定之符號，以補文字之不足。獨吾漢文至今猶無規定之文字符號耳」。這有三大害處「意旨不能必達，而每多誤會之虞」，「教育不能普及」，「無以表示文法上之關係」，進而胡適在文中擬定了十一種文字符號。此外，《論句讀及文字符號》還有一點值得重視，胡適在論述「意旨不能必達」之害時，有一種現代視野，他說「蓋在今日，生活程度增高，人事日益複雜，學術日益繁賾。舉凡個人社會之間，所以會意達情；政府之所以發令施政；與乎國際交涉之所以要約結盟；無不惟文字是賴。一字之訛，一句之誤讀，小之或足失機僨事，大之或足以喪師蹙國。」〔註 59〕這些學術論文，現在看來或已過時被後來學者超過。但在本文看來，「過時」不是重點，重點是它們曾給予胡適學術訓練的機會，促使他做學術思維，這在隨後的「詩國革命」中顯示出它們的成效來。

　　在提出「詩國革命」前，胡適最著名的文章要算《如何可使吾國文言易於教授》。它的出名是因爲胡適在《逼上梁山》中勾勒新詩發明史時，有意從它談起。事實上，《逼上梁山》中只有這篇文章的節錄，《留學日記》中也只是記錄了要點。它的全文附在了趙元任所撰的《中國語言的問題》一文中，以《現行漢語的教學法》爲子題，作爲第三節，一起發表在 1916 年 4 月號的《中國留美學生月報》上。《現行漢語的教學法》仍然是發現問題、解決問題的思路：漢文的中心問題，在於它是否可以作爲教育的利器，而漢文不易普及的原因是舊有的教學法不當，進而開出七劑藥方：制定一套發音的字母，用「活字」，教「死字」的方法，提升白話文，讀俗文學，教文法，使用標點符號。〔註 60〕需要注意的是，第一，在這篇文章中已出現「死文字」、「活文字」的概念。胡適認爲「文言」像拉丁文一樣幾乎是完全「死」的語言。第二，在這篇文章中胡適肯定了「白話」的意義和價值。在傳統觀點中「白話」很「俗」、「鄙俚」，不具有審美性。胡適指出應該轉變這種傳統觀點，把「俗」理解爲「約定俗成」，同時還要看到「白話」在日常生活中的強大表意能力及其審美性，可以說，「白話」不僅是中國人的日常語言，它還具備創造「一個偉大的、活蹦的文學的條

〔註 59〕 胡適：《論句讀及文字符號》，《科學》第 2 卷第 1 期，1916 年 1 月。此文寫於 1915 年 8 月 2 日，參見胡適：《胡適留學日記》下冊，安徽教育出版社，2006 年第 2 版，第 105～107 頁。

〔註 60〕 參見江勇振：《捨我其誰：胡適（第一部：璞玉成璧，1891～1917）》，新星出版社，2011 年版，第 571～575 頁。

件」。由此可見，《文學改良芻議》中的一些概念和思想，在《現行漢語的教學法》一文中開始零星出現。然而，胡適這時還沒有想到用「白話」替代「文言」，他思考的重點是如何改良「文言」的教授方法，使漢文容易教授。也就是說《現行漢語的教學法》的研究重點是教育，而不是文學。與此類似，《詩經言字解》和《論句讀及文字符號》也在討論教育的問題。可以說，胡適這時思考的重點是如何普及教育，如何通過教育來啓蒙國民。

考察從 1911 至 1915 年夏正式提出「詩國革命」前，胡適中文舊體詩的寫作情況。胡適初到美國時計劃專攻本業，屢有禁詩的決心，開始一兩年偶而做詩，但自從任鴻雋、楊銓到美國後，在二人的不斷索要下做了大量舊體詩。從內容和功能上看，它們大致可分爲抒發個人感懷、描摹自然及社會風物、朋友家人之間的寄贈酬唱三類，其中以最後一類的作品數量最多。〔註61〕其實，胡適在中國公學時期就寫了大量類似的詩歌，如果要比較留學前後有什麼不同的話，正如他自己所說去國前的詩歌悲觀主義濃厚，到美國之後逐漸變淡，最後轉爲樂觀主義。也就是說，從詩歌內容上看，留學前後兩個階段的詩歌寫作沒有實質性的不同。然而，上文所言，在英文課的選修、英文詩的閱讀、寫作和翻譯的過程中，胡適對詩歌的關注點從內容轉移到了形式上，這應該對胡適的中文舊體詩寫作產生了一定的影響。理由很簡單，因爲英文詩與中文詩的寫作活動都是由同一主體進行的，不可能不相互影響，「三句轉韻體」就是典型例子。他在英文詩閱讀中發現「三句轉韻體，乃西文詩中常見之格」，於是他在《久雪後大風寒甚作歌》、《老樹行》等詩歌寫作中運用了「三句轉韻體」，他還在中國古典詩歌中尋找「三句轉韻體」樣本。〔註62〕其實，在舊體詩寫作過程中，相比詩歌的內容和功能，他更加關注詩歌的形式，並且往往是有意嘗試與探索詩歌的形式，例如，在《睡美人歌》中採用標點，「此詩吾以所擬句讀法句讀之，此吾以新法句讀韻文之第一次也」；在《老樹行》中運用散文句式，探索文法；在《書懷》中探索格律的自由問題，「以古詩法入律」等等。〔註63〕

〔註61〕 姜濤從內容和功能上將胡適的舊體詩大致爲抒發個人感懷、描摹自然及社會風物、朋友家人之間的寄贈酬唱三類，且做了相應的分析，參見姜濤：《「新詩集」與中國新詩的發生》，北京大學出版社，2005 年版，第 30～39 頁。

〔註62〕 胡適：《胡適留學日記》上冊，安徽教育出版社，2006 年第 2 版，第 87～88、367～368 頁。

〔註63〕 胡適：《胡適留學日記》下冊，安徽教育出版社，2006 年第 2 版，第 23、42、43 頁。

　　綜上所述，胡適在「詩國革命」提出前，長時期思考過文法、標點、語言文字以及詩歌形式等問題。這些思考有共同的地方：第一，它們的思考方式相似，即發現問題、解決問題，這與胡適在康乃爾大學的研究性學習有一定的關係。康乃爾的學術訓練促使胡適作學術性思考。第二，這些思考之間有某種程度的聯繫，例如，將文法、標點思考的成果運用在漢文教學法與詩歌形式探索方面，又如將教育普及的觀念貫徹在文法、標點和語言文字的思考中。然而，在一個具有高度統合的核心問題意識產生以前，這些思考都是一個個具體分散的思考，即使在這時胡適已經產生了「死文字」與「活文字」的概念，甚至在中國古典詩詞的閱讀過程中，產生了「詞乃詩之進化」，「何等自由，何等頓挫抑揚」的觀點。〔註64〕第三，胡適思考的這些問題，很多是清末民初比較常見的問題。他提出的解決方案也還沒有超越清末的整體水準。

（三）

　　「那個夏天，任叔永（鴻雋）、梅覲莊（光迪）、楊杏佛（銓）、唐擘黃（鉞）都在綺色佳過夏，我們常常討論中國文學的問題。……梅覲莊新從芝加哥附近的西北大學畢業出來，在綺色佳過了夏，要往哈佛大學去。九月十七日，我做了一首長詩送他……在這詩裏，我第一次用『文學革命』一個名詞。……原詩共有四百二十字，全篇用了十一個外國字的譯音，任叔永把那詩裏的一些外國字連綴起來，做了一首遊戲詩送我往紐約……九月二十日，我離開綺色佳，轉學到紐約去進哥倫比亞大學，在火車上用叔永的遊戲詩的韻腳，寫了一首很莊重的答詞，寄給綺色佳的各位朋友：詩國革命何自始？要須作詩如作文。」〔註65〕

　　這是一段充滿詩意的回憶。從中我們可以看到，胡適是在倉促之中提出「詩國革命」的，並未經過深思熟慮，它具有一定的偶然性。到底如何「作詩如作文」，他其實只有一個很模糊的概念〔註66〕。這種倉促行事的作風，正

〔註64〕　胡適在美國留學期間長期閱讀中國古典詩詞，經過長期的閱讀積累，逐漸形成了他自己關於詩詞體裁的看法，例如，他在 1915 年 6 月 6 日的日記中記載「詞乃詩之進化」的閱讀體會，在 1915 年 8 月 3 日記下了讀詞方法即「逐調分讀」法，參見胡適：《胡適留學日記》下冊，安徽教育出版社，2006 年第 2 版，第 71、108 頁。

〔註65〕　胡適：《胡適四十自述》，中國文史出版社，2013 年版，第 121～124 頁。

〔註66〕　胡適：《胡適口述自傳》，唐德剛譯注，廣西師範大學出版社，2005 年版，第 143 頁。

如韋蓮司所說「你在朋友圈裏，會輕率地說出你對公眾或社會事務的看法。你這樣做是因爲你腦筋很快，而不是因爲你有了理由充分的意見。因此，當你在矛盾之海泅泳的時候，你也許看到了某些字句（相信它們是對的），就說：『我寧願我是對的。』」〔註67〕韋蓮司批評胡適倉促行事，但換個角度看，這也可能是靈感的降臨。而靈感恰恰是新事物誕生所需的。當然，靈感也不是完全憑空而降的，它與胡適之前的閱讀、思考積累到一定程度有關。

問題是，倉促上陣後，接下來該怎麼辦？王富仁曾說，胡適「天生是一個做學問的人，他是按照做學問的方式來做詩的，他的理性不是在自己對世界、對人生的親身感受的基礎上建立起來的，更多地是從書本中學到的。」〔註68〕這符合胡適做詩的情況。其實，不僅僅做詩如此，胡適在思考文學革命、詩歌革命時尤其鮮明地運用了這種「做學問」的方式：突然間靈感一閃，朦朦朧朧意識到問題的存在，緊緊抓住問題進一步將它具體化、明晰化，然後尋找解決問題的方案、方法，最後試驗以證明方案可行。

在朦朦朧朧抓住了「作詩如作文」之後，胡適開始作更嚴肅的思考，使問題變得更清晰、更明白了，他在 1916 年 2 月 3 日的日記中記載：「今日文學大病，在於徒有形式而無精神，徒有文而無質，徒有鏗鏘之韻貌似之辭而已」〔註69〕。也就是說，中國文學（詩歌）的問題是有形式沒內容，或稱之爲「文勝之弊」，或「言之無物」。很多學者對此做過分析，指出：這其實是在講文學與其共時性語境中的生活經驗之間的關係問題。〔註70〕或者說，胡適談論的是詩歌的表意問題、詩歌與「現實」歷史的關聯問題，它要求擴大詩歌的表意能力，要求詩歌能夠包容歷史遽變中嶄新的事物和經驗，開掘新的表意空間，這是一種現代性的衝動，即在既有的審美規範之外的新異探索中，捕捉特殊的、變化的現代經驗。〔註71〕這些分析說明了，近代以來出現

〔註67〕 Williams to Hu, August 31, 1938，轉引自江勇振：《星星、月亮、太陽：胡適的情感世界》，新星出版社，2006 年版，第 281 頁。

〔註68〕 王富仁：《中國現代新詩的「芽兒」——冰心詩論》，《現代作家新論》，山西教育出版社，1998 年版，第 157 頁。

〔註69〕 胡適：《胡適留學日記》下冊，安徽教育出版社，2006 年第 2 版，第 189 頁。

〔註70〕 段從學：《胡適新詩本體話語的差異性建構》，《內外之間：新詩研究的問題與方法》，張桃洲、孫曉婭主編，社會科學文獻出版社，2012 年版，第 235～238頁。

〔註71〕 姜濤：《「新詩集」與中國新詩的發生》，北京大學出版社，2005 年版，第 127～133 頁。

了一種新的趨勢，即要求現代歷史經驗能夠進入中國文學（詩歌）中去：這實質上是一種現代要求，因爲現代社會才強調「現實的歷史」和「未來的面貌」，而古典時代則強調「過去」與超歷史的「道」。當然，胡適的這種觀點也不是憑空而降的，它是晚清以來的一個趨勢，只是胡適將它明確化、清晰化，它成了胡適的核心問題與思考的出發點，它因此而獲得了新的意義。然而，有學者更進一步，認爲它不僅是晚清以來的趨勢，而且是中國文論的一個悠久的傳統。例如，文質的問題是中國傳統文論所關懷的主流問題，〔註72〕胡適對「言之有物」的強調和對於「質」的重視，鮮明地顯示了「修辭立其誠」和「辭達而已矣」的以儒家爲代表的中國傳統文學思想的背景。〔註73〕在本文看來，傳統文論中的「質」與「物」強調的是「道」，而胡適強調的是現代歷史經驗，二者有著實質性的不同。可以說「文勝之弊」，或「言之無物」只是胡適從中國傳統文論中提取的命題，雖然它們來自傳統文論，反映了胡適文學思想的繼承性特徵，但是它們骨子裏面卻具有一種現代的氣質。換句話說，胡適從傳統文論中提取的命題，卻指向了現代中國文學中出現的問題，所以重點不在多大程度上繼承了傳統，而在指向現代的問題意識。因此，在本文看來，它們的意義更在於使胡適「彷彿認識了中國文學問題的性質」〔註74〕。上文所述胡適需要找到一個具有整合能力的核心問題，在此胡適找到了。在他與朋友的爭辯過程中，「胡適眞切地體驗到了來自周遭的文化衝突，他不得不據理力爭，不得不證明自身在詩歌中的存在。他也第一次認眞地清理著自己原本是沒有多少系統性、銳利感的語言文學思想，並在一個抗拒他人傳統習慣的取向上不斷調整和完善自己，這便有了追求上的明確性」，〔註75〕終於明晰了他的問題。此後，他能夠圍繞這個問題，將他所有的思考與積累整合起來去尋找解決問題的方案。有了這個問題，胡適就像有了馬達，開啓起了上下求索之路。

接下來尋找解決方案。在尋找的過程中，胡適也不那麼確定，因此，他大致尋到了兩套方案。第一套方案，同樣是在1916年2月3日的日記中記載：

〔註72〕周昌龍：《超越西潮：胡適與中國傳統》，臺灣學生書局，2001年版，第167～182頁。

〔註73〕曠新年：《胡適與意象派》，《中國文化研究》，1999年秋之卷。

〔註74〕胡適：《胡適四十自述》，中國文史出版社，2013年版，第127頁。

〔註75〕李怡：《中國現代新詩與古典詩歌傳統》，北京大學出版社，2008年增訂版，第154～155頁。

「今欲救此文勝之弊，宜從三事入手：第一，須言之有物；第二，須講文法；第三，當用『文之文字』」。〔註 76〕第二套方案經過幾個月的思考逐漸形成且於 7 月 6 日追記日記中有記載，「以白話作文作詩做戲曲小說」〔註 77〕，要用活的工具代替死的工具，用活文學代替死文學。

首先，來看第一套方案。它直接針對問題「言之無物」，將「言之有物」放在了第一位。如何才能做到「言之有物」，或者說擴大詩歌的表意空間？它的回答是用「文之文字」，也即是「以文入詩」，採用散文的文字、句式來寫詩。在此，我們比較明顯地看到，前文關於胡適準備階段的思考與積累紛紛整合進入到「詩國革命」的大問題中來。在這套方案中，散文與文法是重點。前文我們還指出胡適在《老樹行》的寫作中探索用散文句式來寫詩，思考文法與詩歌的關係。其次，關於第二套方案。事後多年，胡適自己對其發現過程做過生動的描述：「我的思想起了一個根本的新覺悟」，「從此以後，我覺得我已從中國文學演變的歷史上尋得中國文學問題的解決方案，所以我更自信這條路是不錯的」，又「我對中國文學的問題發生了智慧上的變遷」〔註 78〕。由此可見，胡適是相當滿意他自己的第二方案。對比兩套方案，我們發現，前者的重點是散文和文法，強調以散文化的方式來解決詩歌「言之無物」的問題，後者的重點則是語言、白話，強調用白話來寫詩歌。兩套方案的重點都落在了詩歌的形式上，而不是詩歌的內容上，強調詩歌的政治功能等。總而言之，從第一套方案到第二套方案，胡適關注的重點發生了從散文化到白話的變化。不僅如此，還有一個重大變化：在第一套方案中胡適重點思考解決詩歌的問題，到了第二套方案時胡適的重點則轉到了整個現代中國文學，詩歌成為了其中的一部分，結果演變成現代白話詩歌是文學革命、白話文革命成功與否的證明。這引來了後人的眾多批評，如胡適的文學觀點主要就是在談「白話」、談語言工具，是典型的工具論，或者形式主義論，尤其忽視了新詩的「詩質」問題，導致新詩只有「白話」沒有「詩」。但需要注意的是，在美國留學期間，胡適對這兩套方案的偏愛並沒有那麼明顯，後來之所以明顯不同，這應該與回國之後的歷史語境有關。

〔註 76〕 胡適：《胡適留學日記》下冊，安徽教育出版社，2006 年第 2 版，第 189 頁。
〔註 77〕 胡適：《胡適留學日記》下冊，安徽教育出版社，2006 年第 2 版，第 242 頁。
〔註 78〕 胡適：《胡適四十自述》，中國文史出版社，2013 年版，第 128、131 頁。胡適：《胡適口述自傳》，唐德剛譯注，廣西師範大學出版社，2005 年版，第 144 頁。

最後，胡適開始白話詩試驗。他寫了《他思祖國也》、《江上》、《中秋》、《黃克強將軍哀辭》、《蝴蝶》、《十二月五夜月》等白話詩，並打算將白話詩結集取名為《嘗試集》，以表試驗之意。

綜上所述，胡適「詩國革命」的提出與他英國文學專業學習和他在留學期間的學術文章寫作及其相關思考有著重要的關係：它們不僅使胡適對詩歌的關注從內容轉向了形式，還促使胡適發現中國詩歌的問題，且使得胡適提出解決方案且以先鋒的姿態「實地試驗」。也就是說，美國大學教育是以「學習」的方式，在理論層面上，啓發了胡適，使胡適進入了現代詩歌的探索，而不是從情感體驗、審美感受的角度使胡適進入現代詩歌的探索：這是中國新詩發生的重要特徵之一。

第二章　域外教育與新詩的發生（二）
——以日本教育爲例

　　在第一章中，我們主要從美國教育的角度，追蹤了胡適在美國校園的詩歌探索歷程。描述了胡適及其留美同學的生活學習狀態、心理狀態，尤其是他們未來國家建設身份者的自我定位與期許。分析了康乃爾大學的英國文學專業學習、學術訓練對胡適的詩歌形式探索的影響，即胡適對詩歌的關注從內容轉向了形式，發現了中國詩歌的問題，提出了「詩國革命」，而且開始白話詩寫作嘗試。也就是說，美國大學教育是以知識的、或「學習」的方式，在理論層面上，啓發了胡適，使胡適走上中國新詩探索之路。

　　然而，胡適的情況僅僅是新詩發生的一個側面。新詩的發生是極其複雜的、多元的。我們不能抓住它的一個側面，以偏蓋全。如果我們將日本教育，例如，學堂樂歌與日本的學校唱歌教育、郭沫若與日本的高等教育的關係納入其中思考，就會發現新詩發生的另一側面，進而可以揭示新詩發生的複雜性與豐富性。以郭沫若爲例，郭沫若與日本是中國現代文學研究的一個重要論題，歷來的比較文學研究已作了相當豐富的揭示。例如，在影響研究的框架下，郭沫若在日本受到了哪些文藝思潮的影響，郭沫若的獨特性是什麼等等。如果從日本教育的角度出發，探討郭沫若與新詩的發生的關係，那麼我們將會有新的發現，與胡適在美國接受系統的英國文學專業學習與嚴格的學術訓練不同，郭沫若在日本高等教育與校園文化氛圍之中被激發起了強烈的文學感覺與創作欲望。那麼，日本高等教育、大學教育以及日本的校園生活是怎樣激發起了郭沫若的文學感覺與創作欲望？郭沫若是怎樣走上新詩創作

之路的？郭沫若的新詩之路與胡適的新詩之路有何差異，他們對新詩的發生
與發展各有何影響？另外，日本的學校唱歌對中國的學堂樂歌有何影響？學
堂樂歌對中國詩歌的現代轉型又有何影響？

　　基於以上考慮，本章將探討三個方面的內容：第一，日本學校唱歌對中
國學堂樂歌的影響，以及學堂樂歌與中國新詩發生的關係；第二，日本高等
教育與郭沫若新詩創作的關係；第三，在前一節的基礎上進一步揭示日本校
園與青年郭沫若的新詩創作關係，即探討郭沫若在日本校園的青春體驗及其
與《女神》的創作關係。

第一節　日本學校唱歌與學堂樂歌

　　學堂樂歌，指清末民初新式學堂裏的音樂課和音樂課上教唱的歌曲。首
先需要說明的是，從清末到民初「唱歌」課、「樂歌」課、「音樂」課三個名
稱常常並存、互用，直到二十年代才有人提出統一為「音樂」課〔註1〕。本文
不打算對這三個課程名稱進行區分，而根據行文的方便，選用某一稱呼。

（一）

　　明治5年（1872年），日本明治政府頒佈了新學制，其中規定了小學校和
中學校的音樂教育，即在小學校裏教唱歌，中學校裏教樂器。「唱歌」首次在教
育法令中被規定為正式課程，但是附有「將長期缺欠」的注釋，因為當時沒有
適當的教材、樂器和教師。「唱歌」課在相當長一段時間內未得以實施。〔註2〕

　　明治12年（1879年），文部省設置了音樂調研所，進行音樂方面的調查
和研究。音樂調研所負責人伊澤修二指出該所的具體任務有：第一，融合東
洋和西洋的音樂創作新曲；第二，培養未來可振興國樂之人才；第三，於各

〔註1〕　1923年，劉質平在《致新學制課程標準起草委員會討論中小學音樂科課程綱
　　　　要的意見書》中提出「初中樂歌科應改稱音樂科」，參見《中國近現代學校音
　　　　樂教育文選：1840～1949》，俞玉姿主編，上海教育出版社，2010年版，第
　　　　126頁。

〔註2〕　關於日本學校音樂教育的情況，本文參考了（日）星旭著，李星光譯：《日本
　　　　音樂簡史》，人民音樂出版社，1986年版；繆裴言、繆力、林能傑編著：《日
　　　　本音樂教育概況》，上海教育出版社，1999年版；高婷：《留日知識分子對日
　　　　本音樂理念的攝取：明治末期中日文化交流的一個側面》，文化藝術出版社，
　　　　2009年版。

學校實施音樂教育。〔註3〕由此可見，音樂調研所不僅要創作新的音樂和培養少數專業人才，還要普及以普通國民爲對象的學校音樂教育。於是，音樂調研所在學校音樂教育的師資培養、教材編寫等方面發揮了較大作用。這集中表現在 1881 年出版了《小學唱歌集》初編，1883 年、1884 年相繼出版了《小學唱歌集》第二編、第三編。緊接著，還出版了《唱歌掛圖》、《音樂問答》、《樂典》等音樂書籍。從這時起，自明治 5 年以來暫缺的「唱歌」課才眞正開始實施。到了明治 40 年（1907 年），根據《小學校令》的規定，音樂課最終成爲了必修課。

　　山住正己曾指出，《小學唱歌集》爲把握當時日本的學校音樂教育的特徵提供了非常重要的線索，主要理由有：第一，這部唱歌集直到明治四十年代「文部省唱歌」出臺爲止，當時的小學生幾乎人手一冊；第二，其後文部省等官方編輯的唱歌集基本上沿承了這本唱歌集的基本方針，即音樂上「和洋折衷」，歌詞上「捨俗取雅」；第三，歌詞宣揚「向上進取的精神」，且暗含「新國家主義以及國權主義」的思想意圖。〔註4〕因此，我們可以借助《小學唱歌集》瞭解日本學校的「唱歌」課情況。首先，這部唱歌集的大部分歌曲是在日本現有歌曲的旋律上重新塡詞，而新塡寫的歌詞大都爲「文言」或「雅言」。這種「捨俗取雅」的歌詞特徵持續了十多年，直到明治三十年代「言文一致唱歌運動」〔註5〕才有所改變。以田村虎藏爲例，他在這次唱歌運動中開始嘗試以兒童的日常口語創作歌詞，並且自譜曲。這些歌曲，受到了學生的歡迎，在日後集結爲《幼年唱歌集》出版，得到了政府的認可。尤其值得一提的是明治四十年代

〔註3〕　參見高婷：《留日知識分子對日本音樂理念的攝取：明治末期中日文化交流的一個側面》，文化藝術出版社，2009 年版，第 32 頁。

〔註4〕　據高婷指出，以明治日本學校音樂教育的成立期爲研究對象的先驅性專著，是山住正己的《唱歌教育成立過程之研究》。山住正己利用現存於東京藝術大學的大量一手史料以及當時的報刊雜誌，詳細考察了明治 5 年學制頒佈後，在政府的主導之下日本唱歌教育的確立過程，且揭示了日本近代唱歌教育的本質特徵，是將唱歌作爲涵養德性的手段。參見高婷：《留日知識分子對日本音樂理念的攝取：明治末期中日文化交流的一個側面》，文化藝術出版社，2009 年版，第 9、33 頁。

〔註5〕　言文一致，是日本當時文學界、教育界的主流動向。1900 年，小學改正令將分爲讀書、作文、習字三科的課程統一改爲「國語」課，且規定教材應該使用平易的文章。1901 年，中學校令施行規則規定國語學習以現代文爲主，就此改變了以往以漢文和古文爲中心的方針。在音樂界則表現爲「言文一致唱歌運動」。參見高婷：《留日知識分子對日本音樂理念的攝取：明治末期中日文化交流的一個側面》，文化藝術出版社，2009 年版，第 52～53 頁。

的《普通小學讀本唱歌》，它是以文部省編寫的小學《國語》教科書中的韻文教材作爲歌詞，全部由日本人作曲的歌曲，其中大部分歌曲廣爲傳唱。

其次，《小學唱歌集》的序指出：「大凡教育均以德育知育體育三者爲要。而於小學階段最應以德性的涵養爲要。音樂則有基於萬物的本性端正人心、整頓風化之妙。」〔註6〕在此，涵養德性被視爲音樂（唱歌）的主要功效，德育是開設唱歌課的主要目的。這一觀點正是音樂調研所負責人伊澤修二的觀點，他曾說：「唱歌基於人的本性，感化薰陶人的感情。歡快的樂曲使人歡欣；而悲哀的樂曲則使人哀愁，除音樂之外沒有如此能夠感動人心之物。因此，歌唱純潔、充滿正氣的樂曲能夠使人心自正；而聽到和諧優美的樂曲可以自然而然地使人心端正平和，且邪念自去。……能夠如此起到修身養性、移風易俗作用的，除音樂之外別無旁物。」〔註7〕明治政府也持有同樣的看法，並將其貫徹在教育令中實施：在明治 13 年（1880 年）的《改正教育令》中，將「修身」課放置在所有課程的首位，以表明政府對德育的重視；又在明治 24 年（1891 年）文部省第 5 號訓令中強調，在小學教育中，以涵養德性、實踐人道爲最主要之目的，特別應弘揚尊王愛國的精神，使兒童努力學習與實業有關的知識，並提高修養，以成爲忠良之國民。而唱歌課則是實現該目的的最好方式。因此，學校的唱歌課得到了政府的大力支持，上升爲必修課。不僅如此，唱歌還在其他場合推廣開來，如明治 24 年（1891 年）公佈的《小學校祝日大祭日儀式規定》，小學生在祝日大祭日合唱相關歌曲；又如，明治 27 年（1894 年）文部省訓令第 7 號規定，高等小學校的男生在軍事體操課時應唱軍歌以壯氣勢。軍歌因此在學校傳唱開來。總的來說，明治時期日本的唱歌教育「不是作爲藝術教育或美育、而是作爲『德育』來推廣和發展」〔註8〕，以宣揚忠君愛國、軍國主義思想。這樣的學校音樂教育，給清末東遊日本的中國人留下了極爲深刻的印象：

> 觀音樂教室，凳長七尺，以兩凳連接爲一列，共五列。左右置

〔註6〕 河口道郎：《近代音樂教育論成立史研究》，音樂之友社，1996 年版，第 256 頁，轉引自高婷：《留日知識分子對日本音樂理念的攝取：明治末期中日文化交流的一個側面》，文化藝術出版社，2009 年版，自第 34 頁。

〔註7〕 伊澤修二：《伊澤修二氏ノ口演》，《千葉教育會雜誌》第 20 號，1883 年 5 月 10 日，轉引自高婷：《留日知識分子對日本音樂理念的攝取：明治末期中日文化交流的一個側面》，文化藝術出版社，2009 年版，第 35 頁。

〔註8〕 高婷：《留日知識分子對日本音樂理念的攝取：明治末期中日文化交流的一個側面》，文化藝術出版社，2009 年版，第 36 頁。

大小兩琴，師弄大琴，學生皆依琴聲而歌。初唱《大炮歌》，次唱《德川公歌》，次唱《海之世界歌》，其所用書爲《幼年唱歌》（四編上卷）。每一歌終，師復略略弄琴，作他歌之琴聲一句，學生皆舉手。師擇一生問之，答是某歌，又弄琴，又問而又答之，所以令其辯音也。歌聲十分雄壯，十分齊一，其氣遠吞洲洋，令人生畏。余心大爲感動，毛骨悚然，不料海外鼓鑄人才乃至若此。〔註9〕

扶桑島國，吸星宿之流而揚其波，音樂專科，永定學制。三尺童子，束髮入塾，授之以律譜，教之以歌詞，導活潑之神，而牖忠愛之義，浸淫輸灌，養成能獨立、能合群之國民。黑子彈丸，一躍而震全球之目。〔註10〕

入一外國小學校，歌聲朗朗，琴聲洋洋。其有動於衷也，於是歸作一歌，購一琴，於其學堂中，則更添一科曰唱歌。〔註11〕

予初至日本，觀其音樂會及訪其教師，一若天壤之隔，高不可仰，蓋崇拜之甚也。〔註12〕

可以說，在日本學校的唱歌課上，學生合唱歌聲所展現出來的氣勢與力量，以及歌詞所體現出來的忠君愛國等思想與精神，給予中國人強烈的震撼和感官衝擊。

從 1902 年起，中國留日學生陸續在日本的東京音樂學校、東洋音樂學校等學校學習音樂。此外，還有其他學校的中國留學生兼修音樂。據《東京音樂學校一覽》所載，作爲當時日本唯一的國立音樂學校，東京音樂學校從 1902年至 1920 年間在學中國留學生有 77 名。而當時日本的私立音樂學校也有不少中國留學生，如東洋音樂學校，在鈴木米次郎校長主持該校期間「在校學生有七八成是中國人。」〔註13〕中國近代第一代學堂音樂家，如沈心工於 1902年自費留學日本，入東京弘文學院，學習音樂；曾志忞於 1901 年赴日留學，

〔註9〕 項文瑞：《東遊日記》，《中國近代音樂史料彙編：1840～1919》，張靜蔚編，人民音樂出版社，1998 年版，第 86～87 頁。

〔註10〕 湯化龍：《〈新編唱歌集〉序》，轉引自《近代音樂思潮》，《觸摸歷史──中國近代音樂史文集》，張靜蔚編，上海音樂出版社，2013 年版，第 54 頁。

〔註11〕 曾志忞：《〈樂典教科書〉自序》，《20 世紀中國音樂批評文獻導讀》，明言編著，上海音樂學院出版社，2010 年版，第 41 頁。

〔註12〕 曾志忞：《日本之音樂非眞音樂》，《20 世紀中國音樂批評文獻導讀》，明言編著，上海音樂學院出版社，2010 年版，第 48 頁。

〔註13〕 參見張前：《中日音樂交流史》，人民音樂出版社，1999 年版，第 277 頁。

先在早稻田大學學習法律，1903 年轉入東京音樂學校選科，學習唱歌和鋼琴；李劍虹於 1904 年到日本留學，入東京音樂學校學習音樂；辛漢於 1904 年入東京音樂學校選科，學習風琴；李叔同於 1905 年赴日留學，1906 年入東京美術學校，主攻繪畫，兼攻音樂；蕭友梅於 1901 年入東京高等師範學校附屬中學學習，1906 年自費入東京音樂學校選科，學習唱歌和鋼琴……這一時期，沈心工在中國留學生中發起組織「音樂講習所」，聘請鈴木米次郎講授爲期兩個月的樂歌製作及演唱。曾志忞又在「音樂講習所」的基礎上組建了「亞雅音樂會」，設「唱歌講習會」、「軍樂講習會」等，傳授音樂知識和技能。李叔同在東京編輯出版了中國最早的音樂專業刊物《音樂小雜誌》，刊發教育唱歌以及詞章、雜感、音樂知識等文章。其他刊物如留日學生創辦《江蘇》、《雲南》，以及梁啓超創辦的《新民叢報》等，也都刊發了樂歌作品或其他音樂文章。在此期間，中國留日學生還編撰出版了大量音樂書籍，有曾志忞的《教育唱歌集》、《樂典教科書》、《音樂全書》，辛漢的《唱歌教科書》、《中學唱歌集》，盧保衡等編的《新編唱歌集》，黃子繩、權國垣等合編的《教育唱歌》等。到 1912 年中華民國成立的前夕，已出版樂歌和樂理方面的音樂書籍近 30 種，發表樂歌作品近 1000 首。在留日學生的努力之下，學堂樂歌在中國新式學校開展起來，成爲中國近代學校音樂教育的開端；與此同時，學堂樂歌對中國詩歌的現代轉型產生了一定的影響。後者將是本文討論的重點。

（二）

一般來說，在先秦時期，詩大都是可以歌唱的，然而從漢代起，詩開始分爲兩大類：一類是可以歌唱的詩即「歌詩」，另一類是不可以歌唱的詩，稱爲「誦詩」，或「徒詩」。〔註 14〕儘管如此，在唐宋元時期，詩與歌仍然相伴而生；只有到了明代以後，詩與歌才基本上沒有了關係。也就是說，漢代的歌詩「樂府」流變爲誦詩「樂府詩」，隋唐的歌詩「燕樂歌詞」、「曲子詞」流變爲「詞」，金元的歌詩「胡樂俗曲」流變爲「散曲」。到了明代歌詩不復存在，清代連南曲的歌唱法也失傳：這成爲清代人的普遍看法。〔註 15〕正如清

〔註14〕關於「歌詩」概念以及「歌詩」的流變，參見趙敏俐等著：《中國古代歌詩研究：從〈詩經〉到元曲的藝術生產史》，北京大學出版社，2005 年版，第 43～47 頁。

〔註15〕清代普遍認爲明代以後沒有「歌詩」了，參見孫之梅：《明代歌詩考——兼論明代詩學的歌詩品質》，《文學評論》，2012 年第 1 期。

人皮錫瑞在《經學通論》中所說「古者詩教通行，必無徒詩不入樂者。唐人重詩，伶人所歌，皆當時絕句；宋人重詞，伶人所歌，皆當時之詞；元人重曲，伶人所歌，亦當時之曲。有朝脫稿而夕被管絃者。宋歌詞不歌詩，於是宋之詩為徒詩；元歌曲不歌詞，於是元之詞為徒詞；明以後歌南曲，不歌北曲，於是北曲亦為徒曲。今並南曲亦失其傳，雖按譜而填，尟有能按節而歌者。如古樂府皆入樂，後人擬樂府，則名焉而已。」〔註 16〕總之，在清代人看來，中國的歌詩傳統已失傳。所以，當清末參照歐美、日本學校教育創辦新式學堂時，他們發現外國學校開設有唱歌課，便聯想到了中國的歌詩傳統。作為一種民族記憶，歌詩常常或隱或顯地出現在清末民初有關音樂教育的論述或實踐中。他們常常將唱歌與歌詩聯繫起來，或者借中國古詩歌吟誦代替新式學堂唱歌課，或者希望通過給古詩譜新曲的方式來發展學堂樂歌，前者以清廷官員張之洞及其「癸卯學制」為代表，後者以維新人士梁啓超為代表。

　　1903 年，張之洞等人奉旨參與重訂學堂章程，在上呈的《學務綱要》〔註 17〕中，以外國學校章程為依據，提出在新式學堂開設「唱歌音樂」課。由於清政府還不具備相應條件，唱歌課只能暫緩。然而，他們又在中小學堂章程的「中小學堂讀古詩歌法」一項中，提出以讀古詩歌代替唱歌課，「外國中、小學堂皆有唱歌音樂一門功課，本古人絃歌學道之意。惟中國雅樂久微，勢難仿照。然考王文成《訓蒙教約》，以歌詩為涵養之方，學中每日輪班歌詩；呂新吾《社學要略》，每日遇童子倦怠之時，歌詩一章，擇淺近能感發者令歌之。今師其意，以讀有益風化之古詩歌列入功課。」〔註 18〕緊接著，對閱讀材料做了明確規定，即以歌謠、樂府為主，「協律可歌」，「有合於古人詩言志、律和聲之旨，即可通於外國學堂唱歌作樂、和性忘勞之用」。〔註 19〕由此可見，張

〔註 16〕　皮錫瑞：《經學通論》二詩經，中華書局，1954 年版，第 55～56 頁。

〔註 17〕　《學務綱要》指出「移風易俗，莫善於樂，秦漢以前，庠序之中，人無不習。今外國中小學堂，師範學堂，均設有唱歌音樂一門，並另設專門音樂學堂，深合古意。惟中國古樂雅音，失傳已久。此時學堂音樂一門，只可暫從緩設，俟將來設法考求，再行增補。」張百熙、榮慶、張之洞：《學務綱要》，《中國近代教育史資料》上冊，舒新城編，人民教育出版社，1981 年第 2 版，第 209 頁。

〔註 18〕　《奏定初等小學堂章程》，《中國近代教育史資料》中冊，舒新城編，人民教育出版社，1981 年第 2 版，第 420 頁。

〔註 19〕　《奏定初等小學堂章程》，《中國近代教育史資料》中冊，舒新城編，人民教育出版社，1981 年第 2 版，第 420 頁。

之洞等人認為，外國學堂的「唱歌音樂」與中國的「古音雅樂」在性質、功能上相似，雖然後者已失傳，但可以用吟誦古詩歌代替外國的唱歌課。可以說，這在某種程度上受到了中國歌詩傳統的影響，因為歌詩可以入樂歌唱。雖然到了清代歌詩已失傳，但在張之洞等人看來，可以借助與歌詩相近的古詩歌吟誦來完成唱歌的教育功能。事實上，外國的唱歌與中國的古詩歌吟誦差異甚大，二者在節奏、音律等方面完全不同，其時張之洞等人還無法對二者做出區別，故混為一談。雖然，學部於 1909 在《奏變通中學堂課程分為文科、實科摺》中提出將「讀古詩歌」改為「樂歌」，唱歌課作為學校教育中的一門正式課程的地位被確立。然而，清廷對外國的唱歌課與中國的古詩歌吟誦的看法仍未改變，奏摺中說：「樂歌乃古人弦誦之遺，各國皆有此科，應列為隨意科目，擇五七言古詩歌詞皆雅正、音節諧和、足以發抒志氣、涵養性情、篇幅不甚長者，於一星期內酌加一二小時教之」。〔註 20〕這一方面是對外國學校音樂教育的誤解，另一方面則是對中國詩歌傳統的堅持。中國古詩歌在吟誦時無論多麼有音樂之美，它都不是西方意義上的唱歌。而學堂樂歌也不是封建意義上禮、樂、射、御、書、數「六藝」中的一門技藝，而是具有現代意義的一門新的藝術，〔註21〕它與中國古詩歌也有本質上的不同。張之洞等人將它們混為一談，在某種程度上不利於學堂樂歌的開展，也不利於中國詩歌的現代轉型。

戊戌變法失敗後，梁啓超流亡日本。在此期間，他一方面真正接觸到了日本學校唱歌，另一方面與留日學生曾志忞等人往來，參與留日中國學界的音樂活動，且在他主持的《新民叢報》上刊發唱歌作品與音樂文章。梁啓超主要是從啓蒙的角度肯定唱歌課，將唱歌視為重塑國民性的工具，如「蓋欲改造國民之品質，則詩歌音樂為精神教育之一要件」〔註22〕，「今日不從事教育則已，苟從事教育，則唱歌一科，實為學校中萬不可缺者」〔註 23〕。這與

〔註20〕 學部：《奏變通中學堂課程分為文科、實科摺》，《中國近代教育史資料》中冊，舒新城編，人民教育出版社，1981 年第 2 版，第 517 頁。

〔註21〕 張靜蔚指出「當時的音樂課，不管有多麼幼稚和淺顯，它已經不是封建意義上禮樂射御書數『六藝』中的一門，而是作為相繼而起的新的藝術，進入近代社會文化領域，同『詩界革命』、『小說界革命』、『文體革命』等一樣，成為新的文化運動的一部分。」參見張靜蔚編：《近代音樂思潮》，《觸摸歷史——中國近代音樂史文集》，上海音樂出版社，2013 年版，第 47 頁。

〔註22〕 飲冰子：《飲冰室詩話》，《新民叢報》第 40、41 合號，1903 年 11 月 2 日。

〔註23〕 飲冰子：《飲冰室詩話》，《新民叢報》第 46、47、48 合號，1904 年 2 月 14 日。

他的三界革命借文學「開啓民智」的思想一致。然而，值得一提的是，與張之洞等人相似，梁啓超在論述學堂唱歌課時將唱歌與中國傳統詩歌相聯繫。梁啓超說中國的樂學早已發達，在明代以前，雖然發展緩慢，但是傳統猶在，而且大多數詩歌韻文都可以入樂歌唱，文學家、詩人都通音律，懂音樂；然而清代以來，士大夫不再過問音樂，詩歌也不再入樂歌唱，中國的樂學傳統、歌詩傳統都不復存在了，「推原其故，不得不謂詩與樂分之所致也。」〔註24〕在參照西方學校唱歌課時，張之洞、梁啓超等人都聯想到了中國入樂可歌唱的歌詩。然而，如前所述，清代人普遍認爲，自明代以來中國的歌詩傳統已不存在了。與張之洞用古詩歌吟誦法代替唱歌課不同，梁啓超在日本瞭解到留日中國學界學習西方音樂的情況之後，進而提出在引進西方音樂的基礎上，以古詩譜新曲的方式發展我國唱歌，他說「樂學漸有發達之機，可謂我國教育界前途一慶幸。苟有此學專門，則吾國古詩今詩，可以入譜者正自不少；如岳鄂王《滿江紅》之類，最可譜也。近頃橫濱大同學校爲生徒唱歌用，將南海舊作《演孔歌》九章譜出，其音溫以和；將鄙人舊作《愛國歌》四章譜出，其音雄以強；能叶律，如是，是始願所不及也。推此以譜古詩，何憂國歌之乏絕耶？」〔註25〕在梁啓超看來，雖然中國的「古音雅樂」已失傳，但通過引進西方音樂，給中國古詩歌、或今人創作的古體詩譜新曲，則可以繁榮中國的「國歌」。這種做法雖然可行，但是很難說能夠在整體上得以實現，因爲西方音樂與中國古詩有本質上的不同，「西洋的曲調，它的調式、節奏以及結構，不同於我國古老的傳統音樂，也不同於東方的音樂傳統。但它們是產生於資產階級革命之中，或是資本主義時代。它們具有不同於封建社會音樂的氣質。它們較之我們古老的傳統音樂，也確有其更適合表現近代人的思想感情的一面」〔註26〕，它們顯然也不同於生長於農耕文明中的中國傳統詩歌。雖然梁啓超比張之洞等人前進了一步，但是，他們都是從中國的詩樂傳統的角度來理解西方的唱歌課，甚至西方的音樂。

　　與梁啓超觀點類似的還有李叔同、王國維等人，他們也主張採用古詩譜新曲的方式來推廣學堂樂歌。在留日兼修音樂之前，李叔同就已編著出版了

〔註24〕飲冰子：《飲冰室詩話》，《新民叢報》第40、41合號，1903年11月2日。
〔註25〕梁啓超：《飲冰室合集‧文集之四十五（上）》，中華書局，1989年版，第77頁。
〔註26〕張靜蔚編：《論學堂樂歌》，《觸摸歷史——中國近代音樂史文集》，上海音樂出版社，2013年版，第21頁。

《國學唱歌集》，他在序中說「顧歌集甄錄，僉出近人撰著，古義微言，匪所加意，余心恫焉」，擔憂學堂樂歌背離中國傳統文化，於是，「商量舊學，綴集茲冊，上溯古毛詩，下逮崑山曲，靡不鯉理而會粹之」。〔註27〕從唱歌集的內容上看，李叔同的著眼點「主要還是在文學方面，即當時學堂歌曲的歌詞方面，較少涉及音樂本身」。〔註28〕李叔同這時的樂歌關注點與其說是音樂，還不如說是中國的傳統詩歌。王國維與此類似，他曾在《論小學校唱歌科之材料》〔註29〕一文中指出，當時學堂樂歌的歌詞沒有古人名作「美」，主張學堂樂歌應該採用古人的名作作歌詞，尤其是歌詠自然和古蹟的古詩。他認為這些古詩不僅符合兒童的生理特徵，去除了抽象的道德說教，直接呈現於兒童的直觀中，易於理解，還可以與小學歷史、地理等課相聯繫。亦即主張採用古詩製學堂樂歌。

（三）

與上述梁啟超等人古詩譜新曲的思路不同，留日學習音樂專業的曾志忞、沈心工等人提出了發展學堂樂歌的另一思路：選曲填詞。先確定一個將要表現的內容，再選擇與表現的內容相近的曲調，然後分析曲調的旋律、節奏、節拍、調式、曲式等特徵，最後填上與之相適應的新歌詞。〔註30〕而曲調來源有三種情況：一是用日本歌曲旋律來填詞；二是用日本學校唱歌中引入的歐美歌曲旋律來填詞；三是用中國傳統曲調或民歌曲調來填詞。〔註31〕總的來說，第一、二種情況占大多數，第三種情況較少。即絕大多數的學堂樂歌的曲調來自歐

〔註27〕 李叔同：《〈國學唱歌集〉序》，《20 世紀中國音樂批評文獻導讀》，明言編著，上海音樂學院出版社，2010 年版，第 46 頁。

〔註28〕 張靜蔚編：《近代中國音樂思潮》，《觸摸歷史——中國近代音樂史文集》，上海音樂出版社，2013 年版，第 63 頁。另，五四時期童斐等人仍堅持採用古典詩詞做學堂樂歌歌詞的觀點，張靜蔚稱之為音樂上的國粹主義。參見張靜蔚編：《近代中國音樂思潮》，《觸摸歷史——中國近代音樂史文集》，上海音樂出版社，2013 年版，第 63～64 頁。

〔註29〕 王國維：《論小學校唱歌科之材料》，《中國近現代學校音樂教育文選：1840～1949》，俞玉姿主編，上海教育出版社，2010 年版，第 106 頁。

〔註30〕 此處借鑒了張靜蔚對沈心工樂歌創作過程的分析，參見張靜蔚編：《論沈心工、李叔同》，《觸摸歷史——中國近代音樂史文集》，上海音樂出版社，2013 年版，第 5 頁。

〔註31〕 學堂樂歌曲調的來源情況，參見錢仁康：《學堂樂歌考源》，上海音樂出版社，2001 年版。

美、日本，而非中國的傳統音樂。這就使學堂樂歌在節奏、節拍、調式、曲式等音律方面呈現出新的音樂特徵。不僅如此，從樂歌選曲填詞的過程來看，曲調的旋律、節奏、節拍、調式、曲式會影響到歌詞的填寫，所以歌詞也會在韻律、節奏等方面呈現出新的特徵。不同的曲調具有不同音律特徵，根據曲調填寫出來的歌詞也就會呈現出不同的韻律特徵。總之，雖然學堂歌曲這種選曲填詞方式在我國古典詩詞的創作中早已存在，但是學堂樂歌所選擇的曲調是我國以往所沒有的日本、歐美的曲調，進而受曲調影響的歌詞也將呈現出於中國傳統詩詞不同的韻律節奏特徵。曾志忞在《音樂教育論》〔註32〕一文中對此有過論述。他在該文的第五章「音樂之於詩歌」中指出，填詞與原曲的關係：「曲與歌不可離，歌與曲不可背，背與離，音樂之大患也」。他批評中國的填詞藝術雖然在，然而原曲調已失傳，「歌之意想，歌之體裁，歌之材料，吾不如人，然猶可以自尊，以吾舊學猶在也。曲之旋法，曲之進行，曲之調和，吾不如人，然我決不能自誇，以吾雅音不再也」，所以其時不得不「以洋曲填國歌」。在選曲填詞方面，他強調一方面不可擅自刪改原曲，「一曲有一曲之體式，一曲有一曲之情態，萬不可刪改添注」；另一方面不懂原曲之精神，不可隨意填詞，「曲之莊嚴者，當填以莊嚴之詞；曲之靜寂者，當填以靜寂之詞。反是者不類，設如：以英國國歌之曲，填以秋月之詞之類。」這就要求詞與曲相統一。新曲要求填寫與之相適應的新詞，新曲的音律節奏將影響到新詞的韻律節奏，這就對中國傳統詩詞的韻律節奏產生一定的衝擊。

　　其次，歌詞韻律節奏的變化又會影響到歌詞的語言。早期部分學堂音樂家對歌詞有淺顯、俗白的要求，如曾志忞在《告詩人》中說：「以最淺之文字，存以深意，發爲文章。與其文也寧俗，與其曲也寧直，與其堆砌也寧自然，與其高古也寧流利」〔註33〕；又如陳懋治在《〈學校唱歌二集〉序》中說：「學校歌詞不難於協雅，而難於諧俗。」〔註34〕早期白話新詩語言的淺顯、俗白與此有一定的內在聯繫，已有學者對此研究過。〔註35〕然而，

〔註32〕志忞：《音樂教育論》，《新民叢報》第三年第20號，1905年5月4日。

〔註33〕飲冰子：《飲冰室詩話》，《新民叢報》第46、47、48合號，1904年2月14日。

〔註34〕陳懋治：《〈學校唱歌二集〉序》，《中國近現代學校音樂教育文選：1840～1949》，俞玉姿主編，上海教育出版社，2010年版，第93頁。

〔註35〕已有學者研究學堂樂歌與新詩的發生關係，其中就涉及到歌詞與新詩語言的問題，如傅宗洪的《學堂樂歌與中國詩歌的現代轉型》（《中國現代文學研究叢刊》2006年第6期）一文指出歌詞對詩歌結構模式、語言體式的影響，又

在本文看來，除此之外，歌詞的韻律節奏也會影響到詩歌的語言結構。例如，五七言律詩與長短句宋詞的語言結構不同，學堂樂歌的語言結構又與律詩、宋詞不同，這是因爲它們分別受到各自不同的韻律節奏的制約與影響。

第三，詩與樂的關係問題。我生在《樂歌之價值》〔註36〕一文中指出在模仿人的內在情感世界方面，音樂的模仿能力超越了詩歌。因爲詩歌需要借助語言來進行模仿，「語盡即無餘韻」，有一定的局限性，相比之下，音樂則通過聲音直接顯示情感的波動起伏。我生在此將詩與樂區分開來，這其實是按現代西方文藝的標準來分類的，與中國的詩樂傳統有著本質的不同。如果說，張之洞、梁啓超等人深受中國詩樂傳統的影響，在論述樂歌的同時與詩歌糾纏不清，那麼我生的這種情況已不存在，詩與樂成爲兩種截然不同的藝術類型。同時，在曾志忞、沈心工等學堂音樂家那裏，基本上很難再看到，像張之洞、梁啓超那樣在論述音樂的時候頻繁回顧中國傳統詩歌，他們幾乎都是就音樂討論音樂問題。因此，可以說，學堂樂歌在詩與樂的分離過程中起到了一定的促進作用。雖然，今天仍有回到中國「歌詩」傳統的呼聲，但是現代新詩基本上是不入樂的，是「眼睛看的」詩。綜上所述，學堂樂歌對中國詩歌的現代轉型產生了一定的作用與影響。

第二節　日本高等教育與郭沫若的新詩創作之路

郭沫若的文學創作，尤其詩歌創作與日本教育有相當重要的關係。伊藤虎丸曾在《創造社與日本文學》一文中，關「『大高同學』的系統」一節，討論日本舊制高等學校和帝國大學系統，即「大高系統」教育對創造社文學的影響，這當然包括郭沫若在內。他認爲像郭沫若、郁達夫這樣的創造社成員，「他們所具有的高校——帝大畢業生的自豪感，曾在一定程度上賦予了創造社文學的某種性格特點」。他列舉了兩點，第一，他們具有的啓蒙者的姿態和「指導者」的意識，與「大高同學」的優越感有關；第二，他

如禹權恒、陳國恩的《學堂樂歌與中國新詩的發生》（《海南師範大學學報（社會科學版）》2012 年第 9 期）一文指出學堂樂歌的大量傳播直接參與了早期白話新詩語言的形式變革，爲早期白話新詩大眾化奠定了堅實基礎。

〔註36〕　我生：《樂歌之價值》，《中國近現代學校音樂教育文選：1840～1949》，俞玉姿主編，上海教育出版社，2010 年版，第 31 頁。

們的文學是從大學生課堂的周圍生出來的。第二點尤其與本章的論述有
關，引用如下：

　　　　有關創造社以浪漫派姿態出現這一事實，這一般地被看成是受
　　了大正時期新浪漫派的影響。那可能是不錯的；但更爲根本的，對
　　於這些高等學校和帝大出身的人來說，「文學」和所說的學問是具有
　　同等的價值和地位，那是和大學的講義以及在高等學校生活中的讀
　　書，在學校周圍的吃茶店裏的聊天是一樣的，也就是那首先是攝取
　　的新知識、新教養。所以，從這方面來看，不也可以說他們文學的
　　人道主義帶有浪漫主義的色彩麼？他們的文學不是從中國農村土壤
　　中生出來的，而是在日本留學中，從大學生課堂的周圍生出來的，
　　這事實是好也罷，是壞也罷，總之是規定了他們文學的特性。從這
　　個意義上來說，他們的文學，包括後期提倡的無產階級文學，是帝
　　國大學出身者的文學。〔註37〕

上述的精彩之論，本文頗爲認同。伊藤虎丸明確指出了：創造社的文學創作
與日本教育有著重要關係。然而，這到底是一種怎樣的關係，伊藤虎丸沒有
作進一步的論述。創造社不是本文研究的主要對象，接下來本文將主要討論
郭沫若的新詩創作與日本教育的關係。此外，由於郭沫若是創造社的主要成
員，創造社成員之間又有些共通之處，所以在論述郭沫若的時候，會涉及到
創造社。

　　首先，我們來看郭沫若本人的說法：「日本高等學校的功課，有一半乃
至以上是學外國語，有第一外國語，第二外國語。甚至像我們學醫的人在
第一德語、第二英語之外，還要學第三種的拉丁語。一個禮拜的外國語時
間在二十二三個鐘點以上。……吃力到萬分。」〔註38〕如此繁重的外語課
學習，應該給郭沫若造成過較大的心理生理壓力，「吃力到萬分」便是其證
明，此外他1915年前後的神經衰弱症也應該與此有關。在大學畢業多年後
的回憶中，我們仍可以看到，郭沫若對外國語記憶的敏感，例如在《創造
十年》中回憶到成仿吾時，用羨慕的口吻稱贊成仿吾有語言上的天才，在

〔註37〕　伊藤虎丸：《創造社與日本文學》，《魯迅、創造社與日本文學——中日近現代
　　　　比較文學初探》，孫猛、徐江、李冬木譯，北京大學出版社，2005年第2版，
　　　　第157頁。

〔註38〕　郭沫若：《創造十年》，《郭沫若全集》文學編12卷，人民文學出版社，1992
　　　　年版，第51頁。

高等學校的三年間不用外國語字典；在《論郁達夫》中稱讚郁達夫很聰明，他的英文德文都很好。〔註 39〕不僅郭沫若對留日期間的外國語學習有著特別的記憶，創造社其他人也是如此，例如張資平在《曙新期的創造社》中有一段有趣的對話回憶：

> 那天晚上，我便到成灝的寓裏去看他們。看見他的書桌上，擺著一本 Hollemann 的化學英譯本。
>
> 「你這本書擺在這裡做什麼？」
>
> 我的意思是，現在是假期中，該休養的時候，不應當讀這樣枯澀的書籍。
>
> 「讀呀！」
>
> 成灝說著笑了起來，好像在笑我質問得那樣笨。
>
> 「不難懂麼？」
>
> 看著那部厚書，想到下學期自己要讀那本書了，有些害怕……

〔註 40〕

聯繫上文張資平對成仿吾語言天才的稱讚，這裡的「害怕」與其說是化學讓張資平害怕，還不如說是化學課本即英譯本讓他害怕。總之，郭沫若等眾多留日學生對外國語學習確實有著痛苦而深刻的體驗與記憶。因此，本文在伊藤虎丸的研究基礎上，再進一步具體到從日本高等學校外國語教育的角度，探討郭沫若與新詩創作的問題。

回到郭沫若，我們借助武繼平的考證材料，分析郭沫若留日期間的外國語課程及其成績的具體情況。〔註 41〕

〔註39〕 郭沫若：《論郁達夫》，《創造社資料》下，饒鴻兢等編，知識產權出版社，2010年版，第 675 頁。

〔註40〕 張資平：《曙新期的創造社》，《創造社資料》下，饒鴻兢等編，知識產權出版社，2010 年版，第 595 頁。

〔註41〕 關於郭沫若在日本留學期間的課程及其成績情況，本文參考了武繼平：《郭沫若留日十年（1914～1924）》，重慶出版社，2001 年版，第 26、30、40 頁。

郭沫若留學第一高特設預科第三部必修科目及每週的課程節數表

學科	倫理	日語	漢文	英語	德語	數學	物理	化學	博物	圖畫	體操	合計
I	2	6		4	3	5	2	2	2	3	3	32
II	2	6		4	3	6	2	2	2	3	3	33
III	2	6		8	3	6	2	2	2	3	3	37
IV	2	6		4	3	4	2	2	2	3	3	31
V	1	5	2	6	2	6	2	2	2	3	3	34

　　郭沫若在第一高等學校特設預科第一學期和第二學期成績名次都排在第五位，預科畢業考試成績名列第三。

郭沫若留學第六高等學校的學習成績表

第 1 年級	成　績	第 2 年級	成　績	第 3 年級	成　績
修身		修身		修身	66
國語解釋	69	德語（一）	72	德語（一）	68
國語文法作文	67	德語（二）	87	德語（二）	75
德語（一）	85	德語（三）	82	德語（三）	82
德語（二）	71	英語	74	英語	93
德語（三）	84	數學	62	拉丁語	77
英語	70	物理	70	物理	62
數學	50	化學	70	物理試驗	76
動物植物	76	動植物試驗	80	化學	58
體操	78	體操	79	化學試驗	76
				體操	73
總分	650	總分	676	總分	806
平均	72.2	平均	75.1	平均	73.3
認定	合格	認定	合格	認定	合格
考試人數	40	考試人數	39	考試人數	
成績名次	25	成績名次	21	成績名次	

　　此外，郭沫若在九州帝國大學醫科大學期間，所修課程全爲醫學專業課，不再修外國語課。

　　由上述材料可見，從一高到六高，外國語課的比重在加大，郭沫若的總成績排名在下降。雖然不知道郭沫若一高的外國語課成績，但從六高三年的整個成績來看，郭沫若六高時的外語課成績明顯高於數學，有時還高於物理、化學等課。總的來說，雖然有前面論及的外國語學習的痛苦經歷與記憶，然而，郭沫若的外國語學習成績還是很優秀的。當然，本文不會僅僅停留在這些課程與分數上面，本文最關心的是這些外國語課程學習除了給郭沫若帶來了語言方面的知識與運用能力外，還給他帶來了什麼？或者說，在第一章「康乃爾大學教育與胡適的詩歌形式探索之路」一節中，我們已詳細分析了胡適關於詩歌形式的思考與康乃爾大學的英語文學專業教育的關係，那麼，相比之下，郭沫若的新詩創作與日本高等學校繁重的外國語學習又會有什麼關係？或者僅僅如郭沫若自己所說的助長了他用力克服的文學傾向嗎？

　　在已有的研究成果中，多借助郭沫若的自傳來說明外國語學習喚醒了他的文學熱情，〔註42〕這有一定的道理。郭沫若在自傳《創造十年》中說：「自己本是愛好文學的人，受著時代潮流的影響，到日本去學習醫科。」郭沫若是早有傾向於文藝的素質，然而「富國強兵」的時代思潮使他努力克服著對文學的熱情。但是，學醫以後的外國語學習，卻將他壓抑的文學熱情再次喚醒，他說：「準備學醫的人，第一外國語是德語。日本人教語學的先生又多是一些文學士，用的書大多是外國的文學名著。例如我們在高等學校第三年級上所讀的德文便是歌德的自敘傳《創作與眞實》（《Dichtung und Wahrheit》），梅里克（Morike）的小說《向卜拉格旅行途上的穆查特》（《Mozart auf Reise nach Prague》）。這些語學功課的副作用又把我用力克服的文學傾向助長了起來。」〔註43〕在本文看來，外國語課喚醒了郭沫若的文學熱情、助長了他的文學傾向，這是不錯的，然而更重要的是郭沫若因此走上了一條文學創作之路，更具體地說，新詩創作之路：灼熱的感情情緒，難以遏制的表情慾望，強烈的創作衝動——《女神》誕生。

〔註42〕　如李怡指出郭沫若學醫以後的外國語言學習，又再一次喚醒了他壓抑的文學熱情，參見李怡：《日本體驗與中國現代文學的發生》，北京大學出版社，2009年版，第180頁。

〔註43〕　郭沫若：《創造十年》，《郭沫若全集》文學編12卷，人民文學出版社，1992年版，第72、66頁。

從胡適在美國大學校園探索詩歌的形式與實地試驗白話詩開始，到胡適回國任教北京大學，與北京大學教員一起推動白話詩運動，白話詩基本上是被胡適與北大教員們當做文化問題來思考的。與其說他們在思考中國詩歌的現代轉型問題，還不說是在思考中國文化的現代轉型問題，正如李怡評價魯迅的白話詩寫作一樣，即將詩歌寫作「當做探索現代中國文化建設這一宏大目標的一部分，將它作爲對中國文化進行理性研究的一個樣品，將它的成敗得失當做中國文化自傳統向現代艱難轉化的藝術顯示。」〔註44〕白話詩寫作成爲了新文化探索的手段與工具，從這個角度看，詩歌被文化所籠罩，還未取得獨立地位，它是以文化轉型的身份獲得認可的。積極回應新詩寫作的青年學生也深受老師輩、倡導者的影響，他們雖然是新詩寫作的主體，然而也基本上是從文化的角度，追逐新詩寫作「時尚」的。〔註45〕所以，從文化的束縛中獨立出來，是新詩發生的關鍵性環節。這裡有必要對本文所採用的兩個關鍵詞「寫作」與「創作」進行說明。「寫作」既可以指學生的課後習作練習，如康乃爾大學時期的胡適，學習寫作規則，掌握寫作技巧，將注意力集中在詩歌的形式上；又可以指北京大學教員在沒有詩歌感覺與興趣的情況下，出於責任與文化的考慮，而進行的詩歌寫作。「創作」與此不同。「創作」也有出於責任或文化考慮的可能，但是，一般情況下，它離不開強烈的表情慾望與創作衝動。從整體上說，詩人的創作主要是爲了表達自我，追求創新；而寫作則是爲了掌握已有的規則與技巧，或是爲了達到某種文化目的等，所以它可以在沒有強烈的表情慾望的情況下進行。如果說新詩的創作主要立足於詩歌本身，創造新的詩歌作品，樹立新的規則，那麼新詩的寫作則在詩歌本身之外，立足於文化或其他。從這個角度來看，郭沫若的《女神》可以稱得上是眞正的新詩創作。那麼，郭沫若是如何走上詩歌創作之路的呢？接下來，我們從郭沫若的課內外學習情況出發，試做分析。

我們再來看日本舊制高等學校外國語教學的情況。日本舊制高等學校相當於高中。它的外國語課與文學專業課不同，文學專業在「文學史」和「文學理論」的基礎上，強調文學知識的傳授與知識體系的建立；又與文學創作指導課不同，後者集中討論文學創作的各種要素，傳授具體寫作經驗。但是，

〔註44〕 李怡：《中國現代新詩與古典詩歌傳統》，北京大學出版社，2008 年增訂版，第 298 頁。
〔註45〕 關於北大教師、青年學生的新詩寫作情況，本文將在第四章「從教師到學生：新詩寫作主體的出現」重點討論。

它又呈現出一些文學特徵，雖然外國語言教學是它的主要教學內容與目標。據郭沫若回憶，「日本人教外國語的方法是很特別的，他們是特別注重讀。教外國語的先生大概都是帝大出身的文學士，本來並不是語學專家，又於學生們所志願的學科沒有涉歷，他們總愛選一些文學上的名著來做課本。上課時的情形也不同，不是先生講書，是學生講書。先生只是指名某某學生起來把原書讀一節，接著用日本話來翻譯。接著又指名第二個人讀下去，譯下去。指名的方法，有的先生是挨著座次，那倒還可以偷懶，不輪到自己名下時可以不必準備。但有的先生全是任意，沒有一定的。因此學生的自修時間差不多就是翻字典。」〔註46〕有幾點需要注意：第一，老師為文學士，而非語言學專家；第二，以文學名著選本做教材。第三，教學方法注重「讀」和翻譯；第四，學生在課後用大量的時間做翻譯。我們推測文學士老師影響了教學方法和教學效果——這應該是沒問題的。文學士是本科教育學士學位之一種，授予修讀人文學科的學生，一般包括文學、歷史、語言學、文化研究、美術和傳播學等。文學士不是語言學專家，他們通過在課堂上閱讀與翻譯文學名著的方法來教授外國語言，這既可能給學生造成較大的學習壓力與精神恐懼，導致學生在心理上排斥學習，使語言課變得索然無味；也有可能培養了學生的文學感覺。因為，翻譯會促使學生反覆琢磨語言，尋找兩種語言中相對應的詞語進行翻譯。並且，翻譯的對象又是文學名著，這對翻譯語言的文學性體悟要求比較高。同時，還要在課堂「讀」，這與中國傳統私塾教育吟誦詩文有些類似，在反覆誦讀文學作品的過程中，體會其文學意味。於是，在這樣的語言學習過程中，文學熱情、文學傾向就比較容易被激發出來，文學感覺也很有可能逐漸建立起來，對文學作品的感悟能力、感受能力也有可能得到加強，這就與強調知識傳授、知識積累的文學專業有了明顯的不同。具體到郭沫若，這兩種情況都存在：一方面，如上所述，繁重的外國語課曾讓他感到「吃力到萬分」，造成過較大的心理生理壓力；但另一方面，外國語課的確也喚醒了他的文學熱情。

除了上述外國語課上的情形外，郭沫若還在課外進行著文學名著的閱讀與翻譯。大致有兩個原因，一是為上外國語課做準備，二是文學興趣。從他後來的詩歌創作情況來看，第二個原因尤其重要。以泰戈爾為例。泰戈爾的

〔註46〕 郭沫若：《創造十年》，《郭沫若全集》文學編 12 卷，人民文學出版社，1992年版，第 51 頁。

英文詩實在是把郭沫若迷著了，使他陶醉其中。當郭沫若偶然接觸到泰戈爾時，他「生出了驚異」；當得到《新月集》時，他「心中的快樂眞好像小孩子得著一本畫報一樣」；當他「最彷徨不定而且最危險的時候」，讀到《曷檀伽里》、《園丁集》、《暗室王》等詩歌的時候，他感到自己似乎深探到了「生命的泉水」，一邊默誦詩歌，一邊流著眼淚，一種恬靜的悲調環繞在周圍，享受著一種「涅槃」的快樂。〔註 47〕可以說，郭沫若在泰戈爾的詩歌裏面感受到了「詩美以上的歡悅」〔註 48〕。這是一種審美愉悅，擺脫了任何功利目的，心靈處於自由的遨遊狀態中。從郭沫若的回憶錄看，除了泰戈爾外，他在留學期間還主要閱讀了梅特靈克、海涅、雪萊、惠特曼、歌德等人的作品。顯然，郭沫若的課外閱讀不僅僅是爲外國語課所做的課前預習，也不僅僅是課後的擴展閱讀，而是一種無功利目的的審美閱讀。閱讀帶來的審美愉悅常常是一發不可收拾，以致郭沫若流連於圖書館、書店，如饑似渴地閱讀文學作品。這種體驗也曾發生在郁達夫身上，郁達夫亦可作爲一旁證。郁達夫在日本留學期間，閱讀了大量西方文學名著，如俄國作家托爾斯泰、高爾基、契訶夫等人的作品，接著他又讀到德國作家的作品，後來甚至不去上課，專門到圖書館、或者在旅館讀文學作品，在大學四年，一共讀了的俄、德、英、日、法等小說，大概一千部左右。〔註 49〕這種審美閱讀體驗，還促使郭沫若進行詩歌翻譯。在郭沫若自己看來，他翻譯泰戈爾和海涅的詩歌，是爲了賺取稿費，養家糊口。這只是一方面。另一方面，與他的閱讀體驗有關，泰戈爾、海涅等人的詩歌閱讀使他感受了審美愉悅、審美快感，在此基礎上著手詩歌翻譯也就順理成章了。

　　在第一章中，我們對胡適的英國文學課程、課外閱讀以及詩歌寫作和翻譯進行梳理之後得出：胡適的詩歌寫作和翻譯與他的課程進程密切關聯，而且他的詩歌寫作具有學生課後習作的練習特徵，例如學習寫作規則，掌握寫作技巧，將注意力集中在詩歌的形式諸如語言、韻律、音節、句法、詩體等方面。與此同時，胡適還受到了康乃爾大學嚴格的學術訓練，在課後他思考

〔註 47〕　參見郭沫若：《太戈爾來華的我見》，《郭沫若全集》文學編 15 卷，人民文學出版社，1990 年版，第 269、270 頁。

〔註 48〕　郭沫若：《我的作詩經過》，《郭沫若全集》文學編 16 卷，人民文學出版社，1989 年版，第 212 頁。

〔註 49〕　參見郁達夫：《五六年來創作生活的回顧》，《風雨茅廬：郁達夫回憶錄》，華夏出版社，2008 年版，第 75～76 頁。

著漢語的文法、標點符號、漢字的教授、中國文學之大病等問題。在美國這樣的大學教育環境中,胡適提出了「詩國革命」,「以文入詩」,用白話作詩,以及「實地試驗」。胡適走的是一條學術探索之路——發現問題,提出假設,試驗證明。相比之下,郭沫若走的是另一條文學審美之路。如果說胡適在英國文學專業的學習中,專注於詩歌的寫作練習、形式技巧,那麼郭沫若則在外國語課的啓發之下,陶醉於詩歌的審美境界之中。如果說胡適思考著學術問題,那麼郭沫若則在審美體驗中忘情於自我,享受著審美的自由境界。從整體上看,留學時期的胡適在努力鑄造自己,使自己成為一名出色的學者,而郭沫若則感受著文學魅力,體驗著美的境界。胡適的這條道路,具有學術的理性思考特徵,在他回國任教北京大學後,產生了重要的影響:在北京大學及其教員的支持之下,發起了全國性的白話詩運動,將白話詩寫作從個人推向到了社會;這一時期的白話詩受到胡適的影響,也具有強烈的文化理性特徵。而郭沫若的文學之路是從審美體驗開始的,這給中國詩歌的現代轉型帶來了新的詩美因素。

在 1919 年秋進入新詩創作爆發期前,郭沫若的創作欲、發表欲就已經很強烈地表現出來了。學醫的郭沫若在解剖屍體時被「奇怪的氛圍氣」觸發了「最初的創作欲」。屍體上的「朱色和藍色相間的人物畫」紋身,引發了他的幻想,由此寫出了他的第一篇小說《骷髏》,「我自己苦心慘澹地推敲了又推敲把它寫在了紙上,草稿也更易過兩三次。我自己不用說是很得意的」〔註50〕,他投稿《東方雜誌》,卻未被採用而退回。幾個月之後,學校進行顯微鏡解剖學的實習,郭沫若在觀察顯微鏡下的筋肉纖維時,又產生了他的第二篇小說《牧羊哀話》。因第一次投稿的失敗,他「不敢再作投稿的冒險了」,但「想發表它的心事也並沒有拋棄」,於是打算借助大哥的關係發表,仍未成功。〔註51〕此外,郭沫若還遭受了泰戈爾譯詩投稿的失敗。據張資平回憶說:「當時我們的發表欲都很強,也寫了些文章,但無刊物可以發表。」〔註52〕相比之下,胡適的條件可謂相當優越,在美國留學

〔註50〕 郭沫若:《創造十年》,《郭沫若全集》文學編 12 卷,人民文學出版社,1992年版,第 57、59 頁。

〔註51〕 郭沫若:《創造十年》,《郭沫若全集》文學編 12 卷,人民文學出版社,1992年版,第 62 頁。

〔註52〕 張資平:《曙新期的創造社》,《創造社資料》下,饒鴻兢等編,智慧財產權出版社,2010 年版,第 595 頁。

時主編有中文刊物《留美學生季報》、英文刊物《中國留美學生月報》，發表他的「詩國革命」觀念，回國之後又有《新青年》做強大的後盾。然而，創辦刊物則成爲郭沫若等留日學生的最大夢想。在著名的《創造季刊》創刊之前，郁達夫曾計劃創辦《寂光》刊物，但流產了；郭沫若、郁達夫、陶晶孫等六人創辦的《Green》最終也失敗了。儘管如此，發表、創刊的挫折絲毫沒有阻礙他們的文學之路。他們常常把寫好的文章拿出來公評。這一時期對郭沫若、郁達夫等人來說，是他們日後走上文學道路的一個重要準備時期。

　　從郭沫若的創作自述中，我們可以瞭解到他新詩創作時的情形，如創作《地球，我的母親》時，他在圖書館看書「突然受到了詩興的襲擊」，走出圖書館，他爲了感受地球母親的肌膚與擁抱，脫下木屐，光著腳在地上蹀來蹀去，時而又倒在地上睡著……在詩興襲來的高亢情緒中，連忙寫下詩歌，同時感到自己好像「新生」了一樣，充滿了新鮮與活力；又如創作《鳳凰涅槃》時，他在課堂上聽講突然詩意降臨，便連忙在紙上寫下詩歌的前半部分，晚上時詩意又突然大發，於是伏在枕頭上火速寫下剩下的部分詩歌，這時甚至產生了生理反應，身體發冷，牙齒顫抖，情緒處於高度的亢奮狀態中。在這種詩歌創作狀態下，詩句如泉湧般源源不斷，不可抑止，這時詩人寫都不寫贏，好像神靈附體般。〔註 53〕這是眞正的詩歌創作狀態。郭沫若的詩歌創作與他在日本留學期間的教育和閱讀有關。郭沫若曾將他自己早期的詩歌創作分爲了三個階段：第一階段是泰戈爾階段，即「五四」以前，這一時期他的詩歌比較清淡，詩篇簡短；第二階段是惠特曼階段，這時正處於「五四」的高潮中，他的詩歌偏向豪放、粗暴，是他的巔峰之作；第三階段是歌德階段，注重詩歌的韻律、詩體形式，受到歌德詩歌翻譯的影響。〔註 54〕郭沫若根據他自己接受外國詩歌影響的變化，以及這種影響變化帶來的詩歌創作風格的變化來進行詩歌創作分期劃分。關於郭沫若詩歌創作受外國詩歌的影響研究，研究成果已很豐富，本文無意再做具體展開，然而需要注意的是，郭沫若的文學審美閱讀影響、開啓了他的文學創作。以惠特曼爲例，郭沫若接觸到惠特曼之後，激發起他的詩歌靈感與激情，「個人的鬱積，民族的鬱積，在

〔註 53〕　郭沫若：《我的作詩經過》，《郭沫若全集》文學編 16 卷，人民文學出版社，1989 年版，第 216～217 頁。

〔註 54〕　郭沫若：《創造十年》，《郭沫若全集》文學編 12 卷，人民文學出版社，1992 年版，第 76～78 頁。

這時找出了噴火口，也找出了噴火的方式，我在那時差不多是狂了」〔註55〕，由此進入了他詩歌創作的巔峰階段，《女神》中最優秀的詩篇幾乎都創作於此時。

我們發現，胡適與郭沫若都在課內課外閱讀、翻譯、寫作詩歌，但是他們的著眼點不同，因此他們走上了不同的文學之路。當然這其中的原因是很複雜的，本文嘗試著從教育的角度解釋，或許可以揭示一二。胡適接受美國大學教育，是一種文學專業訓練，同時也是一種學術訓練。也就是說，美國大學教育是以知識的、或「學習」的方式，在理論層面上，啓發了胡適，使胡適走上中國詩歌的現代轉型之路的，而不是從情感體驗、審美感受的角度使胡適走上現代詩歌探索之路的。與胡適不同，郭沫若沒有接受過文學專業訓練，他主要是在外國語課上接觸到外國文學選本，以此展開文學閱讀，激發起文學熱情、文學感覺，培養出了一種純正的文學趣味。也就是說，郭沫若是在文學感受、文學體驗的感性層面上開始他的詩歌探索之路的。我們常常批評指責胡適詩歌有「白話」而沒有「詩」，而稱贊郭沫若詩歌才眞正有「詩」，如果從留學教育的角度看，美日兩國的教育分別在他們的詩歌探索之路上，注入了不同的因素，影響了他們詩歌探索的方式及其實績。

第三節　青春・校園・新詩：青春狀態下的新詩創作
　　　　——以《女神》爲例

如上所述，日本學校的外國語課激發起了郭沫若的文學熱情、文學感覺，使郭沫若在文學感受、文學體驗的感性層面上開始他的詩歌探索之路。這是一方面。另一方面，郭沫若在日本學校校園創作了重要詩集《女神》。從校園文化的角度看，《女神》的創作與校園青春有著重要關係。

在郭沫若的《女神》研究中，關於「青春」的問題，比較常見的研究思路是指出郭沫若在青春熱情、青春感悟之下創作的《女神》，體現了自由、個性解放的五四精神、泛神論哲學、浪漫主義風格等等，且從不同的角度對它們做出詳細論述。其中，作爲郭沫若創作基礎的青春熱情、青春感悟則被一筆帶過。問題是，提出、追求或擁有自由、個性解放的人既可能是青年人，也可能是中

〔註55〕郭沫若：《序我的詩》，《郭沫若全集》文學編 19 卷，人民文學出版社，1992
　　　　年版，第 408 頁。

老人，不同年齡階段的人對自由、個性解放會有不同的理解，如果不對此做出區別，那麼對自由、個性解放等的理解就會流於空泛化。泛神論、浪漫主義等研究也存在同樣的問題。既然意蘊豐富的《女神》是郭沫若在青春熱情、青春感悟下創作的，那麼，我們進一步追問，他究竟在是怎樣的青春熱情、青春感悟中進行創作的呢？這種青春狀態給詩歌文本及其創作帶來了哪些特點呢？從已有的研究看，郭沫若常常被稱之爲「青春詩人」、「青春型」詩人。有學者認爲，郭沫若具有自我、創造、破壞等青春型文化品格。〔註56〕以郭沫若爲代表的創造社開啓了以追求自我的自由、幸福等爲核心的青年文化。〔註57〕還有學者進一步指出，20世紀中國文學幾乎都是青春寫作，體現在青春主題與寫作年齡青年化等方面。〔註58〕然而，這些研究都無法回答上述問題。本文在已有的研究基礎上，從呈現郭沫若的青春狀態出發，分析青春狀態對《女神》文本及其創作的影響，揭示青春、校園與郭沫若詩歌創作的關係。

（一）

1924年8月9日夜郭沫若在寫給成仿吾的信中說：「或許我的詩是從此死了，但這是沒有法子的，我希望它早些死滅吧。」〔註59〕從1919年發表新詩以來，尤其是以1921年出版的新詩集《女神》聞名於世的詩人郭沫若，爲什麼會在其短短的五年後就宣判了自己詩歌創作的死亡了呢？1924年是郭沫若大學畢業、走出校園的第二年，在進入社會不到兩年的時間裏，他經歷了物質生活與文藝道路上的挫折。〔註60〕在飽嘗了來自社會的具體的

〔註56〕 如黃侯興：《郭沫若——「青春型」的詩人》，山東人民出版社，1996年版。

〔註57〕 如王富仁：《創造社與中國現代社會的青年文化》，《靈魂的掙扎——文化的變遷和文學的變遷》，時代文藝出版社，1993年版。

〔註58〕 如陳曉明的《新世紀漢語文學的「晚鬱時期」》（《文藝爭鳴》2012年第2期），陳思和的《從「少年情懷」到「中年危機」——20世紀中國文學研究的一個視角》（《探索與爭鳴》2009年第5期），且梳理了海內外有關文學史的青春主題的研究成果。

〔註59〕 以《孤鴻——給芳塢的一封信》爲名發表於1926年上海《創造月刊》第1卷第2期。

〔註60〕 郭沫若的《月蝕》、《聖者》、《陽春別》、《漂流三部曲》等小說創作於他大學畢業後的兩年裏，可以視爲郭沫若現實人生的寫照。這些小說反應了大學畢業不久的郭沫若所遭受的具體的社會生活挫折。此外還可以參照郭沫若的自傳《學生時代》中的《創造十年》和《創造十年續篇》，《郭沫若全集》文學編12卷，人民文學出版社，1992年版。

挫折之後，郭沫若對成仿吾說：「在社會主義實現後的那時，文藝上的偉大的天才們得遂其自由完全的發展，那時的社會一切階級都沒有，一切生活的煩苦除去自然的、生理的之外都沒有了，那時人才能還其本來，文藝才能以純眞的人性爲其對象，這才有眞正的純文藝出現。在現在而談純文藝是只有在青年人的春夢裏，有錢人的飽暖裏，嗎啡中毒者的迷魂陣裏，酒精中毒者的酩酊裏，餓得快要斷氣者的幻覺（Hallucination）裏了。」〔註61〕暫且不論這段話中關於文藝與階級的理論問題，我們發現，在經歷了社會挫折後郭沫若創作狀態的變化，即由「個人之自由發展」轉變爲爲「無產階級」文學搖旗吶喊。在郭沫若看來，在一個物質匱乏、精神極度不自由的社會裏，是不可能作「自由」的文學。然而，這只是這封信的第一層意思。這封信還隱含了更深一層意思：郭沫若感歎，他的自由的學生時代、校園生活一去不復返了，他的青春一去不復返了，因而，他的詩歌《女神》時代也一去不復返了，他的詩「從此死了」。所以，從某種程度上說，《女神》是郭沫若在青春狀態下的創作成果，一旦這種青春狀態消失了，他就再也創作不出「詩」來了。

對青春與詩歌創作逝去的感歎，貫穿在郭沫若以後的文章當中。如，在三十年代他感歎，青年「是在波狀進展中向頂點發展的那一個階段」〔註62〕，「寫詩似乎和年齡有關，在過了三十、四十以後，人是必然地要散文化的。請你注意我這句經驗之談」〔註63〕；又如，在四十年代他說，「青年是發展的動力，同時也就是進步的象徵。人類社會乃至一切自然界的進化關鍵，可以說就操持在青年的手裏」〔註64〕，「青春的時代和我永遠告別了。儘管別的人有時還稱贊我很年青，或者甚至說比年青人的精力還要飽滿……然而畢竟把青年的種種美德逐漸喪失了」〔註65〕，「自從《女神》以後，我已經不再是『詩

〔註61〕 郭沫若：《孤鴻——給芳塢的一封信》，《創造月刊》第 1 卷第 2 期，1926 年 4 月 1 日。

〔註62〕 郭沫若：《青年與文化》，《郭沫若全集》文學編 18 卷，人民文學出版社，1992 年版，第 105 頁。

〔註63〕 郭沫若：《關於詩的問題》，《郭沫若全集》文學編 16 卷，人民文學出版社，1989 年版，第 176 頁。

〔註64〕 郭沫若：《青年喲，人類的春天！》，《郭沫若全集》文學編 19 卷，人民文學出版社，1992 年版，第 76 頁。

〔註65〕 郭沫若：《我如果再是青年》，《郭沫若全集》文學編 19 卷，人民文學出版社，1992 年版，第 546 頁。

人』了……像產生《女神》時代的那種火山爆發式的內發情感是沒有了」〔註66〕等等。正如郭沫若自己所認識到的，對於他來說，青春與詩歌創作有較爲重要的關係。

（二）

1914 年 1 月 13 日，郭沫若抵達東京，開始了長達十年的留學生活。兩年後，他與安娜相識，戀愛，同居。到 1920 年，郭沫若雖已是兩個孩子的父親，也開始感受到爲人父的責任和家庭生活的瑣碎與壓力，但是，由於他仍在繼續學業，領著官費，且未進入社會遭遇具體的生活挫折，所以，他仍保持著一貫的青春生活狀態。作爲與朋友田漢、宗白華 1920 年間往來的書信合集《三葉集》就精彩反應了郭沫若當時的青春狀態。

首先《三葉集》書信的寫作態度是嚴肅而眞誠的。田漢在序中說，他們三人的信「都是披肝瀝膽，用嚴肅眞切的態度寫出來的」；宗白華在序中指出，《三葉集》的出版動機不是供人酒餘茶後娛樂消遣的，而是要提出一個重大而且急迫的社會和道德問題，也就是婚姻問題，「請求諸君作公開的討論和公開的判決」。〔註67〕以此爲前提，進而分析郭沫若當時的生活狀態。郭沫若在信中談到了他對與安娜結合的看法，認爲是「罪惡」，因爲他和安娜沒有正式結婚，是「苟合」；其次，他在留學日本之前，「父母早已替我結了婚，我的童貞早是自行破壞的了」。〔註68〕因而，郭沫若稱自己是「罪惡的精髓」，「連 amoeba 也不如」，甚至連人格也「太壞透了」；在朋友面前「眞是自慚形穢」，「咳！總之，白華兄！我不是個『人』，我是壞了的人，我是不配你『敬服』的人，我現在很想能如 Phoenix 一般，採集些香木來，把我現有的形骸燒毀了去，唱著哀哀切切的輓歌把他燒毀了去，從那冷靜的灰裏再生出個『我』來！」〔註69〕從郭沫若這種近似瘋狂的自責、自我否定中發現，他的婚姻觀是偏向傳統的，他對傳統是認同的，他認爲沒有父母之命媒妁之言的婚姻是苟合，

〔註66〕郭沫若：《序我的詩》，《郭沫若全集》文學編 19 卷，人民文學出版社，1992
　　　　年版，第 408 頁。

〔註67〕宗白華、田漢、郭沫若：《三葉集》，安徽教育出版社，2006 年第 2 版，第 3、
　　　　4 頁。

〔註68〕宗白華、田漢、郭沫若：《三葉集》，安徽教育出版社，2006 年第 2 版，第 33
　　　　頁。

〔註69〕宗白華、田漢、郭沫若：《三葉集》，安徽教育出版社，2006 年第 2 版，第 33、
　　　　13、15 頁。

違背了倫理道德，是人格的墮落。這種婚姻觀主要是郭沫若從傳統那裏簡單繼承而來的，沒有他自己的認識與沉澱，這恰恰是青年人不成熟的表現。對這種婚姻觀的簡單繼承困擾著郭沫若：一方面他本著個人的自由與幸福，追求安娜，與安娜一起生活；另一方面他又對這種生活方式感到罪惡，產生了不潔之感。這種困擾體現了一種青年心態：與中年人、老年人相比，只有青年人是完全本著個人自由和個人幸福去近似偏執地感受世界的，在愛情婚姻方面更是如此，甚至還以愛情婚姻的名義去表達個人對自由的追求和對來自傳統或社會的束縛的反抗；但是，青年人在個人成長和社會化的過程中，除了自由發展與反抗束縛外，他同時還嘗試著適應社會，表現為對社會規則的某種程度的認同與遵從，那麼他的愛情婚姻行為常常就會與此衝突，且使他產生罪惡感。這種對個人自由的追求、對傳統和社會的認同與反抗，以及在愛情婚姻中體驗到的自由感、幸福感、罪惡感，以一種膠著的混亂，將一直伴隨著青年人的整個青春時期，只有在走出青春狀態且進入成熟的中年時期才會解除。在《三葉集》中，郭沫若採用了兩種方法來平衡青春的焦灼與痛苦：一是懺悔，二是重新定義婚戀觀，即將沒有父母之命媒妁之言的、且以愛情為目的的自由結合視為真正的婚姻。這種新的婚戀觀使我們發現，郭沫若開始反思自我對傳統婚姻觀的簡單認同行為，開始逐漸有了他自己的認識，並且逐漸沉澱形成他自己的觀點看法，這是青年人成長的表現。通過《三葉集》，我們可以看到，1920 年間郭沫若在愛情婚姻中追求個人的自由與幸福、對傳統的認同與反抗的一種青春狀態。

留日期間的郭沫若像一個狂人，情緒波動很大，常常煩悶，焦慮，躁動不安，無所適從。1918 年 8 月升入大學後，雙耳重聽帶給他學習上的痛苦越來越大，與此同時文學創作欲也越來越強，從 1919 年暑假萌生棄醫學文的想法後，郭沫若多次想改入文科卻被安娜和朋友勸住。學醫的身心痛苦、轉入文科的不能，讓他煩悶，焦躁。他又想到回國，然而回國之後，又想去日本，他在早期自傳《學生時代》中這樣描述當時境況，「住在日本的時候，就像要發狂的一樣想跑回中國，就使有人聘去做中學校的國文教員也自誓可以心滿意足的我，跑回上海來前後住了三四個月，就好像猴子落在了沙漠裏一樣，又在煩躁著想離開中國了」〔註70〕，上海和日本似乎都難以撫慰、平靜他躁動不安的心。

〔註70〕郭沫若：《創造十年》，《郭沫若全集》文學編 12 卷，人民文學出版社，1992年版，第 127 頁。

他在自傳裏說他當時有些「燥性狂的徵候」〔註71〕，甚至借他的小說人物表達他「歇斯迭里」〔註72〕的狂躁狀態。郭沫若的自我描述是恰當。無論是從整個時代與民族方面，還是從個人的人生境遇方面探究原因，這種歇斯迭里、躁動不安都是主體受阻時，情緒發洩的一種狀況。當受到的阻撓越大，情緒的波動就越大，強度也越大。正處青春狀態中的郭沫若，情緒反應尤其強烈，甚至壓過理性，常常處於失控狀態，忽來忽去。對此，郭沫若本人也有所意識，他說「回顧我所走過了的半生行路，都是一任我自己的衝動在那裏奔馳……我在一有衝動的時候，就好像一匹奔馬，我在衝動窒息了的時候，又好像一隻死了的河豚」，於是，他想通過研究科學培養一種「縝密的客觀性」，保持一種對於客觀世界的「靜觀的態度」。〔註73〕暫且不論郭沫若的這種科學客觀性培養成效如何，強烈的情緒波動是他留日期間的一種典型狀態。

　　郭沫若不僅情緒強烈，他的身體感受也極爲敏銳獨特。劉納在《嬗變》中論述五四時期詩人的「青春感悟」時，指出聽覺的銳敏是青春的一個標誌，她在閱讀五四作品的時候，強烈地感受到作者們聽覺的銳敏，他們能夠在黑暗的、幽靜的夜間極其敏銳地感受到外界的動與靜。〔註74〕對於郭沫若來說，這有些特殊。眾所周知，郭沫若在十七歲時，得過一次重症傷寒，兩耳得了中耳加達爾，耳鳴，重聽，使其聽力不充分。因此，他沒有劉納所說的敏銳聽力。從某種程度上說，或許正因爲他有這樣的生理缺陷，才使他的身體感受呈現出獨特性。例如，他在自傳裏指出，《湘累》中屈原的生理狀況就是他自己的生理狀況，「從早起來，我的腦袋便成了一個灶頭；我的眼耳口鼻就好像一些煙筒的出口，都在冒起煙霧，飛起火星，我的耳孔裏還烘烘地只聽著火在叫；灶下掛著的一個土瓶——我的心臟——裏面的血水沸騰著好像幹了一般，只迸得我的土瓶不住地跳跳跳跳」〔註75〕。郭沫若的感受傾向於指向

〔註71〕郭沫若在《創造十年》裏指出，《湘累》中屈原的生理狀況就是他自己的生理狀況。緊接著，他承認了當時他有些燥性狂的徵候。參見《郭沫若全集》文學編12卷，人民文學出版社，1992年版，第79頁。

〔註72〕郭沫若：《行路難》，《郭沫若全集》文學編第9卷，人民文學出版社，1985年版，第323頁。

〔註73〕郭沫若：《論國内的評壇及我對於創作上的態度》，《郭沫若全集》文學編15卷，人民文學出版社，1990年版，第225～226頁。

〔註74〕劉納：《嬗變：辛亥革命時期至五四時期的中國文學》，中國人民大學出版社，2009年修訂版，第236頁。

〔註75〕郭沫若：《創造十年》，《郭沫若全集》文學編12卷，人民文學出版社，1992年版，第79頁。

他內在的心靈世界，也就是說，他的感受不僅僅是對外在於身體的客觀世界的體驗，更多的是對主觀世界的體驗。或者說，郭沫若比較關注內在的自我。因此，他所描述的身體感受不僅僅是一種生理狀況，更多的是一種融合了強烈的內在體驗的主觀想像。他的腦袋、心臟以及眼耳口鼻似乎與他的情緒一起躁動不安，被火燒，承受著煎熬，這包含著豐富的想像成分，而非僅有生理上的疼痛。又如，郭沫若借《未央》中的愛牟說出了他自己的身體感受，「其實他的『神』，已經四破五裂，不在他的皮囊裏面了。他自己覺得他好像是樓下醃著的一隻豬腿，又好像前幾天在海邊看見的一匹死了的河豚，但是總還有些不同的地方。他覺得他心臟的鼓動，好像在地震的一般，震得四壁都在作響。他的腦裏，好像藏著一團黑鉛。他的兩耳中，又好像有笑著的火焰。他的腰椎，不知道是第幾個腰椎，總隱隱有些兒微痛。」〔註 76〕這不僅寫出了郭沫若耳朵、腰椎等身體上的生理疼痛，還寫出了在焦躁的情緒籠罩下對身體感受的想像，好似沒有生命的「豬腿」、「河豚」。雖然，郭沫若沒有劉納所說的敏銳聽力，但是，他有一種把握內在心靈感受的銳敏，這是另一種青春標誌。

另外，留日期間的郭沫若比較關注社會政治事件，如 1915 年反對「二十一條」、1918 年反對「中日軍事協約」、1919 年五四運動等。他還遭遇到一些挫折和打擊，如 1915 年反日歸國、1918 年誅漢奸，以及在日本受到的民族歧視等。但這些都還不足以構成阻抑郭沫若精神發展的障礙，還不足削弱郭沫若的青春朝氣，讓他體會到真正的現實人生挫折。〔註 77〕因此，郭沫若在留日期間呈現出一種未經歷社會磨礪的青春狀態。在這種青春狀態下，與其說他比較關注社會政治，不如說他更關注他自己，他的愛情婚姻，他的心靈世界。即便是關注社會政治，也顯示出他沒有親身體會、感同身受的比較簡單的看法與行為；相反，對自己的關注，尤其是對內在的心靈世界的關注，則浸入了他全部的青春感受，呈現出中、老年人所有沒有的青春特徵。

〔註76〕 郭沫若：《未央》，《郭沫若全集》文學編 9 卷，人民文學出版社，1985 年版，第 40 頁。

〔註77〕 王富仁曾指出，留日期間的郭沫若「在他的面前場地是廣闊的，道路是平坦的，社會人生中的一切污濁和艱難還像遠處的崇山峻嶺出現在他遙望中的視野之內，暫時還沒有形成他必須克服的障礙，因而他的青春朝氣還足以使他藐視這一切。」參見王富仁：《審美追求的瞀亂與失措——二論郭沫若的詩歌創作》，《現代作家新論》，山西教育出版社，1998 年版，第 236～237 頁。

（三）

從某種程度上說，郭沫若的早期文學創作是在青春狀態下完成的。例如，《牧羊哀話》、《鼠災》、《殘春》、《未央》等早期小說就選用了青年人的視角來敘述青年人的日常生活與學習狀態，使小說呈現出了一種青春氣質，如青年人的思維方式、感情情緒特徵及青年人的創作方式，甚至包括郭沫若在創作過程中所期待的隱含讀者，也是青年人。這些文學作品對於中年人或老年人來說，可能很難引起閱讀的興趣，正如魯迅不喜歡看郭沫若的作品一樣。郭沫若的《女神》也是在青春狀態下完成的。不同的是，小說通過建立一個虛擬的世界來表達作家的思想，詩歌則省去這些方式直接呈現詩人的心靈。可以說，比起小說，《女神》更直接更集中地展現了郭沫若在青春狀態下創作的特徵。

《女神》爲我們展現了一個青年人眼中的世界與自我。首先《女神》關注年輕的身體，出現了大量關於身體的詞語，如腦袋、眼耳口鼻（《湘累》）、脊髓、腦經（《天狗》）、心、心臟（《筆立山頭展望》、《我是個偶像崇拜者》）、血、血液（《雪朝》、《我是個偶像崇拜者》、《太陽禮贊》、《Venus》）、聲帶（《梅花樹下醉歌》）、神經（《演奏會上》、《夜步十里松原》）、嘴、乳頭（《Venus》）、頸子、頭顱（《火葬場》）、顏面（《春之胎動》）、膽漿（《海舟中望日出》）、骷髏（《上海印象》）、眼睛（《西湖紀遊》）……這年輕的身體，靈敏而躁動，充滿著生命的活力：在登山展望或暢遊海中，在面對緋紅的晚霞或洶湧澎湃的大海時，他的血液像沸水般沸騰，他的心臟如擊戰鼓，又似乎快要跳出胸口來；在沉雄瑰麗的音樂會上，或在清廖、雄渾的松原夜裏，他的神經顫慄不已；當生病時，他的頭顱似火葬場熊熊燃燒的火爐，讓他備受煎熬；當沉浸在甜蜜的愛情時，他感受著死一般的快樂；當情緒失控時，他感覺到快要爆炸一般的狂躁；當下大雪時，他全身心好像要化爲光明流去，而下雨時，他的血液又好像滴出了幽音……他朝氣勃發，「向光明處伸長」，像紙鳶一樣「不斷地努力、飛揚、向上」（《心燈》）；他是一個知識青年，「腦筋中每天至少要／三四立方尺的新思潮」，渴望著成就，「思想底花，／可要幾時才能開放呀？」（《無煙煤》）；他喜歡大自然，輟了課「赤足光頭，／忙向自然的懷中跑」（《輟了課的第一點鐘裏》）；他很真純，大喊著要做亞波羅的「運轉手」（《日出》），高呼著快快享受「晨光」（《晨安》），要在大海裏全盤洗掉「有生以來的塵垢粃糠」（《浴海》），在春天裏感受春的「胎動」（《春之胎動》）；他贊美宇宙，

贊美自我（《梅花樹下醉歌》），贊美近代文明（《筆立山頭展望》），贊美自由、創造、破壞、解放等等。

如果說這些贊美是《女神》的主題，那麼前提是，這些贊美是屬於青年人的贊美，它們來自青年人，是青年人對世界的思想看法。在已有的研究中，比較常見的是從不同的角度對這些贊美作詳細的論述，而忽視這個「青年人」。事實上，如果忽視了「青年人」，那麼將造成對《女神》的遮蔽，難以發現這些贊美的特點。與這個「青年人」，或者具體地說，與青年郭沫若最密切相關的是青春狀態。作為在校青年學生，學業是郭沫若的主要任務。然而，與他所學的新知識相比，他的社會經驗尤其不足。如前所述，他還未進入社會，未親身經歷社會的磨礪。與其說他比較關注社會政治，不如說他更關注他自己的世界。最突出的青春標誌是他強烈的情緒、銳敏的身體感受。這些在《女神》中都有不同程度的體現。

以贊美自我為例。贊美自我是《女神》最重要的主題之一。有《天狗》、《梅花樹下醉歌》、《日出》、《浴海》、《立在地球邊上放歌》、《筆立山頭展望》、《晨安》、《夜步十里松原》、《演奏會上》、《登臨》、《光海》等。其中，《天狗》是一首純粹的自我表現的詩，它既沒有借助自然來歌頌自我，也沒有通過具體的事件來表現自我，而是直接面對主體的情緒，將強大的自我展現在讀者面前。在青春情緒的驅動下，自我不斷地擴張，吞噬月日星球，吞噬宇宙，詩中充塞著強大的主體意志和蓬勃的生命力。可以說，青春情緒是《天狗》寫作的驅動力，是其取得成功的關鍵。同時，青春情緒也是《天狗》的局限所在，因為在情緒的驅動下，自我最後吞噬了自己，最終使自我變得虛空。這是因為在青春狀態中，除了躁動不安的情緒之外，缺乏其他東西來充實。青年郭沫若雖然擁有較為豐富的知識，但知識不能直接轉換為詩情，他又缺乏直接的社會經驗，所以除了情緒，沒有其他東西能使他的自我豐富起來。《天狗》中只有一種不斷擴張的自我，沒有阻抑，沒有鬥爭。由此可見，《天狗》中的自我比較簡單，缺乏深度。《天狗》也因此而顯得單調，然而強烈的情緒掩蓋了這種單調的不足。如果說《天狗》因強烈的青春情緒而缺乏思想的深度，那麼它也因為同樣的原因而獲得了汪洋恣肆的詩意。

《女神》中僅有《天狗》這一首詩歌是完全依靠純粹的情緒來寫作的，它從情緒切入，且情緒的展開即是詩歌的展開，從而表現自我。《女神》中最多的是借助自然來歌頌自我。這類詩歌的寫法與《天狗》有些不同，它們從

自然景物切入，在「我」與自然的關係發展中展開詩歌，表現自我。如《日出》從「我」對雄渾的日出之景的震驚開始，到想做太陽的「運轉手」，最後以窺探到太陽的意義結束。在詩歌展開的過程中，主體地位被逐漸提升，甚至提升到自然的高度，自我意志越來越凸顯，越來越強。又如《浴海》從雄壯的太平洋開始，到「我的血同海浪潮，／我的心同日火燒」，到洗掉塵垢粃糠，最後以改造新中華結束，新我取代舊我，新我創造新中華，主體擁有了強大的創造力。此類詩歌還有《立在地球邊上放號》、《雪朝》、《梅花樹下醉歌》、《夜步十里松原》等。與《天狗》對「自我」的理解缺乏深度類似，這類詩歌將「自我」放在「我」與大自然的融洽關係中來表現，同樣沒有阻抑，沒有鬥爭，顯示了郭沫若對「自我」的理解是一種直線的單一的理解，缺乏深度。也顯示了郭沫若未受社會磨礪、缺乏社會鬥爭經驗的青春狀態，這使他只能借助青春情緒與大自然來表現自我。這體現了青春狀態對詩歌主題的理解與題材的選擇方面的影響與束縛。另一方面，與《天狗》不同，《天狗》是以強烈的青春情緒取勝，這類詩歌則以「我」在大自然中的身體感受與想像取勝。雖然這類詩歌的情緒也很強烈，但沒有形成獨特的審美風格。在這類詩歌中，「我」在面對雄渾的大自然時心臟、大腦、神經都處於亢奮狀態，全身心產生了奇特而敏銳的感受與想像：在《浴海》中，「我的血同海浪潮」，「我的心同日火燒」；在《雪朝》中，「我全身心好像要化爲光明流去」，「我全身底血液點滴出 Rhythmical 的幽音」；在《夜步十里松原》裏，「我的一枝枝的神經纖維在身中戰慄」……這不僅使詩歌充滿了生命活力，還使詩歌在描寫外在的人自然的基礎上，抒發了身體內在的體驗，以此區別了具體的寫實之作，充滿了靈動與詩意。而缺乏這種感受與想像的詩歌如《登臨》、《光海》等直接描寫具體的人或事，這又是青年郭沫若最不擅長的方面，詩意就大大減少了，顯得有些呆滯。可以說，青春情緒、身體感受與想像在某種程度上暫時掩蓋了青春創作的局限。

另外，郭沫若在具體人事方面的創作局限，尤其體現在讚美自由主題的詩歌中，如《匪徒頌》、《勝利的死》、《輟了課的第一點鐘裏》等。正如王富仁在分析郭沫若的泛神論思想時指出，「還主要停留在青春澎湃熱情的抒發上，它還不是在社會生活和社會鬥爭中、在與社會實際保守勢力和社會思潮的直接對立中被激發出來的」，「郭沫若當時的獨立的審美感受還不是在具體的、現實的人的基礎上形成的，而僅僅建立在大自然和抽象的、整體的社會

觀念的基礎上」。〔註78〕因此，當郭沫若涉及具體的人或事時，他的詩歌顯得捉襟見肘，很難像《天狗》一樣擁有磅礴之氣，給人酣暢淋漓之感。其實，郭沫若對此有所認識。「女神」時期他寫了大量關於具體人事的詩歌，如《兩對兒女》、《夢》、《晚飯過後》、《爲兒兩周歲做》、《葬雞》等等，但它們卻沒選入《女神》中，成爲了佚詩，說明他對此也不滿意。除了具體人事方面的創作局限外，郭沫若對抽象的、整體的社會觀念的贊美有時也顯得力不從心，例如《夜》本來是對自由的贊美之情的抒發，結果變成了對自由觀念的生硬解說。

由此可見，青春對《女神》的創作，如題材的選擇、詩歌寫作的切入與展開，以及對詩歌主題的理解等，都有較大的影響。強烈的青春情緒、銳敏的身體感受、未經社會磨礪的青年學生狀態，既可以是《女神》取得成功的關鍵，也可以成爲《女神》的局限。《女神》是郭沫若的成名之作，也是他的巔峰之作。在 1924 年寫給成仿吾的信中，郭沫若宣判了他的詩歌創作隨著他的青春的逝去而「死亡」。《女神》之後，他雖然期待著「總有一天詩的發作又會來襲擊我，我又要如冷靜了的火山從新爆發起來」〔註 79〕，但他始終沒能創作出與《女神》媲美的詩歌來。郭沫若最優秀的詩歌作品是在他青春狀態下創作出來的，一旦這種青春狀態消失了，他就再也創作不出「詩」來了。這就揭示了郭沫若的新詩創作與校園青春的密切關係。事實上，不僅郭沫若如此，新詩發生期的許多新詩作者都表現出類似郭沫若的情況，如冰心、汪靜之，當他們離開校園、進入社會，當他們的青春一去不復返之後，他們基本上不再寫新詩，即使寫新詩也很難超越他們青春期的作品。這種現象，不僅在新詩發生期頻繁出現，還在新詩後來的發展中時常出現。

〔註78〕 王富仁：《審美追求的瞀亂與失措──二論郭沫若的詩歌創作》，《現代作家新論》，山西教育出版社，1998 年版，第 247、249 頁。

〔註79〕 郭沫若：《我的作詩的經過》，《郭沫若全集》文學編 16 卷，人民文學出版社，1989 年版，第 221 頁。

第三章　從科舉考試到新式教育：
課程・教材・校園氛圍

　　在第一、二兩章中，我們描述了域外教育對新詩發生的影響與作用，然而，本國的教育也不可小覷。從科舉制的存廢到新式教育的開展，其中教育宗旨、課程設置與教材教法的變化，以及從私塾到新式學堂的學習空間的轉換等，新詩的發生與它們有一定的關係。例如，在科舉時代，律詩是清代科考的重要內容之一，或者說律詩合格與否是考生能否考取功名的關鍵，所以，在傳統教育體系中，士子童生為了考取功名，入私塾一兩年後，就開始系統學習音韻、屬對等詩歌知識，接受律詩寫作技能訓練。然而，隨著科舉制的停廢與新式教育的發展，這些傳統詩歌教育受到了很大的衝擊，這不能不影響到新詩的發生。正如陳平原所說：「從新式學堂的科目、課程、教材的變化，探討新一代讀書人的『文學常識』。從一代人『文學常識』改變，到一次『文學革命』的誕生，其間有許多值得大書特書的曲折與艱難」。〔註 1〕在本文看來，從科舉制度的停廢，到新詩的發生，其間也有許多值得大書特書的地方：一，近代教育改革中學校教育與新詩發生的關係；二，從私塾到新式學堂的學習空間的轉換與新詩發生的關係。前者涉及教育制度、知識結構方面的問題，後者涉及校園文化氛圍與時代思潮的問題。

〔註 1〕　陳平原：《新教育與新文學——從京師大學堂到北京大學》，《作為學科的文學史》，北京大學出版社，2011 年版，第 2 頁。

第一節　近代教育改革中知識結構與審美趣味的嬗變

近代意義上的學生階層的形成，與中國近代教育的發展密切相關。中國近代教育始於洋務運動時期，以 1861 年京師同文館的成立爲標誌。但總的說來，近代教育在 19 世紀處逆境中，新式學堂和學生的數量都很有限。據不完全統計，到甲午戰爭，中國人開設的新式學堂不過 25 處，在 1895～1899 年維新時期也僅推出 150 所學堂。一直到 1905 年正式停廢科舉制後，新式學堂數量才直線上升，學生人數才隨之急劇擴大，學堂從 1905 年的 8277 所猛增到 1909 年的 52348 所，學生人數從 1902 年的 6912 人猛增到 1909 年的 1638884 人，到民國初年估計學生總人數超過 300 萬。〔註2〕可以說，科舉制度停廢之後，學生階層才得以形成。在辛亥革命爆發時這些在小學和中學就讀的學生，將在七八年之後，正式登上中國歷史的舞臺，其中大多數是從白話新詩寫作進入新文學運動、新文化運動的。在本文看來最重要的是，他們還是白話新詩寫作的主體。

探討新詩的發生，研究者多關注新詩的發表、成集及其與報刊書局的關係，或關注現代詩體的形成；本文換個角度，從教育宗旨、學校課程與教材的變化出發，探討學生的知識結構的變化與詩歌的審美趣味的改變的關係，亦即探討白話新詩寫作主體——青年學生與新詩的發生的關係。

考慮到五四時期白話新詩寫作主體青年學生的教育經歷，他們在辛亥革命時期就讀於中小學堂，本文主要從清末民初新式中小學教育入手，且與傳統教育作比較，考察他們知識結構的變化。五四時期的大學教育——尤其是北京大學國文系的「文學史」和「文學」兩科都涉及到了唐宋詩詞的講授——與在校大學生的詩歌創作有一定的關係，可參見陳學祖的《中國現代新詩詩人大學時期之唐宋詩詞教育及其功能——以北京大學、清華大學爲例》〔註3〕，故本文不再討論。

（一）

在傳統教育體系中，清代的學校與科舉相輔而行，「一般讀書的人們趨重

〔註2〕以上資料，參見桑兵：《晚清學堂學生與社會變遷》，學林出版社，1995 年版，第 2 頁。
〔註3〕陳學祖：《中國現代新詩詩人大學時期之唐宋詩詞教育及其功能——以北京大學、清華大學爲例》，《美育學刊》，2011 年第 3 期。

在科舉，學校教育差不多等於具文，於是演成重視科舉而忽視學校的**趨勢**。這種趨勢直演到清朝二百多年而更屬害，所以學校教育之在清朝可說完全是一個具文。」〔註4〕學校幾乎淪爲了科舉的附庸。學校的課程和教材幾乎都是以科舉考試爲鵠的設置。以鄉試爲例，據順治二年（1645 年）頒佈的《科場條例》，鄉試第一場試四書義 3 篇，經義 4 篇，士子各占 1 經；第二場試論 1 篇，詔、誥、表各 1 通，判 5 條；第三場試經史時務策 5 道，且規定「首場制藝以《欽定四書文》爲準，其輕僻怪誕之文不得取錄」，「經文以遵奉《御纂四經》、《欽定三禮》，及用傳注爲合旨，其有私心自用與泥俗下講章，一無稟承者不錄」。〔註5〕四書五經成爲科舉考試的主要內容。又，乾隆二十二年（1759 年）明確規定：「嗣後會試第二場表文，可易以五言八韻唐律一首」，「以本年丁丑會試爲始」，〔註6〕律詩亦即試帖詩正式成爲清代科舉考試的內容之一。乾隆四十七年（1784 年），又把試帖詩改置頭場，並且明確規定：「若頭場詩文既不中選，則二、三場雖經文策問間有可取，亦不准復爲呈薦」。〔註7〕試帖詩合格與否成爲考生能否考取功名的關鍵。清代學校主要由國子監、地方官學、書院、私塾、社學、義學等構成，除少數書院不課舉業外，清代的學校幾乎都成爲了科舉考試的訓練場所。以地方官學爲例，據《大清會典》所載，官學教材爲「《御纂經解性理》、《詩》、《古文辭》及《校訂十三經》、《二十四史》、《三通》等書」，又據《皇朝文獻通考》所載爲「《四子書》、《五經》、《性理大全》、《資治通鑒綱目》、《大學衍義》、《歷代名臣奏議》、《文章正宗》等書」，全爲儒家學術，宋、明學說一系的材料，「若非聖賢之書，一家之言，不立於學官者，士子不得誦習」。〔註8〕私塾亦如此。私塾主要有識字、寫字、閱讀、寫作等課程。對於識得兩千字之後且預備考科舉的童生來說，私塾的教學內容爲先讀韻語教材，再逐漸過渡到《四書》，並教以音韻、屬對知識，

〔註4〕　陳青之：《陳青之中國教育史》下冊，吉林人民出版社，2012 年版，第 467 頁。
〔註5〕　《欽定科場條例》卷一七《鄉會試藝》，轉引自馬鏞：《中國教育制度通史》第五卷，山東教育出版社，2000 年版，第 377 頁。
〔註6〕　《欽定大清會典事例》卷三百三十一，《禮部》，《貢舉》，《命題規則》，轉引自于景祥：《金榜題名：清代科舉述要》，遼海出版社，1997 年版，第 149 頁。
〔註7〕　于景祥：《金榜題名：清代科舉述要》，遼海出版社，1997 年版，第 149～150 頁。
〔註8〕　陳青之：《陳青之中國教育史》下冊，吉林人民出版社，2012 年版，第 475 頁。

以及寫作訓練，作試帖詩、八股文；其常見教材有韻語書《蒙求》、《幼學瓊林》，散文故事《日記故事》、《書言故事》，音韻書《聲律啓蒙》、《對類》，詩歌《千家詩》、《唐詩三百首》，古文選《古文觀止》，八股教材《小題正鵠》以及時文選等。〔註9〕爲了考取功名，士子童生圍繞在科舉周圍，長年累月練習作八股文、試帖詩。傳統教育最終被簡化爲以四書五經爲核心內容的八股文、試帖詩教育。在這樣的教育體制下，士子童生的知識結構也就以四書五經構成，其知識局限在部分經史典籍中，知識的涵蓋面極其有限，不能全面涵蓋經史子集四類，僅爲中學的一部分而已；另外，由於律詩成爲科舉考試的內容之一，他們建立了一套中國古典詩歌知識體系。

綜上所述，在傳統教育體系中，士子童生會對中國古典詩歌有著一種天然的親近感。爲了考取功名，入私塾一兩年後，他們就開始系統學習詩歌知識，接受詩歌技能訓練，「八九歲時神智漸開，則四聲、虛實、韻部、雙聲、迭韻，事事都須教，兼當教之屬對，且每日教一典故」，「初兩字，三四月後三字，漸而加至四字，便成一句詩矣。每日必使作詩，然要與從前所用之功事事相反：前既教以四聲，此則不論平仄；前既教以雙聲迭韻，此則不論聲病；前既教以屬對，此則不論對偶；三字句亦可，四字句亦可，五句也算一首，十句也算一首，但教以韻部而已。」〔註10〕童生們白天讀書、講字，將晚屬對，「燈下念唐賢五律詩（取於試帖相近）、或《古詩源》；上生詩時，爲之逐句講解……間日出試題，試作五言絕句一首（以次增至四韻六韻）。」〔註11〕從音韻知識到屬對，從詩歌閱讀到詩歌模擬，從白天講讀古文到晚上吟誦詩歌……可以說，士子童生是在古典詩歌的浸染中成長起來的，與此形成了他們對古典詩歌的審美趣味、審美追求，甚至還形成了古典式的心靈感受方式。由此可見，在傳統教育中，由於科舉試律詩，詩歌成爲教育的一個重要內容。這使接受其教育的人，建立起了與古典詩歌相應的詩學素養。

〔註9〕 參見馬鏞：《中國教育制度通史》第五卷，山東教育出版社，2000 年版，第290～302 頁。
〔註10〕 王筠：《教童子法》，《中國近代教育史料》上冊，舒新城編，人民教育出版社，1981 年第 2 版，第 93 頁。
〔註11〕 龍啓瑞：《家塾課程》，《中國近代教育史料》上冊，舒新城編，人民教育出版社，1981 年第 2 版，第 85～86 頁。

（二）

　　甲午戰敗後，對傳統教育的質疑之聲越來越大。一直到清廷「新政」，《奏定學堂章程》的頒佈，近代教育體制才得以確立，科舉制度隨之被停廢。清廷諭令光緒三十二年「著即自丙午科爲始，所有鄉會試一律停止，各省歲科考試亦即停止」。傳統教育逐漸退出了歷史舞臺。私塾教育和書院教育漸漸不爲人所知，「離開『廢科舉』運動，不過十五年，卻已不知道『八股制藝文』是怎麼一回事」〔註12〕，與此同時，新式學堂則雨後春筍般地成長起來。《奏定學堂章程》〔註13〕規定初等小學堂課程爲修身、讀經講經、中國文字、算術、歷史、地理、格致、體操，高等小學堂課程爲修身、讀經講經、中國文學、算術、中國歷史、地理、格致、圖畫、體操，中學堂課程爲修身、讀經講經、中國文學、外國語、歷史、地理、算學、博物、物理及化學、法制及理財、圖畫、體操。在本文看來，有以下幾個方面值得注意：

　　首先，這些課程包含了中學、西學兩套知識體系。一方面，從開設的西學課程如算學、博物、物理、化學、地理等來看，這些課程基本上包含了西學中最主要的知識內容，西學知識成爲了學生學習的重要內容之一。另一方面，中學仍然是重點，這體現在讀經講經課上：初等小學、高等小學、中學講經讀經分別占全部課時的 12／30、12／36、9／36；初等小學必讀之經爲《孝經》、《四書》、《禮記》節本，高等小學爲《詩經》、《書經》、《易經》及《儀禮》之一篇，中學爲《春秋左傳》、《周禮》。還體現在中學的中國文學課上，要求講解「中國古今文章流別、文風盛衰之要略，及文章於政事身世關係處」；作文用字要「必有來歷（經史子集及近人文集皆可），下字必求的解，雖本乎古亦不駭乎今」，文法要「備於古人之文」，以經史子集中平易雅馴之文爲閱讀學習文法的對象，最好以《御選古文淵鑒》爲教材。這兩套知識體系之所以能夠並存於中小學教育中，是因爲有這樣的教育宗旨：「以忠孝爲本，以中國經史之學爲基……而後以西學瀹其知識，練其藝能」〔註14〕。又，學部在

〔註12〕　曹聚仁：《明遠樓前》，《我與我的世界》上冊，北嶽文藝出版社，2000 年版，第 114 頁。

〔註13〕　以下關於初等小學堂、高等小學堂、中學堂的課程等資料，出自《奏定學堂章程》，參見璩鑫圭、唐良炎編：《中國近代教育史資料彙編學制演變》，上海教育出版社，1991 年版，第 291～328 頁。

〔註14〕　張百熙、榮慶、張之洞：《重訂學堂章程摺》，《中國近代教育史料彙編學制演變》，璩鑫圭、唐良炎編，上海教育出版社，1991 年版，第 289 頁。

《奏陳教育宗旨摺》中提出「中國政教之所固有，而亟宜箴砭以圖振起者有二：曰忠君，曰尊孔。中國民質之所最缺、而亟宜箴砭以圖振起者有三：曰尚公，曰尚武，曰尚實」。也就是說，一方面，要「忠君尊孔」，需學習中學；另一方面，要「救亡圖存」，需學習西學。簡而言之「忠君、尊孔、尚公、尚武、尚實」成爲「新政」後清廷的教育宗旨。由此可見，雖然科舉制度停廢了，然而四書五經仍是教學的重點之一。如果說在傳統教育體制下清廷以科舉考試的方式，使士子童生研習四書五經從而實現思想統治，那麼在新式教育中清廷則將四書五經直接納入學制中，從而起到維護統治的作用。因此，中學、西學這兩套不同的知識體系，扮演了不同的角色：中學爲體，西學爲用。這種「中體西用」的思想，「使清末新式教育一直受到了忠君尊孔讀經的封建信條的支配，使清末的任何教育改革都不能擺脫傳統教育的陰影，使清末的任何教育改革成果都只能達到以新衛舊、以西補中的目的」〔註15〕。所以，在這樣的新式教育下，學生雖然開始有了新的西學知識結構，但是他們仍然被束縛在「忠君尊孔」的思想之下。

其次，具體到詩歌。清廷廢科舉、興學堂，對詩歌教育的影響很大。如前所述，由於科舉試律詩，詩歌成爲私塾教學的主要內容之一，士子童生因此建立了一套中國古典詩歌知識體系。可以說，古典詩歌知識以科舉考試與教育的方式得到了傳承，甚至在某種程度上古典詩歌寫作也因科舉考試而得以延續。那麼，清廷停廢科舉，亦即廢除律詩考試，就會導致詩歌在教學中的分量與地位的迅速下降。《奏定學堂章程》就沒有開設詩歌方面的課程。所以，在新式學堂中，科舉時代的詩歌知識教學、詩歌技能訓練一概不見蹤影，這就影響了古典詩歌知識的傳承。

值得注意的是，《奏定學堂章程》雖然沒有開設詩歌方面的課程，但設了「中小學堂讀古詩歌法」（與中學堂互見）一項，且作了詳細說明：讀古詩歌的目的在於以代替外國唱歌音樂課，「以歌詩爲涵養之方」，「以養其性情，且舒其肺氣」。在教法方面指出，初等小學堂只可以讀三四五言的古詩歌，而且詩歌篇幅要簡短，最好閱讀「理正詞婉、能感發人」的古代歌謠和古人的五言絕句。高等小學堂和中學堂可以讀五七言古詩歌，在詩篇上，前者仍然要簡短，後者則長短不拘。在教材方面指出，以《古詩源》、《古謠諺》爲教材，

〔註15〕 王炳照、閻國華主編：《中國教育思想通史》第五卷，湖南教育出版社，1996年版，第 127 頁。

其次還可以選取郭茂倩的《樂府詩集》、唐代的樂府詩歌、唐宋的絕句等爲教材，但要以「詞義兼美」、「協律可歌，亦可授讀」的古詩歌作爲教材內容。同時，還明確規定：在學堂裏不可以讀律詩，尤其不可以作詩，因爲作詩會佔用學生的學習時間，並且詩歌讀多了自然就會寫詩，不需要專門教授寫詩方法。此外，小學修身科中也強調了讀古詩歌的重要性，「兼令誦讀有益風化之古詩歌，以涵養其性情，舒暢其肺氣，則所聽講授經書之理，不視爲迂板矣。」學堂章程制定者張之洞等人，眞是不厭其煩地解釋說明「中小學堂讀古詩歌法」。由此可見，他們對中國詩歌的曖昧態度：一方面，不開設有關詩歌的課程；另一方面，又有「中小學堂讀古詩歌法」一項，不願意捨棄詩歌。這應該與甲午戰敗後，流行的「中國人『重虛文』而『輕實學』」〔註16〕觀點有關。如山西胡聘之認爲「近日書院之弊，或空談講學，或溺志詞章，既皆無裨實用，其下者專摹帖括，……每月詩文等課，酌量並減」〔註17〕；陝西張汝梅認爲「或專精訓詁，或僅事詞章，或空談性理，……總期不事空談，專求實獲」〔註18〕；張之洞等人也認爲「近代文人，往往專習文藻，不講實學，以致辭章之外，於時勢經濟茫然無所知」〔註19〕。在他們看來，詩歌成爲中國人「重虛文」的重要原因之一，而「重虛文」又是中國戰敗的重要原因之一。無論詩歌是否眞的具有這樣的「罪狀」，總之，詩歌不再值得大力提倡，不僅科舉不再試律詩，甚至還應該將律詩趕出學校課堂。然而，詩歌在中國畢竟有著上千年的悠久傳統，而且張之洞等人也是在詩歌的浸染中成長起來的，還形成了與之相應的審美趣味、審美追求，他們與詩歌有著天然的親近感。他們很清楚詩歌的審美意蘊、審美功能，他們說「中國各體文辭，各有所用。古文所以闡理紀事，……古今體詩辭賦，所以涵養性情，發抒懷抱。……中國各種文體，歷代相承，實爲五大洲文化之精華」〔註20〕。所以，我們在學堂章程中看到了他們的猶疑、難捨與糾結，一方面不再開設詩歌課

〔註16〕　陳平原：《中國大學十講》，復旦大學出版社，2002 年版，第 104 頁。

〔註17〕　胡聘之等：《請變通書院章程摺》，《中國近代教育史料》上冊，舒新城編，人民教育出版社，1981 年第 2 版，第 70 頁。

〔註18〕　張汝梅、趙維熙：《陝西創設格致實學書院摺》，《中國近代教育史料》上冊，舒新城編，人民教育出版社，1981 年第 2 版，第 68～69 頁。

〔註19〕　張百熙、榮慶、張之洞：《學務綱要》，《中國近代教育史料》上冊，舒新城編，人民教育出版社，1981 年第 2 版，第 202 頁。

〔註20〕　張百熙、榮慶、張之洞：《學務綱要》，《中國近代教育史料》上冊，舒新城編，人民教育出版社，1981 年第 2 版，第 202 頁。

程，另一方面又大談「讀古詩歌法」；一方面大談「古詩歌」的優點好處，另一方面又不允許在學堂內作詩，甚至大學也不能作詩〔註21〕；更讓人糾結的是只能讀古詩歌，不能讀律詩，因為律詩講求平仄押韻對偶，在他們看來更容易導致「重虛文」。可以說，他們對中國詩歌真是愛之深痛之切。

在科舉時代，士子童生會系統地學習詩歌知識和接受詩歌技能訓練，包括音韻知識、屬對、吟誦、品味、摹習。相比之下，在科舉停廢後，在《奏定學堂章程》中除了讀法之外，詩歌知識的講授、詩歌寫作的訓練都統統被禁止了。不僅如此，讀詩範圍也變得很狹窄，只可讀古詩，不許讀律詩。律詩被排斥學堂外，且又不能作詩，長此以往，「不待五四新文化運動興起，傳統詩文在西式學堂這一文學傳承的重地，已必定日漸『邊緣化』」。〔註22〕在這樣的教育體制下成長起來的年輕學生，顯然不再有張之洞一代人對古典詩歌那樣的深厚感情了。他們一方面缺乏音韻、屬對等中國古典詩歌知識，也缺乏古典詩歌寫作技能；另一方面，審美趣味、審美追求也會隨之發生變化，與古典詩歌的感情也隨之疏遠了，尤其是與律詩的感情更加疏遠。如有「少年詩人」之稱的胡適，1907 年在上海就讀新式學堂時，就不曾做過屬對，音韻知識更是所知甚少，於是對律詩便有了隔閡，尤其在感情上很難談得上喜歡。〔註23〕可以說，這與他後來倡導「詩國革命」、「詩體大解放」有著某種程度的關聯。又如，任鴻雋接受過比較完整的傳統教育，參加過科舉考試，中過秀才，〔註24〕他對古典詩歌的感情，與胡適相比，就有些不同〔註25〕。出生再晚一些如曹聚仁等，到了五四時期對傳統文化就更隔膜一些。所以說晚清「新政」之中的教育體制的改革，教學內容的變化，與新詩的發生有著相當的關聯。

當然，需要注意的是教育制度上的課程規定與實際情況有一定的差異。以上是從《奏定學堂章程》的角度論述的，也就是在制度層面上立論的。當時的實際情況可能有些差異，如清末「新政」雖然建立了許多新式學堂，但

〔註21〕　《奏定大學堂章程》，《中國近代教育史料彙編學制演變》，璩鑫圭、唐良炎編，
　　　　　上海教育出版社，1991 年版，第 380 頁。
〔註22〕　陳平原：《中國大學十講》，復旦大學出版社，2002 年版，第 113 頁。
〔註23〕　胡適：《胡適四十自述》，中國文史出版社，2013 年版，第 88～94 頁。
〔註24〕　任鴻雋：《前塵鎖記》，《任以都先生訪問記錄》張朋園、楊翠華、沈松僑訪問，
　　　　　中央研究院近代史研究所出版，1993 年版，第 132～136 頁。
〔註25〕　對此本文第五章有論述。在美國留學期間，胡適的以白話寫詩的觀念遭到任
　　　　　鴻雋等人的異議。

仍不能滿足當時的需求；又如，新式學堂雖然開始按照章程開設新式課程，但傳統教育仍然存在，在有的學校舊勢力十分強大。所以，我們在制度的層面上，大致瞭解當時的情形。但從歷史的整體趨勢來看，隨著教育改革的深入，傳統教育會越來越遠，古典詩歌知識以及對古典詩歌的感情很難再達到科舉時代那樣深厚的程度了。

（三）

　　中華民國成立之時，社會各界人士強烈關注教育改革，教育思想、教育宗旨成爲討論重點。蔡元培指出「『忠君』與共和政體不合，『尊孔』與信仰自由相違」，主張廢止清廷學部制定的教育宗旨，倡導以軍國民教育、實利教育、公民道德教育、世界觀教育、美育等五育爲民國教育宗旨，以養成共和健全之人格。〔註26〕陸費逵認爲應以實利主義爲教育宗旨，「以實利主義爲標幟，勤儉耐勞爲學風……人人有謀生之力，生活稍裕，則可以爲軍國民，可以爲公民。」〔註27〕莊俞也倡導實利主義，指出「利人利己，實利主義；利國利民，實利主義也……團結貿易經濟等，對於社會之實利主義也；興業納稅助餉等，對於國家之實利主義也；交通競爭比較，對於世界之實利主義也」。〔註28〕最終，教育部於9月2號公佈民國教育宗旨爲「注重道德教育，以實利教育、軍國民教育輔之，更以美感教育完成其道德」。這一教育宗旨基本上反映了蔡元培的教育主張，它是在蔡元培的「五育」基礎上形成的。可以說，民國教育就是發展公民道德教育，以培養學生具有自由、平等、親愛的思想；發展實利主義教育，以傳授學生現代生產的知識與技能；發展軍事體育教育，以訓練學生具有健康的身體和武裝自衛的能力；發展美感教育，以陶冶情感。雖然，在袁世凱統治時期，這一教育宗旨曾遭到多次修改，甚至被完全否定，但在洪憲帝制破滅後，大體上又得到了認定。雖然在思想層面上民初還保留著專制、特權等封建思想，但是，在教育體制層面上，晚清的封建專制主義教育被資產階級的現代民主教育所取代。這爲民國的學生接受現代民主教育提供了制度上的保障。

〔註26〕　蔡元培：《新教育意見》，《教育雜誌》第3年第11期，1912年2月10日。

〔註27〕　陸費逵：《民國教育方針當採實利主義》，《陸費逵教育論著選》，品達主編，人民教育出版社，2000年版，第120頁。

〔註28〕　莊俞：《論教育方針》，《教育雜誌》第4卷第1號，1912年4月10日。

　　在課程設置上，與晚清《奏定學堂章程》相比，民初中小學教育改革最大的特色是，「讀經講經」課的廢止與「國文」課的興起。民國元年2月《教育部普通教育暫行辦法通令》指出，「小學讀經科，一律廢止」。是年教育部訂定的「小學校教則及課程表」中，出現了以「使兒童學習普通語言文字，養成發表思想之能力，兼以啓發其智德」爲宗旨的「國文」課。與此同時，「中學校令實施規則」中也出現了「國文」課，並且規定「國文」課要使學生掌握普通的語言文字，能自由表達思想，會作簡單的實用文章，其次略微瞭解高深的語言文字，以培養學生的文學興趣，兼及培養學生的智育、德育。「國文」課以教授近世文爲主，然後逐漸過渡到近古文和文字源流、文法要略、文學史概況等方面。由此可見，中小學國文課的主要教學內容爲識字、寫字、閱讀及寫作。最重要的是，國文課不再以四書五經爲內容，而是「就修身、歷史、地理、理科及其他生活必需事項，擇其富有趣味者用之」。〔註29〕然而，在民初的中小學教育改革中，「讀古詩歌法」一類不再出現。如果說在清末《奏定學堂章程》的制定過程中還能看到張之洞等人對中國古典詩歌的曖昧態度，那麼，在民初這種曖昧再也看不到了。如上所述，在民初教育改革的討論中，實利教育得到了熱烈的擁護，其次軍國民教育、國民教育的呼聲也比較高，因此，在這樣的氛圍中，古典詩歌自然不會得到關注。即使蔡元培的「五育」之一「美育」，也沒有中國古典詩歌的蹤影。在《對於教育方針之意見》一文中，蔡元培指出：美術、圖畫、遊戲、普通體操等爲美育，幾何學、物理、化學、博物學、手工等可以資美感、興美感。可就是沒有詩歌。退一步講，按「中學校令實施規則」的要求，「國文」課要「涵養文學之興趣」、授「文學史之大概」，那麼中國古典詩歌理所當然屬於講授的內容。然而，很難說在國文課堂上做到了。當時的國文教科書可證明。翻閱當時的國文教科書，詩歌所佔比例非常小。以中華書局的《新制中華國文教科書》（高等小學校用）爲例，全套教材共九冊，僅有阮籍《詠懷》、歐陽修《賣油翁》、白居易《觀刈麥》、岑參《白雪歌》、杜甫《出塞》、陶潛《詠荊軻》、《木蘭詩》等數量很少的詩歌。而商務印書館的《共和國教科書新國文》中的詩歌更少。從當時的國文教科書中很難得出中國詩歌之大概。中國古典詩歌在民初的學校教育中不再受到重視。

〔註29〕　以上有關中小學課程材料，參見璩鑫圭、唐良炎編：《中國近代教育史料彙編　學制演變》，上海教育出版社，1991年版，第651～732頁。

從中國古典詩歌的角度看，民初中小學教育改革，比清末張之洞等人的《奏定學堂章程》走得更遠，離中國古典詩歌的距離更遠。《奏定學堂章程》除保留了「讀古詩歌法」外，詩歌知識的講授、詩歌寫作的訓練都被禁止了，這將影響中國古典詩歌知識、寫作技能的傳承，以及中國人與古典詩歌感情的親疏距離。然而，還需注意的是，不可小覷《奏定學堂章程》的「讀古詩歌法」一項：熟讀詩歌不僅能領略音調的好處，還能熟悉詩的用字、句法、章法，培養出詩歌感覺，長期以往，潛移默化，也就會學著作詩了，正如張之洞等人所說「誦讀既多，必然能作，過之不可，不待教也」。對於作詩來說，即使詩歌知識、技能訓練在課堂上被禁止了，「讀古詩歌法」將會在一定程度上給予彌補。然而，在民初的中小學教育改革中，「讀古詩歌法」一項沒有了，對中小學生來說，作詩將變得困難而遙遠。〔註30〕所以，到了五四時期，便出現了下面的情形：

> 凡學校出身，自初多攻散文，少讀詩句，學作對聯，更係外行。人情於其所不慣者，興味自為之銳減。韻文少讀，律詩少做，偶而覿面，遂覺難識，亦事之常。因而「豔詩豔詞」，意象縱極深厚，比興縱極允當，而凡為學校出身者，未能洞悉個中之深味。謹愿者藏拙，倔強者鳴鼓，趨時之士相與盲從而附和之，天下則紛紛矣。此白話詩之所由來也。〔註31〕

上述情況，造成了傳統文化的失落，這也是五四一代遭受後人詬病的原因所在。但在姜濤看來，「從新文學發生的角度看，一種新的傳統也在生成，在這一『當代傳統』（一個悖謬的命題）建構的過程中，一代新人也得以哺育。」〔註32〕在本文看來，在「新的傳統」、「新人」的生成過程中，還需要與傳統文化保持一定的「距離」：在後文，我們將看到中國古典詩學強有力地束縛著留美中國學界，以致胡適的「詩國革命」難以成長起來，這與像任鴻雋這樣的留美學生從小接受的私塾教育、傳統詩歌教育密切相關；相比之下，五四

〔註30〕然而，在五四時期，古典詩歌教育在大學中文系仍是主課之一，在有的老師的課堂上，仍然重視詩歌的「吟誦」與寫作練習。「可隨著時間的推移，此類古詩文習作，越來越徒具形式」，「不是教授不用力，而是時代風氣變化了」。參見陳平原：《知識、技能與情懷——新文化運動時期北大國文系的文學教育》，《北京大學學報》，2009年6期。

〔註31〕曹慕管：《論文學新舊之異》，《學衡》第32期，1924年。

〔註32〕姜濤：《「新詩集」與中國新詩的發生》，北京大學出版社，2005年版，第54頁。

一代青年學生與傳統私塾教育、傳統詩歌教育較爲疏遠，他們的古典詩歌知識、他們對古典詩歌的情感與體悟就遠遠趕不上上一代人，他們的詩歌審美趣味、審美追求，都將有別於過去。這正是新詩發生所需要的。

由上述可見，教育對新詩的發生有較大的影響。比較有意思的是，與上文的科舉考試相呼應，五四時期北京大學入學考試影響了青年學子的讀書範圍與內容。五四運動前後，胡適一直是北京大學本科、預科英文試題的命題與閱卷委員會主任。據江勇振考證，從 1918 年到 1924 年北大入學考試的英文試題，要麼是胡適親自命題，要麼是受胡適影響的其他教員命題，幾乎都在宣揚胡適的政治以及新文化運動理念。〔註 33〕可以說，胡適借著命題的權柄，來推動新文化運動的發展。與科舉考試類似，考試內容常常決定了青年學子的學習內容，北大入學試題考的是新文化運動所宣揚的新思想、新觀念，那麼，一心想進北大的考生就會勤奮閱讀倡導新文化運動的書刊，進而就很有可能閱讀到胡適的白話新詩。

第二節　校園中「個性解放」與學生的表情慾望

魯迅在寫於 1907 的《文化偏至論》中指出「個人一語，入中國未三四年，號稱識時之士，多引以爲大詬，苟被其謚，與民賊同。意者未遑深知明察，而迷誤爲害人利己主義」〔註 34〕，「個人」一語乃至「個性解放」，要到五四時期才能獲得社會的廣泛回應與認同。〔註 35〕1915 年 9 月《青年雜誌》創刊，陳獨秀有《敬告青年》六條，第一條便是「自主的而非奴隸的」，強調個人的自主性，反對奴役性，「獨立自主之人格以上，一切操行，一切權利，一切信仰，唯有聽命各自固有之智慧，斷無盲從隸屬他人之理」〔註 36〕，開啓了「五四」個人主義、個性解放思潮。緊接著，李亦民在《青年雜誌》第 1 卷第 2 號上發表了《人生唯一之目的》一文，詳細闡釋了個人主義。個人主義成爲《青年雜誌》的主要內容之一，如第 1 卷第 1 號有高一涵《共和國與青年之

〔註33〕 參見江勇振：《捨我其誰：胡適（第二部日正當中，1917～1927）》（上篇），浙江人民出版社，2013 年版，第 214～222 頁。

〔註34〕 魯迅：《文化偏至論》，《魯迅全集》第 1 卷，人民文學出版社，2005 年版，第 51 頁。

〔註35〕 李怡詳細考察論證了個人、個人本位思想從晚清到五四的發展過程，參見李怡：《日本體驗與中國現代文學的發生》，北京大學出版社，2009 年版。

〔註36〕 陳獨秀：《敬告青年》，《青年雜誌》第 1 卷第 1 號，1915 年 9 月 15 日。

自覺》，第 1 卷第 4 號有高一涵《國家非人生之歸宿論》、陳獨秀《東西民族根本思想之差異》，第 1 卷第 5 號有陳獨秀《一九一六》、易白沙《我》，第 1 卷第 6 號陳獨秀《吾人最後之覺悟》等。《青年雜誌》自 1916 年第 2 卷第 1 號更名爲《新青年》之後，個人主義色彩就更加明顯了，刊發了個人與自我思想的文章如易卜生、尼采的個人主義、叔本華的自我意識學說以及美國人的自由精神等等。《新青年》還影響了其他刊物，如 1919 年 1 月創刊的《新潮》，也開始宣揚個人主義、個性解放。

　　隨著五四運動的爆發與新思想、新刊物的傳播，個人主義、個性解放逐漸擴大到全國各地，且進入校園，這對青年學生造成了巨大的衝擊與影響，例如在課堂上討論易卜生戲劇，在課後演出易卜生戲劇，競相模仿易卜生戲劇主人公，紛紛立志做「中國的娜拉」、「中國的斯鐸曼醫生」……創造出一種全新的校園文化氛圍。以五四時期有「新時代的文化種子」之稱的浙江第一師範學校爲例，五四運動前校園裏「靜如止水，什麼波動也沒有；師生都在埋頭讀書，頗有樸學氣象」，然而，五四運動後校園風氣大變，個性解放、自主、平等風行校園。〔註 37〕那麼，這樣的校園文化氛圍對青年學生的新詩寫作有何影響？對新詩的發生有何影響？個性解放是五四新文化運動最大的功績，這已有較多學者論述過，而且研究成果頗豐。本文從校園文化氛圍的角度，探討以《新青年》爲核心倡導的「個性解放」，對在校青年學生表情慾望的形成的影響，以及與新詩發生的關係。

　　需要說明的是，《新青年》在五四時期在全國各地的傳播情況不同，但總的來說，東部比西部傳播迅速。同樣，「個性解放」進入全國各個校園的時間及其具體情況不同，存在著地域差異。甚至在同一地區，不同學校因新舊勢力強弱的不同，校園裏的「個性解放」氛圍也有所不同。因此，本文是在整體層面上，借助《新青年》上「個性解放」的倡導及其傳播，討論校園裏的「個性解放」與學生的表情慾望的問題。

（一）

　　中國傳統文化不但不可能爲個人的自由、個性的發展提供廣闊的空間，還要通過壓制人的個性來維持社會的平衡。「儒家文化是一套整體主義價值體

〔註37〕　曹聚仁：《我們的教師》，《我與我的世界》上冊，北嶽文藝出版社，2000 年版，第 153 頁。

系。其威權主義政治倫理、家族主義宗法倫理和反商主義經濟倫理，無不以抑制個人和整體和諧爲價值目標。道家雖不乏『爲我』之個人主義思想，但其僅流於消極的抗議」。〔註38〕中國傳統文化根本匱缺個體意識。它強調個人對家族、對君主的義務，個人只有在對家族、對君主有價值與意義時才獲得肯定，而那些僅僅對個人有益的行爲是不被允許的，因此個人的自我意識消失，個體被融入到社會整體之中，成爲社會整體的附屬物。倡導個人主義、個性解放，首先需要將個體從整體的束縛中解放出來，明確個人與作爲整體的國家、社會、家族之間的關係。

高一涵首先闡釋了個人與現代國家的關係。他在《青年雜誌》第 1 卷第 1～3 號上連載了《共和國家與青年之自覺》一文，指出共和國家的第一要義是「致人民之心思才力各得其所」，「共和國民，其蘄嚮之所歸，不在國家，乃在以國家爲憑藉之資，由之以求小己之歸宿者也。國家爲達小己之蘄向而設，乃人類創造物之一種，以之保護小己之自由權利，俾得以自力發展其天性，進求夫人道之完全。質言之，蓋先有小已後有國家，非先有國家後有小己」，〔註39〕又在《國家非人生之歸宿論》中反覆指出，「國家者，非人生之歸宿，乃求得歸宿之途徑也」〔註40〕，強調國家應該爲保障個人的自由和幸福服務，且不可侵犯個人的自由權利。陳獨秀也明確將個人從國家社會的整體之中剝離出來，他說「國家利益，社會利益，名與個人主義相衝突，實以鞏固個人利益爲本因也」〔註41〕，「勿爲他人之附屬品」〔註42〕，他在《人生眞義》〔註43〕中集中闡釋了個人與社會的關係，指出「社會的文明幸福是個人造成的，也是個人應該享受的」，「社會是個人集成的，除去個人便沒有社會，所以個人的意義和快樂是應該尊重的」。李亦民則著重批判了儒家重群體輕個人的弊端，他在《人生唯一之目的》中指出「日言『合群』，日言『公益』。而所謂『合群』、『公益』者，盡變爲塗飾耳目之名詞……若順人性之自然，堂堂正

〔註38〕 高力克：《五四的思想世界》，學林出版社，2003 年版，第 5 頁。

〔註39〕 高一涵：《共和國家與青年之自覺》，《青年雜誌》第 1 卷第 1、2 號，1915 年 9 月 15 日、1915 年 10 月 15 日。

〔註40〕 高一涵：《國家非人生之歸宿論》，《青年雜誌》第 1 卷第 4 號，1915 年 12 月 15 日。

〔註41〕 陳獨秀：《東西民族根本思想之差異》，《青年雜誌》第 1 卷第 4 號，1915 年 12 月 15 日。

〔註42〕 陳獨秀：《一九一六》，《青年雜誌》第 1 卷第 5 號，1916 年 1 月 15 日。

〔註43〕 陳獨秀：《人生眞義》，《新青年》第 4 卷第 2 號，1918 年 2 月 15 日。

正，以個人主義爲前提，以社會主義爲利益個人之手段。必明群己之關係，然後可言『合群』；必明公私之許可權，然後可言『公益』也。」〔註44〕《青年雜誌》倡導個人主義，對國家、社會、群體對個人權利的侵犯保持高度的警覺。

　　對於青年人來說，他們有切身體會的是封建宗法式的家族制度對個性發展的束縛。〔註45〕以青年學生爲重要讀者的《新青年》雜誌，提出了「以個人本位主義易家族本位主義」〔註46〕，批評了舊家庭倫理對個人的戕害。「隻手打孔家店」的吳虞猛烈批判舊家庭倫理，他指出「孝」爲家長的護符，「教一般人恭恭順順地聽他們一干在上的人愚弄，不要犯上作亂，把中國弄成一個『製造順民的大工廠』」。〔註47〕得到了青年學生的認同。如，《新潮》猛烈評判家族制度，「家族制度，斷不容於二十世紀競爭劇烈之世。何也？交通既便、職業繁興、人各自爲謀生，既不依賴家庭，則報恩之義，亦當然減淺夫。」「家族制度廢除之傾向日深」〔註48〕傅斯年在《新潮》上發表了《萬惡之原》〔註49〕，他將摧殘個人的家族主義斥爲「萬惡之原」，指出「善」是從「個性」發展而來，沒有「個性」就沒有「善」，而中國的家庭是破壞「個性」的最大勢力。中國的家庭，從人一出生就教育如何捨己從人，如何做父母的子女，而不教育如何做自己，「一天一天向『不是人』做去」。

　　在釐清個人與作爲整體的國家、社會、家族的關係的同時，個人主義還提出了個人欲望、自由意志、個人幸福、人格獨立、個性發展等問題。在陳獨秀看來，個人欲望、意志具有天然的合理性，「執行意志，滿足欲望，自食

〔註44〕 李亦民：《人生唯一之目的》，《青年雜誌》第 1 卷第 2 號，1915 年 10 月 15 日。

〔註45〕 顧誠吾說「我的學問程度還遠夠不上解決社會問題，因爲社會問題是必須用科學解決的，我對於科學雖知足重，尚是隔膜得多；至於發表這篇文字的緣故，因爲對於這個問題感觸得很多」。可見，一般青年人對舊家庭問題有著切身體會。參見顧誠吾：《對於舊家庭的感想》，《新潮》第 1 卷第 2 號，1919 年 2 月 1 日。

〔註46〕 陳獨秀：《東西民族根本思想之差異》，《青年雜誌》第 1 卷第 4 號，1915 年 12 月 15 日。

〔註47〕 吳虞：《家族制度爲專制主義之根據論》，《新青年》第 2 卷第 6 號，1917 年 2 月 1 日。

〔註48〕 吳康：《論吾國今日道德之根本問題》，《新潮》第 1 卷第 2 號，1919 年 2 月 1 日。

〔註49〕 傅斯年：《萬惡之原》，《新潮》第 1 卷第 1 號，1919 年 1 月 1 日。

色以至道德的名譽，都是欲望，是個人生存的根本理由」，追求個人幸福具有不可否認的正當性，「人生幸福，是人自身出力造成的，非是上帝所賜，也不是聽其自然所能成就的」。〔註50〕李亦民從「求生是人類自初至終之目的」出發，肯定個人欲求是人生存的基礎，肯定「利己」、「爲我」思想，「利己主義，爲人類生活唯一之基礎」，「爲我兩字，既爲天經地義，無可爲諱」；強調個人要有自由意志，不要被外界奴役，一切個人行爲要「出於自動的自由意志也；若受外力強迫而爲之，則五衷俱痛」。〔註51〕與此同時，人格獨立也開始得到認同。傳統社會的高尚人格是君子、義士、淑女、賢妻，屬於整體性的人格，它們扼殺了中國人的個性與人格獨立。「五四」青年人高元對此有了嶄新的深刻的見解，他說：「人格主義的要旨，就是要求圓滿的自我實現。……要使人人都有自覺的能力，他的活動，都要經過自由選擇的作用，他的行爲，都要受自由意志的支配」〔註52〕，人格獨立、個體人格在青年人中開始得到張揚。

《新青年》最著名的是第4卷第6號刊出的「易卜生專號」，集中宣揚個人主義，引起當時青年競相模仿易卜生作品主人公的潮流，紛紛立志做「中國的娜拉」、「中國的斯鐸曼醫生」。該卷卷首爲胡適的《易卜生主義》，其後集中刊載了易卜生的作品。胡適的《易卜生主義》〔註53〕曾被譽爲個性解放的宣言，在當時發揮了巨大的影響。胡適強調「個性解放」首先個人要有自由意志，能夠自由選擇，能夠自我抉擇，自我做主；其次，個人還要擔當責任。不能只重視前者，而忽視後者，認爲責任擔當不重要；二者是相互相成，缺一不可的。在《易卜生主義》一文後，還刊發了易卜生的戲劇作品，通過文學作品感染青年讀者，也就是從文學形象的感性層面宣傳個性主義，個人解放。

五四時期的個人主義，從思想類型看，有多種類型，如自由主義的個人主義、尼采式的貴族個人主義、易卜生主義、泡爾生精神個人主義等〔註54〕；從內容與論述視角看，有倫理道德、經濟、民主政治等不同層面上的個人主義。然而，對於「五四」青年來說，他們很難眞正理解它們。在「五四」回

〔註50〕 陳獨秀：《人生眞義》，《新青年》第 4 卷第 2 號，1918 年 2 月 15 日。
〔註51〕 李亦民：《人生唯一之目的》，《青年雜誌》第 1 卷第 2 號，1915 年 10 月 15 日。
〔註52〕 高元：《民主政治與倫常主義》，《新潮》第 2 卷第 2 號，1919 年 12 月 1 日。
〔註53〕 胡適：《易卜生主義》，《新青年》第 4 卷第 6 號，1918 年 6 月 15 日。
〔註54〕 參見高力克：《五四的思想世界》，學林出版社，2003 年版，第 1～26 頁。

憶中，我們經常能聽到關於新文化「模糊」、「不懂」的描述，如「究竟什麼是新文化？當時的印象，可說是非常模糊」〔註55〕，「有些思想，可能是一知半解，又可能是讀不懂，看錯了，變成了誤會」〔註56〕。青年學生對當時流行的各種思想潮流的理解是非常有限的。有的學生認為只要是西方的社會思想家，就應該崇敬，就應該當作新聖人看待，有如先前孔孟程朱一樣。事實上，他們根本不清楚這些思想家的思想，例如因為名字相近而把黑格爾與赫格爾攪在一起。〔註57〕毛澤東在 1936 年回憶「五四」時說：「這時期我的思想是自由主義、民主改革論和烏托邦社會主義的畸形混合物，我對『十九世紀民主』、烏托邦社會主義和舊式的自由主義有某種模糊的激情」。周策縱指出，「這種『思想的畸形混合物』並不是個別青年學生特有的思想狀況，它實際上代表了五四運動中積極活躍的青年們的思想主流。」〔註58〕以上是「五四」青年對新文化與當時流行的各種思潮的認識情況，這也應該符合他們對個人主義的認識情況。他們很難區分個人主義各種的類型，也很難從經濟、民主政治層面理解個人主義。從整體上看，「五四」青年更多是從倫理道德層面把握個人主義，要求個體獨立，個性解放。而且他們常常把個性解放和家庭革命、戀愛婚姻革命聯繫在一起，這一方面是由當時中國的社會現實導致的，五四時期「傳統的禮教和家族制度還是現實的存在，個人要想獲得解放而邁向自由的大野，並且使其他個人也都得到這種人權，就需要反叛傳統的禮教和家族制度，進行倫理革命——家庭革命、戀愛婚姻革命等等，從而使個人的自由發展獲得社會土壤」〔註59〕；另一方面也與《新青年》引領的社會氛圍有關，如胡適的《貞操問題》、《論女子為強暴所污》、《「我的兒子」》、《美國的婦人》，魯迅的《我之節烈觀》、《我們現在怎樣做父親》等文章倡導家庭倫理革命，引起了社會大討論，這對青年人的行為產生了重要影響。當時不計其數的青年人為求自主、求學問，求戀愛婚姻自由而紛紛反抗家庭，或離家出走。正如汪靜之所說，《新青年》提出打到孔家店，他就不再讀四書

〔註55〕 曹聚仁：《五四運動》，《文壇五十年》，東方出版中心，1997 年版，第 118 頁。
〔註56〕 艾蕪：《五四的浪花》，《五四運動回憶錄》下冊，中國社會科學院近代史研究所編，中國社會科學出版社，1979 年版，第 961 頁。
〔註57〕 曹聚仁：《五四運動》，《文壇五十年》，東方出版中心，1997 年版，第 119 頁。
〔註58〕 周策縱：《五四運動：現代中國的思想革命》，周子平等譯，江蘇人民出版社，1996 年版，第 95 頁。
〔註59〕 高旭東：《五四文學與中國文學傳統》，山東大學出版社，2000 年版，第 24 頁。

五經，《新青年》反對封建禮教，反對父母包辦婚姻，提倡自由戀愛，他就馬上實行交女朋友，談戀愛。〔註60〕

綜上所述，與陳獨秀、胡適、魯迅等新文化倡導者相比，青年學生對個人主義、個性解放的理解比較簡單。這與他們的年齡、身份和閱歷有關：他們正處於青春期，又是未進入社會的在校學生，不具有倡導者豐富的現實人生、社會鬥爭經驗，對事物的理解缺乏一份成熟、理性，更多的是一種青春激情。所以，青年人對個人主義的理解沒有達到倡導者那樣的深度。然而，在本文看來，更需要注意的是，雖然倡導者是在有了社會人生體驗之後且根據社會現實而倡導個人主義的，但他們主要是「借助思想的力量擊碎了過去關於人的社會定位，釋放了獨立個性的價值魅力」〔註61〕，所以，對於他們來說，個人主義主要是作為一種抽象形式的觀念存在的。青年人則與此不同。一方面青年人處於「五四」個人主義、個性解放的時代，另一方面他們還處於青春期，正是他們自我意志、個體人格、個性意識成形的時期。他們對個性解放的追求，雖然受到時代的影響，但更重要的是還受到來自他們自身成長的驅動。如果說，在倡導者那裏，個人主義主要是一種抽象的觀念存在；那麼，在青年人這裡，個人解放就不僅僅是一種觀念存在，更是青年成長本身。所以，五四一代青年呈現出這樣的特徵：一方面他們受到時代和倡導者的影響，積極回應宣揚個性主義、個性解放；另一方面，他們又出自個體成長的驅使，不斷地返回個人的內在世界，反思自我，發現自我，驚訝於對自我的認識、自己的「覺醒」。

（二）

蔣夢麟曾在 1919 年 9 月底到 11 月初，對全國主要城市進行了相對廣泛的即時調研〔註62〕，發現當時青年的一個主要變化就是覺悟，他指出青年「事事要問為什麼？做什麼？這個是什麼？究竟是什麼一回事？」懷疑「我國固有的思想」、「『舶來品』的思想信仰」以及他們自己的思想行動，進而產生出

〔註60〕 汪靜之：《汪靜之小傳》，《沒有被忘卻的欣慰》，飛白、方素平編，西泠印社出版社，2006 年版，第 5 頁。

〔註61〕 李怡：《日本體驗與中國現代文學的發生》，北京大學出版社，2009 年版，第156 頁。

〔註62〕 參見羅志田：《課業與救國：從老師輩的即時觀察認識「五四」的豐富性》，《近代史研究》，2010 年第 3 期。

「覺悟」來。〔註 63〕青年人的這種變化，可以在《新青年》通信欄裏看到，青年人常常這樣描述他們自己，如病人吸收新鮮空氣，必將濁氣吐出，或正身陷重圍奮戰中，自己的內心從黑暗進入光明等等；也可以在《新潮》中看到，「我以爲『五四』以後，我們青年的人生觀上發生一種大大的覺悟。就是把以前的偶像，一律打破，事事發生一種懷疑的心理」〔註 64〕；還可以在多年之後的回憶錄中看到，如「像春雷初動一般，《新青年》雜誌驚醒了整個時代的青年。首先發現了自己是青年，又粗略地認識了自己的時代，再來看舊道德、舊文學，心中就生出了叛逆的種子。」〔註 65〕可以說，「五四」青年自我意識的覺醒，是一個不爭的事實。

　　伴隨著自我意識的覺醒，表達自我成爲「五四」青年的一個主要要求。以武昌學生刊物《新聲》爲例，創辦者在寫給《新青年》的信中說：「我們素來的生活，是在混沌的裏面，自從看了《新青年》漸漸的醒悟過來，眞是像在黑暗的地方見了曙光一樣。……我們既然得了這個覺悟，但是看見我們的朋友還有許多都在黑暗沉沉的地獄裏生活，眞是可憐到萬分了。所以我們『不揣愚陋』，就發了個大願，要做那『自覺覺人』的事業，於是就辦了個《新聲》……我們既得了《新青年》的覺悟，豈可以自私自利不拿來覺悟別人麼？」〔註 66〕這封信表達了創辦《新聲》的目的「自覺覺人」。北大學生刊物《新潮》也是爲了「覺人」，「要供給中學生應得的知識」〔註 67〕。然而，在本文看來，辦刊物還有一層不易被發覺的目的即表達自我，或者說表達自我是青年人創辦刊物的重要推動力。青年人在「覺悟」之後，有著強烈的表達欲望，常常渴望將自我的體驗感受表達出來，還希望更多的人像他們一樣「覺悟」，發揮社會作用。曹聚仁對此有過描述，他說「我們的發表欲很強，我們都要辦報，辦《每週評論》型的定期刊物。施存統、沈端先（夏衍）他們的《浙江新潮》

〔註 63〕蔣夢麟：《這是菌的生長呢還是筍的生成呢》，《晨報・週年紀念增刊》第 1 版，1919 年 12 月 1 日。

〔註 64〕志希：《是青年自殺還是社會殺青年》，《新潮》第 2 卷第 2 號，1919 年 12 月 1 日。

〔註 65〕楊振聲：《回憶五四》，《五四運動回憶錄》上冊，中國社會科學院近代史研究所編，中國社會科學出版社，1979 年版，第 260 頁。

〔註 66〕武昌中華大學新聲社：《歡迎新聲》，《新青年》6 卷 3 號，1919 年 3 月 15 日。

〔註 67〕傅斯年：《通信》，《新潮》第 1 卷第 3 號，1919 年 3 月 1 日。又參見施存統說「我很希望諸位先生以先覺的資格，來覺我們的後覺」《通信》，《新潮》第 2 卷 2 號，1919 年 12 月 1 日。

被封禁了以後，我們就接上去辦了《錢江評論》。」〔註68〕「當時辦刊物很多，一個班，幾個人都出刊物，有的一個人也出刊物。」〔註69〕這也是五四時期突然湧現出眾多校園學生刊物的重要原因之一。胡適曾在 1922 年指出：「五四運動時代，各地的學生團體忽然發生了無數小報紙，形式略仿《每週評論》，內容全用白話。此外又出了許多白話的新雜誌。有人估計，這一年（1919 年）之中，至少出了四百種白話報。」〔註70〕辦刊物成為當時最常見的表達方式之一，「大概每一個中學生以上的團體，都在辦一些短命的刊物」〔註71〕，甚至還遭到了批評「期刊的出現太多了，有點不成熟而發揮的現象」〔註72〕。一般觀念認為，這些校園學生刊物是《新青年》的追隨者，宣傳新思想，鼓吹新文化運動，抨擊舊思想，舊道德，其理論深度遠遠趕不上《新青年》。這種觀念從思想內容的角度，以《新青年》為標準來評價學生刊物，有一定的合理性，但不能揭示學生刊物的作為青年人表達自我的特徵。這種自我表達的重點不是要有多麼深刻的思想，而是要將表達欲望借助一定的管道發洩出來，或使其得到滿足。在這表達過程中，感性多於理性，情感多於思想。

詩歌是最適合表達自我的文體。當時很多青年學生都在寫新詩。曹聚仁曾回憶「五四」說：「我們所嚮往的，乃是胡適之的八不主義和他的《嘗試集》體的新詩」〔註73〕，「無韻自由詩，幾乎成為我們嘗試寫作青年最愛好的體裁」，他曾經在邵力子的《覺悟》編輯室中，看到成千份的詩稿。〔註74〕「五四」青年學生寫作新詩成了一種普遍現象。這種普遍現象的驅動力既可能是為了獲取「趨新」身份〔註75〕，但也可能是為了滿足表達自我的欲求。如郭

〔註68〕 曹聚仁：《新詩》，《文壇五十年》，東方出版中心，1997 年版，第 147 頁。

〔註69〕 陳望道：《「五四」時期浙江新文化運動》，《浙江一師風潮》，沈自強主編，浙江大學出版社，1990 年版，第 353 頁。

〔註70〕 胡適：《五十年來中國之文學》，《胡適文集》第 3 冊，歐陽哲生編，北京大學出版社，1998 年版，第 260 頁。

〔註71〕 曹聚仁：《五四運動》，《文壇五十年》，東方出版中心，1997 年版，第 114 頁。

〔註72〕 傅斯年：《新潮之回顧與前瞻》，《新潮》第 2 卷第 1 號，1919 年 11 月 1 日。

〔註73〕 曹聚仁：《五四運動來了》，《我與我的世界》上冊，北嶽文藝出版社，2000 年版，第 125 頁。

〔註74〕 曹聚仁：《嘗試集》，《文壇五十年》，東方出版中心，1997 年版，第 146 頁。

〔註75〕 姜濤從「時尚」的角度做過分析，他指出「在一種以『新』為價值尺度的公共期待中，『新詩』作為一種閱讀上的『時尚』，在某種意義上，已經成為社會認同的一種方式」，進入新詩寫作也就意味著獲得「趨新」的身份。參見姜濤：《「新詩集」與中國新詩的發生》，北京大學出版社，2005 年版，第 55～57 頁。

沫若的《女神》是高度心靈自由的自我表現；冰心的《繁星》是自我零碎思想的收集；汪靜之的《蕙的風》是戀愛的歌唱，「如果沒有『五四運動』，沒有反封建禮教，提出自由戀愛的運動，在封建禮教籠罩下的舊社會，我就不可能交女朋友，就不可能產生《蕙的風》」〔註76〕……他們的詩歌幾乎都是出於心靈表達的需要。如果與辛亥革命時期的年輕人相比，「五四」青年的自我表達特徵就更容易理解：辛亥革命時期的年輕人對自我覺醒與表達自我沒有「五四」青年那樣的要求，他們關注的是革命問題，〔註77〕而「五四」青年則將關注點轉向到了自我，且借助詩歌來表達自我，這甚至成為了一種「時髦」。

「五四」個人主義、個性解放運動，激發了青年學生的表情慾望。對於新詩的發生來說，這具有重要意義。因為，中國新詩發生的根本基礎在於「詩歌創作者自我表現的需要」。〔註78〕可以說，青年學生自我表情的需求，推動了新詩的發生。

〔註76〕　汪靜之：《愛情詩集蕙的風的由來》，《文學原理》，飛白、方素平編，西泠印社出版社，2006 年版，第 413 頁。

〔註77〕　如「那時戀愛尚未成為青年間的問題，出路的關心也不如現在（五四時期——引者注）的急切（因為讀書人本來不大講究出路），三四朋友聚談，動輒就把話題移到革命上去，而所謂革命者，內容就是排滿」，參見夏丏尊：《我的中學時代》，《夏丏尊文集》，線裝書局，2009 年版，第 267 頁。

〔註78〕　王富仁：《中國現代新詩的「芽兒」——冰心詩論》，《現代作家新論》，山西教育出版社，1998 年版，第 159 頁。

第四章　從教師到學生：新詩寫作主體的形成

　　在前一章中，我們探討了近代教育改革中教育宗旨、課程設置、教材教法的變化與知識結構、詩歌審美趣味的嬗變的關係，及其對新詩發生的影響；還討論了校園「個性解放」氛圍與新詩發生的關係。前者涉及教育制度、知識結構方面的問題，後者涉及校園文化氛圍與時代思潮的問題。從「校園文化」的視角研究新詩的發生，還有兩個不可或缺的要素，那就是教師與學生。翻閱新詩發生期的報刊雜誌書籍等出版物，便可以看到，教師與學生是新詩討論、新詩寫作最主要的直接參與者、推動者。例如，創作《草兒》的康白情、《冬夜》的俞平伯、《繁星》《春水》的冰心、《蕙的風》的汪靜之等等，他們都是在校學生。又如，在《新青年》上發表白話新詩的胡適、魯迅、周作人、劉半農、沈尹默、李大釗、陳獨秀等人，他們都是北京大學的老師。所以，本章著重從教師和學生的角度，探討新詩的發生問題。

　　本章之所以選擇北京大學與浙江一師，除了二者對新詩的發生有較大貢獻外，更重要的原因是二者隱含著巨大的張力，前者體現了中國現代大學與新詩運動的關係，後者體現了當時的中學與新詩的創作關係。所以，與第三章側重教育制度的整體研究相比，本章則側重學校師生的個案研究。

第一節　教師與「白話詩運動」——以北大教師為核心

　　本文以《新青年》為平臺，考察北大教師在《新青年》上詩歌創作與討

論，以此解決：北大教師是如何聯手推進白話詩運動的，如何使白話詩在全國範圍內廣泛傳播，且成爲青年學生競相模仿的對象的。亦即探討北大教師與新詩發生的關係問題。

選擇《新青年》爲平臺，是因爲《新青年》是考察北大教師與新詩發生問題的一個較爲方便的手段：首先，胡適、劉半農、魯迅、周作人、沈尹默等北大教師，他們關於新文學、新詩的思考與寫作實踐比較集中地、有意識地發表在《新青年》上。其次，《新青年》與北大及其教師有著密切的關係。1917 年陳獨秀受聘爲北京大學文科學長，《新青年》編輯部隨之遷入北京大學。《新青年》開始與北京大學有著緊密的聯繫。當時的北京大學，就學術地位而言，在全國有著重要的影響力，正如馮友蘭所說：「蔡先生把在當時全國的學術權威都盡可能地集中在北大，合大家的權威爲北大的權威，於是北大就成爲名副其實的最高學府，其權威就是全國最高的權威。」〔註1〕《新青年》遷入北京大學後，一方面，從學術資源上說，《新青年》從北京大學受惠頗多。「比起晚清執思想界牛耳的《新民叢報》、《民報》等，《新青年》的特異之處，在於其以北京大學爲依託，因爲獲得豐厚的學術資源。」〔註2〕但另一方面，《新青年》背靠北京大學，這使得《新青年》較爲容易成爲大眾輿論關注的焦點。當年吳宓就認爲陳獨秀、胡適等人之所以「爆得大名」，很大程度上得益於北京大學的學術背景，「握教育之權柄」〔註3〕，梅光迪指責「彼等之學校，則指爲最高學府，竭力揄揚，以顯其聲勢之赫奕，根據地之深固重大。」〔註4〕甚至包括《新青年》的大部分青年讀者，也是因爲全國最高學府北京大學的原因而成其爲讀者。在五四運動爆發前夕，《新青年》第 6 卷第 2 號曾公開發表一則《編輯部啓事》：「近來外面的人往往把《新青年》和北京大學混爲一談，因此發生種種無謂的謠言。現在我們特別聲明：《新青年》編輯和做文章的人雖然有幾個在大學做教員，但是這個雜誌完全是私人的組織，我們的議論完全歸我們自己負責，和北京大學毫不相干。」〔註5〕這不僅沒有消除人們已有的看法，反而起到了固化的作用——真是「此地無銀三百兩」。總之，

〔註 1〕 馮友蘭：《我所認識的蔡元培先生》，《追憶蔡元培》，陳平原、鄭勇編，三聯書店，2009 年版，第 131 頁。

〔註 2〕 陳平原：《觸摸歷史與進入五四》，北京大學出版社，2005 年版，第 57 頁。

〔註 3〕 吳宓：《論新文化運動》，《學衡》第 4 期，1922 年 4 月。

〔註 4〕 梅光迪：《評今人提倡學術之分法》，《學衡》第 2 期，1922 年 2 月。

〔註 5〕 《編輯部啓事》，《新青年》第 6 卷第 2 號，1919 年 2 月 15 日。

《新青年》與北京大學有著不可否認的事實關係。有許多學者對此做過研究。陳平原就對此做過評價：「蔡元培之禮聘陳獨秀與北大教授之參加《新青年》，乃現代史上具有里程碑性質的大事。正是這一校一刊的完美結合，使新文化運動得以迅速展開。」〔註6〕

　　爲了行文的方便和白話詩運動本身呈現出的階段特點，以下將白話詩運動分爲兩個階段論述，這在《新青年》上體現爲第1卷至第3卷爲第一階段，第4卷至第9卷爲第二階段。還需說明的是，研究對象「北大教師」主要指參與到五四新文化運動、白話詩運動中來的北大教師，而不是指全體北大教師，主要有陳獨秀、胡適、劉半農、錢玄同、魯迅、周作人、沈尹默、沈兼士、李大釗等人。〔註7〕

<h2 style="text-align:center">（一）</h2>

　　胡適的名字出現在《新青年》上是從第2卷第1號開始的。翻閱胡適與陳獨秀的往來書信，我們便發現，經過汪孟鄒的介紹兩人相識後，作爲《新青年》編輯的陳獨秀屢屢向胡適約稿；然而有意思的是，胡適選擇什麼樣的稿件給陳獨秀，且對白話詩運動有什麼樣的影響，值得探討。我們知道胡適寄給陳獨秀的第一篇文章是《決鬥》，陳獨秀收到之後在8月13日的回信中向胡適約稿「足下能有暇就所見所聞，論述美國各種社會現象，登之《青年》以告國人耶」〔註8〕；在10月5日的信中，陳獨秀表達贊成「文學革命」之意後，訴苦、約稿：「《青年》文藝欄，意在改革文藝，而實無辦法。吾國無寫實詩文以爲模範，譯西文又未能直接喚起國人寫實主義之觀念。此事務求足下賜以所作寫實文字或切實作一改良文學論文寄登《青年》，均所至盼」〔註9〕；又在12月的信中，再次約稿：「《新青年》欲求足下月賜一文，或作或譯

〔註6〕　陳平原：《觸摸歷史與進入五四》，北京大學出版社，2005年版，第57頁。

〔註7〕　魯迅從1920年8月到1926年8月北大任教，開設有「中國小說史」及「文藝理論」課程，並擔任北大研究所國學門委員會委員等職。魯迅雖晚於其他人進入北大，但他在白話詩運動中發揮了重要作用，所以本文將魯迅作爲北大教師納入研究對象之中。

〔註8〕　陳獨秀：《陳獨秀覆胡適（1916年8月13日）》，《胡適論學往來書信選》下冊，杜春和、韓榮芳、耿來金編，河北人民出版社，1998年版，第749頁。

〔註9〕　陳獨秀：《陳獨秀覆胡適（1916年10月5日）》，《胡適論學往來書信選》下冊，杜春和、韓榮芳、耿來金編，河北人民出版社，1998年版，第751～752頁。

均可」〔註10〕。從這幾封信中，可以看到陳獨秀作爲編輯的敏銳與魄力，「時刻警覺著，尋覓大有潛力的新作者與任何可能的突破口……一旦找到，便不失時機地大力鼓譟，迅速推進」〔註11〕。在編輯的約稿，甚至誘導下，胡適作何反應呢？從胡適在《新青年》上發表的文章來看，胡適應陳獨秀 8 月 13 日信的要求，從第 2 卷第 4 號開始陸續發表了介紹美國社會現象的《藏暉室札記》，一直到第 5 卷第 3 號。這些文章主要節選自《留學日記》，雖然與白話詩無直接的關係，但可以看出，胡適發與不發什麼文章，經過了深思熟慮，這尤其體現關於「文學革命」上。除了上述文章外，胡適在回國前（亦即《新青年》第 4 卷前）發表了：《文學改良芻議》（第 2 卷第 5 號）、《白話詩八首》（第 2 卷 6 號）、《二漁夫》（第 3 卷第 1 號）、《梅呂哀（短篇小說）》（第 3 卷第 2 號）、《歷史的文學觀念論》（第 3 卷 3 號）、《白話詞》（第 3 卷第 4 號）。《文學改良芻議》論述了中國文學之弊與改良方案即著名的「八事」，尤其在文章最後指出「白話文學之爲中國文學之正宗，又爲將來文學必用之利器」；《歷史的文學觀念論》論述了一時代有一時代的文學，爲「白話文學」提供了理論上的支持；而《白話詩八首》與《白話詞》則是「白話文學」的「實地試驗」；另外兩篇翻譯小說則爲「白話文學」提供借鑒對象。可以說，這些文章構成了一個宣揚「文學革命」的完美組合：有主張，有倡導，有實踐，有範例。〔註12〕總之，胡適是經過了深思熟慮，有意而爲之。這與他主編《留美學生季報》第 4 卷，宣揚「文學革命」的思路一致。〔註13〕

關於白話詩在「文學革命」中的地位與作用，胡適從一開始就有著比較明確的看法。他早在「八事」觀點產生之時，就在《留學日記》中寫道：「白話作詩不過是我主張的『新文學』的一部分」〔註14〕。到第二年回國之前，

〔註10〕 陳獨秀：《陳獨秀覆胡適（1916 年 12 月）》，《胡適論學往來書信選》下冊，杜春和、韓榮芳、耿來金編，河北人民出版社，1998 年版，第 752 頁。

〔註11〕 陳平原：《觸摸歷史與進入五四》，北京大學出版社，2005 年版，第 72 頁。

〔註12〕 五四文學革命是一場文學「運動」，陳平原曾指出「新青年」同人以發起「運動」的方式推進文學革新，參見陳平原：《觸摸歷史與進入五四》，北京大學出版社，2005 年版，第 67～79 頁。

〔註13〕 胡適在與陳獨秀的書信往來以及在《新青年》上發表「文學革命」、「詩國革命」的觀點時，胡適也在美國編輯《留美學生季報》發表「文學革命」、「詩國革命」的思想，本文第五章有具體論述。

〔註14〕 胡適：《胡適留學日記》下冊，安徽教育出版社，2006 年第 2 版，第 274～275 頁。

他已經創作了大量的白話詩。在 4 月 9 日致陳獨秀的信中，他再次明確而詳細地表明了他的白話詩觀點。陳獨秀將此信刊登在了《新青年》第 3 卷第 3 號的「通信欄」中。此信亦即是胡適第一次公開表明他的白話詩觀點：

> 適去年秋因與友人討論文學，頗受攻擊，一時感奮，自誓三年之內專作白話詩詞。私意欲藉此實地試驗，以觀白話之是否可為韻文之利器。蓋白話之可為小說之利器，已經施耐庵、曹雪芹諸人實地證明，不容更辯；今惟有韻文一類，尚待吾人之實地試驗耳（古人非無以白話作詩者。自杜工部以來，代代有之，但尚無人以全副精神專作白話詩詞耳）。自立此誓以來，才六七月，課餘所作，居然成集。因取放翁詩「嘗試成功自古無」之語，名之曰《嘗試集》。嘗試者，即吾所謂實地試驗也。試驗之效果，今尚不可知，本不當遽以之問世。所以不憚為足下言之者，以自信此嘗試主義，頗有一試之價值，亦望足下以此意告國中之有志於文學革命者，請大家齊來嘗試嘗試耳。〔註 15〕

這裡有兩點需要特別注意：第一，胡適明確說明了他寫作白話詩的動機；第二，胡適號召「國中之有志於文學革命者」一起來嘗試白話詩寫作。雖然胡適在之前的《文學改良芻議》中主張「今日作文作詩，宜採用俗語俗字」〔註16〕，但公開號召國人從事白話詩寫作這是第一次。至 1919 年五四運動後，白話詩寫作成為了一種全國性的普遍現象，可以說胡適的號召基本得到實現。從胡適的寫作動機來看，他寫作白話詩的主要目的是為了證明白話可以用來寫作詩歌，如果白話不僅可以寫作小說，還可以寫作諸如詩歌之類的韻文，那麼「白話文學」就可以成為中國文學的正宗。由此可見，胡適已經將白話詩作為證明「白話文學」成立與否的工具。當然，胡適的白話詩寫作號召，也是出於同樣的「工具」目的。可以說，這是一場有目標、有策略、有領導、且有廣泛群眾響應的白話詩運動；只是在這時它還處於萌芽階段，回應者寥若星辰。然而，需要注意的是，這場白話詩運動從來都不是一場單獨的運動，它屬於「文學革命」，與「白話文運動」，乃至與「國語運動」相結合，相互作用，相互推進；它不也可能由胡適一人之力倡導完成，它還動用了北京大學和《新青年》雜誌兩大資源。後文將對此做具體論述。

〔註 15〕　胡適：《致陳獨秀》，《新青年》第 3 卷第 3 號，1917 年 5 月 1 日。
〔註 16〕　胡適：《文學改良芻議》，《新青年》第 2 卷第 5 號，1917 年 1 月 1 日。

胡適的上述文章在《新青年》上發表後，陳獨秀緊接著刊發了他的《文學革命論》和劉半農的《我之文學改良觀》予以大力支持。錢玄同的反應最為迅速，他在《文學改良芻議》刊登後不久，就來信表示對胡適「極為佩服」，認為「其斥駢文不通之句，及主張白話體文學說最精闢。……改良文藝，其結果必佳良無疑」。〔註17〕作為北京大學教師與國學大師章太炎的弟子，錢玄同的快速反應與支持，讓陳獨秀倍感振奮：「以先生之聲韻訓詁學大家，而提倡通俗的新文學，何憂全國之不景從也？可為文學界浮一大白！」〔註18〕胡適也掩不住喜悅之情：「通信欄中有錢玄同先生一書，讀之尤喜。」〔註19〕此外，還有北京高等師範預科生常乃惪、上海大同學院沈藻墀，以及陳丹崖、曾毅等青年讀者來信討論「文學革命」。胡適看到《新青年》「通信」欄中的熱烈討論，尤其感到高興，「適前著《文學改良芻議》之私意不過欲引起國中人士之討論，徵集其意見，以收切磋研究之益耳。今果不虛所願，幸何如之！」〔註20〕陳獨秀對此也十分樂觀，他說：「改良文學之聲，已起於國中，贊成反對者各居其半」〔註21〕顯然，他高估了當時的情形。除了「通信」欄可以看到讀者反應之外，陳獨秀還開闢了「讀者論壇」欄以「容納社外文字」，刊登了桐城方孝岳的《我之改良文學觀》、餘元濬的《讀胡適先生文學改良芻議》、易明的《改良文學之第一步》等文章。〔註22〕無論是「通信」，還是「讀者論壇」，他們基本上都在討論《文學改良芻議》中的「用典」與「駢文」問題，很少直接討論白話詩，更沒有「實地試驗」白話詩。胡適的白話詩寫作號召沒有引起人們的注意與反響。

《新青年》第2～3卷上涉及詩歌的，除了胡適外，僅有劉半農一人。有《愛爾蘭愛國詩人》、《拜倫遺事》、《阿爾薩斯之重光馬賽曲》、《詠花詩》、《縫衣曲》、《詩與小說精神上之革新》，這些文章或翻譯西方詩歌，或介紹西方詩人如柏倫克德、麥克頓那、皮亞士、拜倫等，或介紹西方詩人詩論。從譯詩的詩體形式來看，劉半農主要採用了五、七、雜言古體詩以及騷體。他在這時還未注意到譯詩的詩體、語調、口氣等問題。從譯詩的內容來看，這些詩

〔註17〕 錢玄同：《致陳獨秀》，《新青年》第2卷6號，1917年2月1日。
〔註18〕 陳獨秀：《答錢玄同》，《新青年》第2卷第6號，1917年2月1日。
〔註19〕 胡適：《致陳獨秀》，《新青年》第3卷第4號，1917年6月1日。
〔註20〕 胡適：《致陳獨秀》，《新青年》第3卷第3號，1917年5月1日。
〔註21〕 陳獨秀：《答胡適》，《新青年》第3卷第3號，1917年5月1日。
〔註22〕 分別見《新青年》第3卷第2號、3號、5號，1917年4月1日、5月1日、7月1日。

歌主要表達了愛國主義、英雄主義、自由主義和個性解放的思想。由此推測，這一時期，劉半農的關注點還不在詩歌的詩體形式上，與胡適的「實地試驗」白話詩觀點不盡一致，甚至與他的《我之文學改良觀》在「文學」與「文字」的框架下，論述「破壞舊韻重造新韻」、「增多詩體」的角度也不同。

　　錢玄同在《新青年》第 3 卷第 6 號中呼籲嘗試用白話作文之後，《新青年》便停刊了。他說：「我們既然絕對主張用白話體做文章，則自己在《新青年》裏面做的，便應該漸漸的改用白話。我從這次通信起，以後或撰文，或通信，一概用白話……並且還要請先生，胡適之先生，和劉半農先生，都來嘗試嘗試。此外別位在《新青年》裏面撰文的先生，和國中贊成做白話文章的先生們，若是大家都肯『嘗試』，那麼必定『成功』」。〔註23〕這與胡適的號召相似。不同的是，胡適側重論述用白話進行文學創作，尤其是詩歌創作；錢玄同雖然不否認胡適的觀點，但他論述的重點是用白話寫作應用文。然而，在《新青年》「通信」欄中，多數讀者又與錢玄同不同，他們持用白話寫作應用文、用文言寫作詩詞歌賦的觀點。胡適的白話詩號召得不到響應，便可見一斑了。

　　這一時期《新青年》的發行情況不理想，在 1917 年 8 月出齊三卷後就停刊了，直到次年 1 月 15 日才復刊。《新青年》雖然有上述「通信」和「讀者論壇」的討論，但其影響極為有限。有魯迅和周作人的話為證。魯迅曾說當時的《新青年》，「彷彿不特沒有人來讚同，並且也還沒有人來反對」。〔註24〕周作人晚年回憶說：「我初來北京，魯迅曾以《新青年》數冊見示，並且述許季茀的話道：『這裡邊頗有些謬論，可以一駁。』大概許君是用了民報社時代的眼光去看它，所以這麼說的吧。但是我看了卻覺得沒有什麼謬論，雖然也並不怎麼對」。〔註25〕在周氏兄弟看來，這一時期的《新青年》陷入了一個無人喝彩、也無人對反的尷尬境地。然而，有「無可救藥的樂觀主義」之稱的胡適在 1917 年 11 月 21 日致韋蓮司信中說：「在大學裏，我找到了幾個志同道合的朋友，此地也是『文學革命』運動中心所在，『我們能做的事』遠比我預計的要多。我的講義都是用『白話』寫印的，這在大學裏還是創舉。此地也有一小群人，他們和我一樣，決心用『白話』來

〔註23〕　錢玄同：《致陳獨秀》，《新青年》第 3 卷第 6 號，1917 年 8 月 1 日。
〔註24〕　魯迅：《〈吶喊〉自序》，《魯迅全集》第 1 卷，人民文學出版社，2005 年版，第 441 頁。
〔註25〕　周作人：《知堂回想錄》，敦煌文藝出版社，1998 年版，第 224 頁。

作詩。上個月在百忙中，我們還是寫了一些頗爲可讀的詩」。〔註26〕此階段的白話詩運動似地火在地下運行，奔突，待機而發。

（二）

劉半農在 1917 年 10 月 16 日致錢玄同的信中說：

> 文學改良的話，我們已經鑼鼓喧天的鬧了一鬧；若從此陰乾，恐怕不但人家要說我們是程咬金的三大斧，便是自己問問自己，也有些說不過去罷！

> 先生說的積極進行，又從這裡面說出「造新洋房」的建設，和「打雞罵狗」的破壞兩種方法來，都與我的意思吻合：雖然這裡面千頭萬緒，主張各有進出，那最大的目標，想來非但你我相同，連適之獨秀，亦必一致贊成。……

> ……比如做戲，你，我、獨秀，適之，四人，當自認爲「臺柱」，另外再多請名角幫忙，方能「壓得住座」；「當仁不讓」，是毀是譽，也不管他，你說對不對呢？〔註27〕

這封信眞切地描述了《新青年》雜誌轉型爲同人刊物的歷史現場。這也是有據可查的關於組建《新青年》同人的最早動議。〔註28〕

隨後，劉半農等人請到了「名角」，《新青年》同人形成，且成功實現了《新青年》雜誌的「復活」——1918 年 1 月 15 日《新青年》第 4 卷第 1 號刊出。胡適在事後回憶「民國七年一月《新青年》復活之後，我們決心做兩件事：一是不作古文，專用白話作文；一是翻譯西洋近代和現代的文學名著。」〔註29〕《新青年》「復活」後，從第 4 卷第 1 號開始使用白話和新式標點，接著又是全面的白話的實現，「這已經是新文化與新文學的充分自信的標誌了」〔註30〕。「復活」後的《新青年》以全新的面貌展現在讀者面前。

〔註26〕 胡適：《致韋蓮司：在家裏／在北大》1917 年 11 月 21 日，《不思量自難忘：胡適給韋蓮司的信》，周質平編譯，安徽教育出版社，2001 年版，第 136～137 頁。

〔註27〕 劉半農：《劉半農散文經典》，印刷工業出版社，2001 年版，第 232 頁。

〔註28〕 參見張耀傑：《北大教授與〈新青年〉》，新星出版社，2014 年版，第 202～203 頁。

〔註29〕 胡適：《〈中國新文學大系·建設理論集〉導言》，《中國新文學大系·建設理論集》，胡適編選，上海良友圖書印刷公司，1935 年版，第 28 頁。

〔註30〕 李怡：《日本體驗與中國現代文學的發生》，北京大學出版社，2009 年版，第 154 頁。

　　如上所述，《新青年》前三卷，僅有胡適一人在「實地試驗」白話詩，很少有人呼應胡適的白話詩寫作號召。「復活」後，基本上由北大教師組成的《新青年》同人徹底改變了這一狀況，白話詩運動轟轟烈烈地開展起來。

　　這一時期有胡適、劉半農、沈尹默、陳獨秀、唐俟、周作人、李大釗、沈兼士等人先後在《新青年》上發表白話詩。有意思的是，他們不是單槍匹馬、各自為陣地進行白話詩寫作。最具個人性創作的詩歌，在他們這裡，成了一個集體「活動」。他們常常一起寫同一個詩歌主題，如第 4 卷第 1 號的「鴿子」、「人力車夫」、第 4 卷第 3 號的「除夕」、第 5 卷 6 號的「悼蘇曼殊」、第 6 卷第 6 號的「歡迎獨秀出獄」等。以第 4 卷第 3 號的「除夕」為例。據張耀傑考證《新青年》第 4 卷第 3 號由劉半農編輯〔註31〕，那麼，這次的「同題」詩應該是劉半農主持的。胡適在《除夕》中描寫了劉半農「催稿」的精彩場面：「除夕過了六七日，／忽然有人來討除夕詩！／除夕『一去不復返』，／如今回想未免已太遲！……」陳獨秀則表現了「命題作文」的「苦惱」：「拿筆方作除夕歌。／除夕歌，歌除夕；／幾人嬉笑幾人泣……我有千言萬語說不出，／十年不作除夕歌。」而劉半農本人的《除夕》詩歌則暴露了他的編輯思路：

（一）

除夕是尋常事，做詩為什麼？

不當他除夕，當作平常日子過。

這天我在紹興縣館裏；館裏大樹甚多。

風來樹動，聲如大海生波。

靜聽風聲，把長夜消磨。

（二）

主人周氏兄弟，與我談天；

欲招「繆撒」（1），欲造「浦鞭」（2），

說今年已盡，這等事，待來年。

（三）

夜已深，辭別進城。

滿街車馬紛擾；

〔註31〕　參見張耀傑：《歷史背後：政學兩界的人和事》，廣西師範大學出版社，2006 年版，第 1〜21 頁。

遠遠近近，多爆竹聲。

此時誰最閒適？——

地上只一個我！天上三五寒星！

（1）繆撒，拉丁文作「musa」，希臘「九藝女神」之一，掌文學美術者也。

（2）「浦鞭」一欄，日本雜誌中有之；蓋與「介紹新刊」對待，用消極法篤促編譯界之進步者。余與周氏兄弟（豫才、啟明）均有在《新青年》增設此欄之意；唯一時恐有窒礙，未易實行耳。〔註32〕

這裡的「繆撒」是古希臘神話中的文藝女神繆斯，「浦鞭」是日本語中的文藝批評及報刊批評的音譯。由此可見，劉半農與周氏兄弟談論的內容應該是《新青年》的編輯思路：一是刊登文學作品；二是刊登文學批評文章。這兩項在《新青年》第 4 卷第 3 號中都得到了實現，即四首《除夕》白話詩和著名的「雙簧戲」《文學革命之反響》。劉半農不厭其煩地在詩歌中以及詩歌後的注釋中表達他的編輯思路：這是一個有趣的現象。這說明劉半農想借詩歌來表達他的編輯思路。在某種程度上，表達編輯思路比詩歌本身重要。從中可以看出，北大教師通過《新青年》雜誌集體運作、策劃、組織白話詩的情況。與前三卷胡適一個人寫作白話詩不同，現在是更多的北大教師參與到《新青年》中一起有策劃、有組織地「運作」白話詩，也可以說，他們響應了胡適的白話詩寫作號召。魯迅曾在 1934 年解釋：「我其實是不喜歡做新詩的……只因為那時詩壇寂寞，所以打敲邊鼓，湊些熱鬧；待到稱為詩人的一出現，就洗手不作了」。〔註33〕也就是說，魯迅之於白話詩寫作既沒有興趣，也沒有天分，他之所以「敲邊鼓」是為了給白話詩助陣。這是一場集體性的白話詩運動，而不是個人的文學創作；所以沒有興趣、天分乃至不懂詩歌，都不重要，重要的是參與其中，一起推進白話詩運動。魯迅的這種情況在《新青年》同人中具有一定的代表性。早在 1921 年，劉半農在致周作人的信中就表達過類似的情況：「我懸著這種試驗，我自己並不敢希望就在這一派上做成一個詩人，因為這是件很難的事，恐怕我的天才和所下的工夫都不夠。」〔註34〕周

〔註32〕劉半農：《除夕》，《新青年》第 4 卷第 3 號，1918 年 3 月 15 日。

〔註33〕魯迅：《〈集外集〉序言》，《魯迅全集》第 7 卷，人民文學出版社，2005 年版，第 4 頁。

〔註34〕劉半農：《〈瓦斧集〉代自序》，《語絲》第 75 期，1926 年 4 月 19 日。

作人在 1926 年也說過：「我對於中國新詩曾搖旗吶喊過，不過自己一無成就，近年早已歇業，不再動筆了」﹝註35﹞即使是「白話詩的開山祖師」胡適也是「提倡有心，創造無力」。他們「本身並不具備『詩人的天分』，卻非要參加白話詩的『嘗試』不可，《新青年》同人的這種創作心態，……都是基於社會責任而不是個人興趣」﹝註36﹞。最極端的是錢玄同，他不懂詩歌，卻處處談論詩歌。他也曾表示過給《新青年》「當一名搖旗吶喊的小卒」﹝註37﹞。然而，作為古文字專家他「決不想做文學家，更不想自己有文學的作品，──連白話詩亦想終其身不作」﹝註38﹞，他很困惑「什麼是文學」，還致信胡適希望予以幫助解答。﹝註39﹞儘管如此，他還是滔滔不絕地談論詩歌應該如何如何，還為尚未出版的《嘗試集》作序。﹝註40﹞

　　除了白話詩寫作外，北大教師在《新青年》上還通過翻譯西方詩歌的方式，推進白話詩運動。他們希望借西方詩歌來為白話詩樹立典範。例如，劉半農在詩體上下了很大工夫，在《我行雪中》「譯者導言」中表示出了譯詩詩體選擇的苦惱，「嘗以詩賦歌詞各體試譯，均苦為格調所限，不能竟事。今略師前人譯經筆法寫成之，取其曲折微妙處，易於直達。然亦未能盡愜於懷；意中頗欲自造一完全直譯之文體，以其事甚難，容緩緩『嘗試』之。」﹝註41﹞隨後他譯作的《TAGORE 詩二章》、《譯詩十九首》詩歌嘗試了無韻詩、散文詩、俚曲體詩等多種詩體，這是劉半農在譯詩上的進步。又如，周作人在口語方面做了探索，他在《古詩今譯》中嘗試用口語翻譯古希臘詩歌，他說：「口語作詩，不能用五七言，也不必定要押韻；止要照呼吸的長短作句便好。現在所譯的歌，就用此法，且來試試；這就是我的所謂『自由詩』」。﹝註42﹞胡

﹝註35﹞　周作人：《〈揚鞭集〉序》，《半農詩歌集評》，趙景深原評，楊揚輯補，書目文獻出版社，1984 年版，第 169 頁。

﹝註36﹞　陳平原：《觸摸歷史與進入五四》，北京大學出版社，2005 年版，第 85 頁。

﹝註37﹞　錢玄同：《我對於周豫才君之追憶與略評》，《錢玄同文集》第 2 卷，中國人民大學出版社，2000 年版，第 307 頁。

﹝註38﹞　錢玄同：《致周作人（1920 年 9 月 25 日）》，《錢玄同文集》第 6 卷，中國人民大學出版社，2000 年版，第 36 頁。

﹝註39﹞　錢玄同：《致胡適（1920 年 10 月）》，《錢玄同文集》第 6 卷，中國人民大學出版社，2000 年版，第 96 頁。

﹝註40﹞　參見錢玄同：《致周作人（1923 年 7 月 17 日）》，《錢玄同文集》第 6 卷，中國人民大學出版社，2000 年版，第 61～62 頁；又，錢玄同《嘗試集序》，《新青年》第 4 卷第 2 號，1918 年 2 月 15 日。

﹝註41﹞　劉半農：《我行雪中》，《新青年》第 4 卷第 5 號，1918 年 5 月 15 日。

﹝註42﹞　周作人：《古詩今譯》，《新青年》第 4 卷第 2 號，1918 年 2 月 15 日。

適希望借蘇格蘭白話詩的例子來強調白話詩的「工具」作用，他在《老洛伯》的「引言」中指出：從十八世紀中葉起蘇格蘭詩人以當地俚語寫作詩歌，「實地試驗國人日用之俗語是否可以入詩」，以實現英國文學革新。〔註43〕

當然，白話詩運動還離不開理論建設。《新青年》上關於白話詩專論的「高頭講章」有：錢玄同的《嘗試集序》（第4卷第2號，1918年2月15日）、胡適的《我爲什麼要做白話詩》（第6卷第5號1919年5月）、俞平伯的《做詩的一點經驗》（第8卷4號1920年12月1日）。從這些文章的內容和發表時間的角度看，我們便可以勾勒出一幅關於胡適等人的白話詩理論「運作」圖。錢玄同的文章發表在《新青年》「復活」之初，起倡導作用。胡適的文章亦即後來著名的《〈嘗試集〉自序》，講述了胡適自己的白話詩寫作史，具有總結性質。而俞平伯的文章開篇則說：「適之先生在《建設的文學革命論》上所謂『有什麼話說什麼話』。但這箇舊信條，我以爲到現在還有從新解釋的必要，而且要嚴密的解釋」，最後以「不過簡短自述過去的經驗」結束──重新闡釋與經驗之談簡直是相得益彰。可以說，白話詩理論的「運動」軌跡十分清晰。在整個白話詩運動中，有「金科玉律」之稱的文章是胡適的《談新詩》〔註44〕，它雖然沒有發表在《新青年》上，但《新青年》透露了它的寫作計劃，起到了宣傳作用。在《新青年》第6卷第3號「通信」欄中有俞平伯的《白話詩的三大條件》，胡適在答覆中說：「俞君這封信寄到我這裡已有四五個月了。我當初本想做一篇《白話詩的研究》，所以我留下他這封信，預備和我那篇文章同時發表。不料後來我奔喪回南，幾個月以來，我那篇文章還沒有影子。我只好先把這封通信登出。我對於俞君所舉的三條，都極贊成。我也還有幾條意見，此時來不及加入，只好等到我那篇《白話詩的研究》了。」〔註45〕幾個月之後，便誕生了《談新詩》，談到了「詩體的大解放」、「新體詩的音節」、「新詩的方法」等等，最爲重要的是將白話詩正式命名爲「新詩」──白話詩運動的一個里程碑。「胡適的《談新詩》，就成了新詩創作和批評的公認尺度了。」〔註46〕

〔註43〕 胡適：《老洛伯》，《新青年》第4卷第4號，1918年4月15日。

〔註44〕 胡適：《談新詩──八年來一件大事》，《星期評論》紀念專號，1919年10月10日。

〔註45〕 胡適、俞平伯：《通信》，《新青年》第6卷第3號，1919年3月15日。

〔註46〕 曹聚仁：《嘗試集》，《文壇五十年》，東方出版中心，1997年版，第143頁。

在北大教師與《新青年》的倡導下，逐漸有讀者參與到白話詩運動中來。如 Y.Z.。Y.Z.第一次出現在《新青年》上是第 5 卷第 4 號的「通信」欄中，附寄詩六首，其中三首是其姐姐的譯詩，另三首是他「學步」《新青年》上的白話詩。他第二次出現是第 5 卷第 6 號的「詩」欄中，其詩《戀愛》刊登在沈兼士、沈尹默、劉半農的白話詩之後；本期的「通信」欄中，還有劉半農《答 Y.Z.君》一文，劉半農在文中做了詳細的答覆和對 Y.Z.詩的批評。Y.Z.從「通信」欄上升到「高頭講章」的行列中，在本文看來，與其說是他的白話詩寫得好，還不說是編輯的策略：借 Y.Z.的例子說明從事白話詩寫作的人越來越多。《新青年》的確像一個巨大的磁石吸引著廣大讀者參與進來。又如任鴻雋，雖然他隨著「文學革命」的發展而不斷地修改自己的文學觀點，但他對文言作詩一直「情有獨鍾」。然而，他發表在《新青年》第 7 卷 1 號上的譯詩《路旁（並序）》，卻採用了白話散文體，在「序」中還做了說明：「不過原文是怎麼說，我就怎麼譯」。〔註47〕可見，任鴻雋也受到了白話詩運動的影響。

五四運動後，《新青年》在全國廣泛傳播，「愈出愈好，銷數也大了，最多一個月可以印一萬五六千本了」〔註 48〕。隨著《新青年》的傳播，白話詩寫作成爲了一種「時尚」，正如一位清華學生所描述：「現在白話詩最時髦了，東也是白話詩，西也是白話詩；甲也做白話詩，乙也做白話詩；差不多『不脛而走』、『風行天下』了！這不是『文學革命』以後的異彩嗎？咳，我們都中了這時髦白話詩底毒！」〔註49〕又如曹聚仁所說：「我們所嚮往的，乃是胡適之用八不主義和他的《嘗試集》體的新詩。」〔註50〕

1919 年 11 月《新青年》第 6 卷第 6 號刊登了潘公展的來信：

> 我對於白話詩的觀念，以爲較從前做詩，活潑得多，有生氣得多；所以我雖沒有研究過，卻也「躍躍欲試」，濫做了幾首，並且以後立志總要這樣做，定了我那練習白話詩的書名叫《獨唱集》。因爲我覺得做白話詩的宗旨，是要把我個人的自由意志情感，用最直捷爽快的方法寫出來；至於成詩不成詩，別人說是算得詩算不得詩，那就不問：並且因爲我四圍的人沒有一個表同情的，所以那取「獨

〔註47〕任鴻雋：《路旁（並序）》，《新青年》第 7 卷 1 號，1919 年 12 月 1 日。
〔註48〕汪原放：《亞東圖書館與陳獨秀》，學林出版社，2006 年版，第 33 頁。
〔註49〕浦逖生：《時髦白話詩底罪惡》，《清華週刊》第 200 期，1920 年 11 月。
〔註50〕曹聚仁：《五四運動來了》，《我與我的世界》上冊，北嶽文藝出版社，2000 年版，第 125 頁。

唱無和」的意思，來把「獨唱」兩字做我的書名。但是我最喜歡獻
醜；俗人的面前我固不屑和他講，至於那識者的面前，我狠願意把
自己的醜作受他們的批評。所以我把我第一次所仿的白話詩，另用
一張紙寫好寄上，還要請諸先生忙中抽閒指示指示才好。〔註51〕

可以說，這封信是北大教師與《新青年》倡導的白話詩運動卓有成效的證明。

第二節　重圍中的「白話詩」：北大教師爲「白話詩」辯護

上文已對白話詩如何「運動」起來的，做出了詳細描述，值得注意的是，
白話詩運動從來都不是一場單獨的運動，它屬於「文學革命」，與「白話文運
動」，乃至與「國語運動」相結合，它們相互作用，相互推進。在《新青年》
前三卷，胡適的白話詩寫作號召並沒有引起人們的注意；無論是「通信」，還
是「讀者論壇」基本上都在討論《文學改良芻議》中的「用典」與「駢文」
問題，以及由此引發的「文體」分類問題。從第四卷開始，在眾多北大教師
的參與、推動之下，白話詩運動才轟轟烈烈地開展起來，而這時的白話詩乃
至整個「文學革命」開始與「國語運動」合流〔註52〕，胡適還提出了「國語
文學」概念〔註53〕。那麼，在「文學革命」、「國語運動」之中，白話詩到底
扮演了什麼角色？它們又對白話詩產生了什麼影響？對中國詩歌的現代轉型
產生了什麼影響？下文將做具體論述。

（一）

從胡適的《文學改良芻議》刊登在《新青年》第 2 卷第 2 號上之後，「用
典」、「駢律」以及「應用之文」與「文學之文」的區分等問題，成爲了《新青
年》前三卷上與「孔子」問題並列的兩大熱點話題之一。胡適的《文學改良芻
議》顯然是站在「文學」的角度談「改良」。其中最引人爭議的「不用典」、「不
講對仗」（「文當廢駢，詩當廢律」）、「不避俗字俗語」，也都是在「文學」範疇

〔註51〕潘公展：《關於新文學的三件要事》，《新青年》第 6 卷第 6 號，1919 年 11 月
　　　　1 日。

〔註52〕參見王風：《文學革命與國語運動之關係》，《中國現代文學研究叢刊》，2001
　　　　年第 3 期。

〔註53〕胡適：《建設的文學革命論》，《新青年》第 4 卷第 4 號，1918 年 4 月 15 日。

內談論的。然而，什麼是「文學」，胡適並沒有給予具體的界說。在胡適看來，「吾國近世文學之大病，在於言之無物」，「文學者，隨時代而變遷者也。一時代有一時代之文學」，「不模仿古人」，「人人以其耳目所親見親聞所親身閱歷之事物，一一自己鑄詞以形容描寫之；但求其不失眞，但求能達其狀物寫意之目的，即是工夫」等等。概況起來，胡適的「文學」即是要有情感和思想，能反應當下歷史，反應作者自己的人生體驗和感受。在這樣的「文學」觀下，「模仿古人」，成了「以『半歲禿千毫』之工夫作古人的抄胥奴婢」，「皆無文學之價值」；「用典」就是「不能自己鑄詞造句寫眼前之景，胸中之意，故借用或不全切，或全不切之故事陳言以代之，以圖含混過去」；「駢文律詩」則「束縛人之自由」；「白話文學」將爲「中國文學之正宗」，作詩作文「宜採用俗語俗字」。由此可見，胡適是從文學要反應當下現實社會經驗的角度出發，反對「用典」、「駢律」以及「模仿古人」。胡適眞正關心的是「文學與其共時性語境中的生活經驗之間的關係問題。自始至終，胡適都是根據文學之外的社會生活經驗，來構想和設定新文學應該是什麼，而沒有把新文學當做獨立的話語空間，深入思考過新文學是什麼的本體問題。」〔註 54〕「文學」要反應現實經驗而不是去模仿古人、表達聖人思想，這是中國文學晚清以來的主要趨勢；重新建立文學與社會尤其是新的歷史經驗的關係，擴大文學的表意能力，這是中國文學現代轉型的根本任務——這也是胡適「文學」觀的現代意義。然而，胡適來不及思考「新文學是什麼的本體問題」，這就會在面對傳統「文學」中「典故」、「駢律」等問題時，引起紛爭；同時，這也是區分「應用之文」與「文學之文」成爲《新青年》上討論最多的問題之一的原因。

在胡適的「文學革命」體系中，雖然沒有對「文學」概念做界定，但是「文學」概念的運用十分清晰，在胡適看來，中國古代的詩歌、小說、戲曲、散文這些都屬「文學」，而且中國古代「文學」有兩條線：一是以「文言」寫作的「文學」，一是以「白話」寫作的「文學」，然而前者已成爲「死文學」，後者才是「活文學」，是中國文學的正宗。顯然，胡適的「文學」是西方現代意義上的「literature」，而不是中國已有的「文學」。清末以來，中國自己的「文學」有幾種用法：「考據學」、「文字學」、「人文學科」、「文化教育」。〔註 55〕

〔註 54〕 段從學：《胡適新詩本體話語的差異性建構》，《內外之間：新詩研究的問題和方法》，張桃洲、孫曉婭主編，社會科學文獻出版社，2012 年版，第 239 頁。

〔註 55〕 參見李春：《文學翻譯如何進入文學革命——「Literature」概念的譯介與文學革命的發生》，《中國現代文學研究叢刊》，2011 年第 1 期。

常乃惪對中國自己的「文學」就有比較清晰的看法：「吾國於文學著作，通稱文章。文者，對質而言；章者，經緯相交之謂：則其命名之含有美術意義可知。夷考上古文之一字，實專指美術之文而言。其他若說理之文謂之經，紀事之文謂之史，各有專稱，不相混淆。降至漢、晉，相沿勿衰。故觀江都、龍門諸子所爲紀事說理之文，要皆錫以專名。而如《文選》所載，雖多浮豔之詞，實文之正體也。自韓退之氏志欲標異，乃創爲古文之名。後人推波助瀾，復標文以載道之說，一若除說理之文而外，即不得謂之文者，摧殘美術思想，莫此爲甚！」〔註56〕也就是說，具有「美術思想」亦即現代意義的「literature」在中國一直沒有獨立出現來，與具有應用性的文章等混合在一起——區分它們，則成爲「文學革命」的第一步。所以，在「文學革命」初期，討論「文學之文」與「應用之文」的特別多，而胡適的白話詩寫作號召則被冷落在一旁。

早在 1916 年胡適的《文學改良芻議》還未寫成前，陳獨秀就在給胡適的信中表示：「僕擬作《國文教授私議》一文，登之下期《青年》；然所論者應用文字，非言文學之文也。鄙意文學之文必與應用之文區而爲二。應用之文但求樸實、說理、紀事，其道甚簡；而文學之文尙須有斟酌處，尊兄謂何？」〔註57〕陳獨秀已持區分「應用之文」與「文學之文」的觀點，但對什麼是「文學之文」還有些疑惑。胡適的「八事」在「通信」欄中公開發表以後，常乃惪的反應最爲迅速，他在致陳獨秀的信中說：「爲今之計，欲改革文學，莫若提倡文史分途，以文言表美術之文，以白話表實用之文，則可以不致互相牽掣矣。」〔註58〕這種主張自然也得到了陳獨秀的首肯：「足下意在分別文學之文，與應用之文作用不同，與鄙見相合。」〔註59〕繼而《文學改良芻議》刊登後，參與討論的人越來越多，如陳丹崖、曾毅、錢玄同、方孝岳、劉半農、沈藻墀等。然而，仔細觀察便發現，他們區分「文學之文」與「應用之文」的角度、立場以及所借鑒的資源都有所不同；更重要的是，在這區分的過程中，律詩、古體詩以及白話詩等都會有文體的陞降或存廢的問題。

〔註56〕 常乃惪：《致陳獨秀》，《新青年》第 2 卷第 4 號，1916 年 12 月 1 日。
〔註57〕 陳獨秀：《陳獨秀覆胡適（1916 年 10 月 5 日）》，《胡適論學往來書信選》下冊，杜春和、韓榮芳、耿來金編，河北人民出版社，1998 年版，第 752 頁。
〔註58〕 常乃惪：《致陳獨秀》，《新青年》第 2 卷第 4 號，1916 年 12 月 1 日。
〔註59〕 陳獨秀：《答常乃惪》，《新青年》第 2 卷第 4 號，1916 年 12 月 1 日。

　　常乃悳說：「美術之文，雖無直接之用，然其陶鑄高尚之理想，引起美感之興趣……改革云者，首當嚴判文史之界（今假定非美術之文，命之曰史），一面改革史學，使趨於實用之途，一面改良文學，使卓然成爲一種完全之美術」〔註60〕。由此可見，常乃悳是以能否引起人的「美感」爲標準，來區分「文學之文」與「應用之文」的。這其實是西方現代意義上的文學觀念，只是常乃悳說得還比較含糊，而明確指出的是方孝岳。方孝岳說：「文學革命之聲，倡之於胡君適、張之於陳君獨秀。二君皆欲以西洋文學之美點，輸入我國，其事甚盛。但吾人既以西方文學之眼光，啓我國文學史之得失，則不可不將兩方文學史之異點，表而出之……」〔註61〕，方孝岳發現「西方文學」與我國傳統「文學」是兩套差異很大的體系，很難重合，所以需要引入西方的「文學」觀念來重新界定中國的文學，「著手改良，當定文學之界說。凡單表感想之著作、不關他種學術，謂之文學。故西文Literature 之定義曰，All literary Productions except those relating to positive Science or art, usually, confined, however, to the belles-lettres. Belles-lettres 者，美文學也。詩文戲曲小說及文學批評等是也。本此定義，則著述之文、學術家用之。記載之文、史家用之。告語之文、官府用之。（此指書疏之、關於政者事言之、其他私人往來之事、亦只以達意爲主、不必列入文學）是皆應用之作、以辭達意盡爲極，不必以美觀施之也」〔註62〕。在方孝岳之後，有劉半農、沈藻墀等人紛紛以西方的「Literature」爲標準區分文學與非文學。〔註63〕

　　問題是，常乃悳借用西方現代文學資源，以能引起人的「美感」作爲「文學之文」的標準，如此一來，駢文則成了我國最有代表性的「文學之文」，典故也具有了審美意義，白話則因俚俗而不可用來做「文學之文」，他說：「吾國之駢文實世界唯一最優美之文（他國文學，斷無有能於字數音節意義三者對整，而無參差者），而非可以漫然拋棄者也。至專以古典填塗，而全無眞義御之，如近世浮薄詩家所爲，固在必革之列。然若因此而盡屏古典，似不免矯枉過正，詩文之用古典，如服裝之御珍品，偶而點綴，未嘗不可助興，但

〔註60〕　常乃悳：《致陳獨秀》，《新青年》第 2 卷第 4 號，1916 年 12 月 1 日。
〔註61〕　方孝岳：《我之改良文學觀》，《新青年》第 3 卷第 2 號，1917 年 4 月 1 日。
〔註62〕　方孝岳：《我之改良文學觀》，《新青年》第 3 卷第 2 號，1917 年 4 月 1 日。
〔註63〕　參見劉半農：《我之文學改良觀》，《新青年》第 3 卷第 3 號，1917 年 5 月 1 日，又，沈藻墀：《致陳獨秀》，《新青年》第 3 卷第 5 號，1917 年 7 月 1 日。

不可如貧兒暴富，著珍珠衣過市已耳。若用俗字入文一項，愚意此後文學改良，說理紀事之文，必當以白話行之，但不可施於美術之文耳。」〔註64〕從常乃惠的觀念出發，便可推論得出：駢文、律詩是我國具「美感」的文學，而白話詩不僅不具有「美感」，還沒有存在的意義和價值。也就是說，借用西方的「文學」觀念，既可以得出胡適的「白話文學之爲中國文學之正宗」的結論，又可以得出常乃惠的「吾國之駢文實世界唯一最優美之文」的結論；既可像常乃惠那樣肯定律詩，又可像胡適那樣否定律詩，抬高白話詩。這對胡適等人來說，提出了挑戰。如何應戰，乃至戰勝對手，爲白話文學、爲白話詩辯護成爲「文學革命」初期的重要任務。

陳獨秀辯護說：「文學美文之爲美，卻不在駢體與用典也。……駢文用典，每易束縛情性，牽強失眞。六朝之文，美則美矣，即犯此病。後人再踵爲之，將日惟神話妄言是務，文學之天才與性情，必因以汨沒也」，而在於「結構之佳，擇詞之麗（即俗語亦麗，非必駢與典也），文氣之清新，表情之眞切而動人」。〔註65〕由此可見，「眞」是陳獨秀辯護的立足點。除了「眞」，還有「自然」，也是辯護者們常採用的觀點。劉半農說：「作詩本意，只須將思想中最眞的一點，用自然音響節奏寫將出來，便算了事，便算極好」〔註66〕，又如錢玄同說：「如焦仲卿妻詩，皆純爲白描，不用一典，而作詩者之情感、詩中之狀況，皆如一一活現於紙上。……讀之，猶如作詩之人與我面談。此等優美文學，豈後世用典者所能夢見」，「弟以爲西漢以前之文學，最爲樸實眞摯。始壞於東漢，以其浮詞多而眞意少也。」〔註67〕這與胡適的觀點一致，「但求其不失眞，但求能達其狀物寫意之目的，即是工夫」〔註68〕。其實，駢文用典未必「束縛情性，牽強失眞」，也未必不「自然」〔註69〕。在本文看來，辯護者們用「眞」、「自然」反對駢文用典，不具有說服力。但是，如果「眞」和「自然」之說與文學反應現實社會經驗，結合在一起，便有了「殺傷力」，這也是陳獨秀的「寫

〔註64〕 常乃惠：《致陳獨秀》，《新青年》第2卷第4號，1916年12月1日。

〔註65〕 陳獨秀：《答常乃惠》，《新青年》第2卷第4號，1916年12月1日。

〔註66〕 劉半農：《詩與小說精神上之革新》，《新青年》第3卷第5號，1917年7月1日。

〔註67〕 錢玄同：《致陳獨秀》，《新青年》第3卷第1號，1917年3月1日。

〔註68〕 胡適：《文學改良芻議》，《新青年》第2卷第5號，1917年1月1日。

〔註69〕 任鴻雋曾指出「自然」是一個相對的能力方面的問題，掌握了規則就會「自然」，沒有掌握就不「自然」。參見任鴻雋：《新文學問題之討論》，《新青年》第5卷第2號，1918年8月15日。

實主義」在五四時期大行其道的重要原因之一。陳獨秀說：「行文原不必故意禁止用典。若古典主義之敝，乃在有意用典及模仿古人，以爲非此則不高尚優美，雋永妍妙，以如是陳陳相因之文體，如何能代表文化？如何能改造社會，革新思想耶？西洋近代文學，喜以劇本，小說，實寫當時之社會，古典實無所用之。實寫社會，即近代文學家之大理想大本領。實寫以外，別無所謂理想，別無所謂有物也。」〔註70〕這裡說出了反對用典、駢文的眞正意圖，即是要將中國人的主要注意力從關注聖賢、關注古典拉回到當下的現實語境中來，謀當下之發展，而不是一味地沉溺於過去。中國的古典文學是否具有美學意義，是否是中國的「國粹」，這些都不重要。因爲，它已經脫離了現實社會，對新的歷史經驗不能做出反應與調整。這也是駢文典故的癥結所在。由此可見，胡適和他的辯護者們最關心的倒不是眞正的文學之美，他們也沒有對傳統文學的美，做深入學理的分析；他們最關心的是重新建立文學與社會尤其是新的歷史經驗的關係，所以他們不遺餘力地倡導「文學革命」，不模仿古人，「不做他人之子孫與奴隸」，「處處不忘有一個我」。〔註71〕

　　在上述情形下，律詩的命運就可想而知了。律詩不僅有平仄要求，還有更爲嚴格對仗要求，而十句以上的排律除首尾兩聯外，中間各聯都須對仗，在胡適看來，「束縛人自由過甚」，律詩因而成了「文學末技」，他在《文學改良芻議》中提出了「廢律之說」〔註72〕；劉半農、錢玄同都認爲：「律詩可廢」〔註73〕。與律詩的悲慘命運不同，唐以前的古體詩、唐以後的詞曲小令相對得到了「善待」。胡適認爲，詞曲比詩歌更「自然」，仍可採用。劉半農在著名的「增多詩體」論中，也有過類似的表達：「將來更能自造、或輸入他種詩體，並於有韻之詩外，別增無韻之詩」，這自然是詩歌的發展方向，而「吾國現有之詩體，除律詩排律當然廢除外，其餘絕詩古風樂府三種，（曲、吟、歌、行、篇、歎、騷等，均樂府之分支。名目雖異，體格互相類似。）已盡足供新文學上之詩之發揮之地乎，此不佞之所決不敢信也」〔註74〕，即它們仍有發揮的餘地。而「文學革命」態度最爲激烈的錢玄同不僅對古體詩讚不絕口，

〔註70〕陳獨秀：《答陳丹崖》，《新青年》第 2 卷第 6 號，1917 年 2 月 1 日。

〔註71〕劉半農：《我之文學改良觀》，《新青年》第 3 卷第 3 號，1917 年 5 月 1 日。

〔註72〕胡適：《文學改良芻議》，《新青年》第 2 卷第 5 號，1917 年 1 月 1 日。

〔註73〕參見劉半農：《我之文學改良觀》，《新青年》第 3 卷第 3 號，1917 年 5 月 1 日，又見錢玄同：《致陳獨秀》，《新青年》第 3 卷第 1 號，1917 年 3 月 1 日。

〔註74〕劉半農：《我之文學改良觀》，《新青年》第 3 卷第 3 號，1917 年 5 月 1 日。

還將古體詩作爲他論「文學革命」的重要資源之一：「嘗謂齊梁以前之文學，如詩經、楚辭、及漢魏之詩歌、樂府等，從無用典者……而作詩者之情感、詩中之狀況，皆如一一活現於紙上。……焦仲卿妻詩，尤與白話之體無殊，至今已越千七百年，讀之，猶如作詩之人與我面談。此等優美文學，豈後世用典者所能夢見。」〔註75〕當然，古體詩、詞、曲、小令有可資借鑒的價值，然而，這是有限度的。曾毅曾向陳獨秀提出：「夫以今學術之分科發達，文欲存漢、魏、六朝之體，詩欲追葩經樂府之遺，特設一科以供嗜古玩者之求，無不可也」〔註76〕，在他看來，它們只存在學術研究的價值了。朱希祖在《白話文的價值》中，說得更清楚：「文學最大的作用，在能描寫現代的社會指導現代的人生。此二事皆非用現代的語言不可……供給現代人看的文學作品必須以現代的白話寫之。若文學作家所研究的文學，嘗自然不能限於現代的作品，必將自古以來文學的源流變遷，及自古以來一切文言白話的文學作品，細細研究。」〔註77〕廢除律詩，將古體詩、詞曲小令作爲現代詩歌創作的資源，或學術研究的對象，這中間有許多值得討論的地方，這也是最容易引起後來人爭議的地方。然而，從胡適、錢玄同、劉半農等人當時的情形來看，他們更在乎的是發動起一場「文學革命」運動，尤其是從《新青年》第四卷開始這場運動轟轟烈烈地開展起來。白話詩就在這場運動中廣泛傳播開來。

（二）

如上所述，1918 年 1 月 15 日《新青年》第 4 卷第 1 號刊出，標誌著《新青年》雜誌的「復活」與《新青年》同人的形成，這時更多的北大教師參與到白話詩運動中來。從白話詩運動的角度看，《新青年》分爲前後兩個階段：前三卷，胡適一人「實地試驗」白話詩，很少有人呼應胡適的白話詩寫作號召，白話詩運動還處於萌發階段；後四至九卷，在北大教師的集體努力下，白話詩運動轟轟烈烈地開展起來，得到了社會的廣泛回應。不僅如此，前後兩個階段討論的問題也有所不同，前一階段重點討論「駢文」、「用典」以及「文體」分類等問題；後一階段，重點討論世界語、國語、白話、方言等問題，進入了「建設的文學革命」時期。

〔註75〕 錢玄同：《致陳獨秀》，《新青年》第 3 卷第 1 號，1917 年 3 月 1 日。
〔註76〕 曾毅：《致陳獨秀》，《新青年》第 3 卷第 2 號，1917 年 4 月 1 日。
〔註77〕 朱希祖：《白話文的價值》，《新青年》第 6 卷第 4 號，1919 年 4 月 1 日。

　　其實，《新青年》第三卷上就有了「建設」的呼聲。一位沒有署名的讀者來信說「改良文學之事，關係甚重。苟不實心實力做去，恐此項學說，仍是曇花一現，不久即爲學究派之腐說所戰勝」，接下來他提出了實行之事數項，第一項就是「本志所登文字，即當就新文學之範圍做去。白話詩與白話小說固可登，即白話論文亦當採用。」〔註78〕緊隨其後，又刊登了張護蘭的來信：「然凡事破壞易而建設難。願先生今後之論調，當稍趨於積極的建設一方面。如何如何而後可以使言文漸相一致，如何如何而後可以使中國文學開新紀元。至學校課本宜如何編纂，自修書籍宜如何釐定，此皆今日所急應研究者也。」〔註79〕錢玄同也提出在《新青年》上改作白話等建議，然而陳獨秀的答覆卻比較含糊，〔註80〕隨後《新青年》就停刊了。1918年1月15日復刊後，《新青年》開始使用白話和新式標點，還開闢了「詩」欄，北大教師紛紛開始白話詩寫作，可以說，正式拉開了「建設」的帷幕。而1918年4月，胡適在《新青年》4卷4號上發表了《建設的文學革命論》，提出「對於那些腐敗文學，個個都該存一個『彼可取而代也』的心理，個個都該從建設的一方面用力，要在三五十年內替中國創造出一派新中國的活文學」，〔註81〕這才意味著《新青年》同人對「新文學」的「建設」提上了日程，一方面對文學的關注和討論深入到了戲劇、小說、詩歌等具體體裁的內部〔註82〕，當然白話詩隨之得到了深入發展；另一方面，與「國語運動」合流，開始了熱烈的「國語文學」的討論，白話詩也受到了威脅。如果說，在前一階段白話詩的存在主要受到來自古典文學尤其是律詩的威脅，那麼，這時對它構成威脅的則是「白話」的俚俗問題。雖然，在這一階段，白話詩運動在北大教師的努力下熱烈地開展起來，但是由於「國語運動」的影響與「國語文學」的討論，白話詩的「白話」與「國語」結合在一起，「白話」的「美」、「俗」等成爲關注焦點。這時，爲白話詩辯護，其實也是在爲「國語文學」辯護。

〔註78〕　無名氏：《致陳獨秀》，《新青年》第3卷第3號，1917年5月1日。
〔註79〕　張護蘭：《致陳獨秀》，《新青年》第3卷第3號，1917年5月1日。
〔註80〕　錢玄同、陳獨秀：《通信》，《新青年》第3卷第6號，1917年8月1日。
〔註81〕　胡適：《建設的文學革命論》，《新青年》第4卷第4號，1918年4月15日。
〔註82〕　如《新青年》第4卷第5號發表了胡適的《論短篇小說》、魯迅的第一篇白話小說《狂人日記》；又，第4卷第7號推出了戲劇專號即「易卜生專號」；又，第6卷第2號周作人的新詩《小河》刊在第一的位置上。

　　「國語」亦即我們今天的現代漢語〔註83〕。然而，在五四時期，胡適對「國語」的理解與此有所不同。胡適說，「我以爲我們提倡新文學的人，盡可不必問今日中國有無標準國語。我們盡可努力去做白話的文學。我們可儘量採用《水滸傳》、《西遊記》、《儒林外史》、《紅樓夢》的白話；有不合今日的用的，便不用他；有不夠用的，便用今日的白話來補助；有不得不用文言的，便用文言來補助。這樣做去，決不愁語言文字不夠用，也決不用愁沒有標準白話」，胡適理解的「國語」主要由「白話」組成，而「文言」只是作爲其少量的補助性存在，他甚至很堅定地說：「我們有志造新文學的人，都該發誓不用文言作文：無論通信，做詩，譯書，做筆記，做報館文字……都該用白話來做」。〔註84〕顯然，胡適的「國語」觀點感性色彩有餘，而理論論證不足。如果從推動「國語」發展的角度看來，濃鬱飽滿的感情動員是有必要的，但是，這也最容易引起人反駁。

　　五四時期，比較普遍的觀點是，「白話」是「平日所說的話，所以其性質，最易氾濫，最易說一大場無關著落似是而非的老婆話」〔註85〕，「太繁穢」，「太刻露」，「毫無趣味」，〔註86〕「不經濟」〔註87〕；其次，「鄉曲愚夫，閭巷婦稚，讕言俚語，粗鄙不堪入耳」，「鄙俗可噱」〔註88〕；第三，「異常乾枯」、「異常的貧——就是字太少了」，〔註89〕不夠用等等。與此相反，「文言」有著簡潔、含蓄、優美等等優點。在這種簡單的「文言」與「白話」的二元對立下，或者延續晚清的「白話文運動」思路：下層民眾的文化普及用「白話」，上層社會仍然用「文言」；或者像朱經農提出的「取其精華去其糟粕」，即「『文學的國語』，

〔註83〕現代漢語是在古代白話文基礎上發展起來的一種新的語言系統，是一種口語、歐化詞彙和部分古代漢語詞彙的混合物。口語即白話，是從古代白話文而來。古漢語詞彙包括成語和其他一些古漢語常用詞彙，是從文言文而來。歐化詞彙有新創造的，也有借用古代白話或文言文的，它雖然是漢語方式，但本質上是西方的。參見高玉：《現代漢語與中國現代文學》，中國社會科學出版社，2003年版，第213頁。
〔註84〕胡適：《建設的文學革命論》，《新青年》第4卷4號，1918年4月15日。
〔註85〕林玉堂：《論漢字索引制度及西洋文學》，《新青年》第4卷第4號，1918年4月15日。
〔註86〕朱希祖：《白話文的價值》，《新青年》第6卷第4號，1919年4月15日。
〔註87〕陳懋治：《同音字之當改與白話文之經濟》，《新青年》第6卷第6號，1919年11月1日。
〔註88〕胡適：《國語的進化》，《新青年》第7卷第3號，1920年2月1日。
〔註89〕傅斯年：《怎樣做白話文》，《新潮》第1卷第2號，1919年2月。

對於『文言』、『白話』，應該並採兼收而不偏廢。其重要之點，即『文學的國語』並非『白話』，亦非『文言』，須吸收文言之精華，棄卻白話的糟粕，另成一種『雅俗共賞』的『活文學』。」〔註90〕在胡適看來，這些觀點對「白話」構成了很大的威脅。胡適在答覆朱經農說：「什麼叫做『雅』？什麼叫做『俗』？……若把雅俗兩字作人類階級解，說『我們』是雅，『他們』小百姓是俗，那麼說來，只有白話的文學是『雅俗共賞』的，文言的文學只可供『雅人』的賞玩，決不配給『他們』領會的。」胡適堅定要打破文言白話的雅俗問題。

　　反應到文學上，產生了任鴻雋這樣的觀點：「用白話可做好詩，文話又何嘗不可做好詩呢？不過要看其人生來有幾分『詩心』沒有罷了。……據我一個人的鄙見，以為現在講改良文學：第一，當在實質上用工夫；第二，只要有完全驅使文字的能力，能用工具而不為工具所用，就好了。白話不白話，倒是不關緊要的。」「我倒有一句話奉勸：公等做新體詩，一面要詩意好，一面還要詩調好，一人的精神分作兩用，恐怕有顧此失彼之慮。若用舊體舊調，便可把全副精神用在詩意一方面，豈不於創造一方面更有希望呢？」〔註91〕任鴻雋其實將問題轉換了：在他看來，不是白話文言的問題，或工具的問題，而是作者創作能力的問題。他將語言的問題轉化為創作能力的問題，從而否認白話詩歌。這就威脅到白話詩存在的合法性了。由於胡適等人的白話觀點比較簡單，又因為白話處於發展階段，還不是成熟的現代漢語，所以，面對任鴻雋的質疑，當時還沒能給予有力的回擊。從胡適的回答來看，他的理由也比較牽強，他說：「主張用白話作詩，也有幾層道理。（第一）我們深信文言不是適用的工具（說詳《建設的文學革命論》）。（第二）我們深信白話是很合用的工具。（第三）我們因為要『用工具而不為工具所用』，故敢決然棄去哪不適用的文話工具，專用那合用的白話工具。……因為我們現在有什麼詩料，用什麼詩體；有什麼話，說什麼話；並不一面顧詩意，一面顧詩調。那些用舊調舊詩體的人，有了料，須要截長補短，削成五言，或湊成七言；有了一句，須對上一句；有了腹聯，須湊上頸聯；有了上闋，須湊成下闋；有了這韻，須湊成那韻；……那才是顧此失彼呢。——豈但顧此失彼，竟是『削足適履』了！」〔註92〕或許

〔註90〕　朱經農：《新文學問題之討論》，《新青年》第 5 卷第 2 號，1918 年 8 月 15 日。
〔註91〕　任鴻雋：《新文學問題之討論》，《新青年》第 5 卷第 2 號，1918 年 8 月 15 日。
〔註92〕　胡適：《答任鴻雋》，《新青年》第 5 卷第 2 號，1918 年 8 月 15 日。

最好的方法還是胡適所說的儘量採用白話作文作詩，亦即通過文學實績來證明白話文學、白話詩的可行。

第三節　國文教師與學生的新詩寫作——以浙江一師為例

　　國文教師對新文學的態度，一般來說會影響到學生。在國文教師那裏，學生開始閱讀與新文學有關的出版物，建立起「新」的文學觀念，或者得到新文學寫作上的鼓勵與幫助，如丁玲的國文教師介紹丁玲閱讀新詩，指導她寫作新詩，還幫助發表新詩。〔註93〕應該說，丁玲是幸運的。因為，在五四時期，仍有很多保守的國文教師常常在課堂上攻擊新文學，將《新青年》雜誌、胡適的新詩等當作反面教材而嚴厲打壓。如，蘇雪林所在的安徽省立第一女子師範學校的陳姓國文教師，他在五十分鐘的課堂上，幾乎要用半個小時的時間指責《新青年》「詆毀孔孟，反對綱常，破除邪說，層出不窮，實際為世道人心之大憂，將來必釀神州陸沉之禍。」〔註94〕又如，廢名的國文教師在課堂諷刺胡適的白話詩。〔註95〕當然，這些國文教師對新文學、新詩的負面態度，也會起到一定的積極作用，使新文學、新詩在學生中傳播開來。另外，在五四時期，受保守的國文教師的影響，也有很多中學生喜歡上胡懷琛的舊體詩。周作人曾對此批評道：「中學生諸君的學識我雖然不知道，卻知道他們的老師多是復辟派的『國學』家；恰巧在這國學家門牆之下的門人又多是歡迎《大江集》一派的詩，——念著仄仄平平，領略一點耳頭的愉快罷了。」〔註96〕由此可見，國文教師對學生的詩歌選擇、詩歌寫作有較大的影響。

　　所以，從「校園文化」的角度研究新詩的發生，國文教師與學生是不可或缺的研究內容之一。「『五四』前後的新文化運動，從全國範圍來講，高等學校以北大最活躍，在中等學校，則要算是湖南第一師範和杭州第一師範了。」

〔註93〕丁玲：《我怎樣飛向了自由天地》，《丁玲文集》第5卷，長沙人民出版社，1984年版，第314頁。

〔註94〕蘇雪林：《文壇舊話》，文星書店，1967年版，第2頁。

〔註95〕廢名：《嘗試集》，《論新詩及其他》，遼寧教育出版社，1998年版，第36頁。

〔註96〕周作人：《新詩的評價》，《周作人散文全集》第2集，鍾叔河編訂，廣西師範大學出版，2009年版，第787～789頁。

〔註 97〕在新詩方面，杭州第一師範又有著名新詩人如劉大白、俞平伯、朱自清、汪靜之、馮雪峰、潘漠華、魏金枝等人，以及最早的校園新詩社團「湖畔詩社」。因此，杭州第一師範（全稱爲「浙江省立第一師範學校」，本文簡稱爲「浙江一師」）具有一定的典型性，本文選作個案研究。

（一）

　　五四運動前，浙江一師的國文教師有單不庵、劉子庚、徐道政等人，多是名儒宿彥。單不庵是理學家兼考據家，劉子庚是近代詞史家，徐道政是文字學家。他們對學生的影響很大，據浙江一師學生曹聚仁回憶「五四運動前三年，明遠樓前靜如止水，什麼波動也沒有；師生都在埋頭讀書，頗有樸學家氣象」〔註98〕，又如傅彬然回憶「同學中做舊詩詞的相當多，讀宋明理學書的人也不少」〔註99〕。以「頗有領導群倫的聲譽」單不庵爲例，他是清代考證學的正統派，吸引了眾多同學追隨與他，甚至成其爲入室弟子，如施存統、周伯棣、俞壽松和曹聚仁，尤其是前三人都是「眞不二價的理學家門徒」。〔註100〕

　　浙江一師國文教師的聘任，一般來說由校長定奪。這一時期的校長是經亨頤。經亨頤主張「人格教育」，他說「20 世紀的新潮流，即基於以人爲本位之思想，排去一切不以人爲本位之舊社會現狀，而改造以人爲本位之新社會現狀之潮流也」，教育就要以此爲責任。〔註101〕他還提出了「與時俱進」的辦學方針，倡導新文化。〔註102〕五四運動前，他已開始思考國文教育改革的問題。他在 1919 年 4 月 30 日的日記中寫道：「本校學生文課有白話，而子韶大不爲然，盛氣而辭。北京大學之暗潮次及吾浙，亦本校之光也。……下學年國文教授有革新之望，須及早物色相當者任之。」〔註103〕經過幾個月的努力，劉大白、李

〔註97〕陳望道：《「五四」時期浙江新文化運動》，《浙江一師風潮》，沈自強主編，浙江大學出版社，1990 年版，第 351 頁。

〔註98〕曹聚仁：《我們的教師》，《我與我的世界》上冊，北嶽文藝出版社，2000 年版，第 153 頁。

〔註99〕傅彬然：《五四前後》，《五四運動回憶錄》下冊，中國社會科學院近代史研究所編，中國社會科學出版社，1979 年版，第 743 頁。

〔註100〕參見曹聚仁：《我們的教師》，《我與我的世界》上冊，北嶽文藝出版社，2000 年版，第 153 頁。

〔註101〕《發刊辭》，《教育潮》第 1 卷第 1 期，1919 年 4 月。

〔註102〕參見《杭州教育志》，杭州市教育委員會編纂，浙江教育出版社，1994 年版，第 604 頁。

〔註103〕經亨頤：《經亨頤日記》，浙江古籍出版社，1984 年版，第 162 頁。

次九、陳望道新聘爲國文教師，而單不庵、劉子庚、徐道政則離開了一師。由此，浙江一師開始了大刀闊斧的國文課改革。經亨頤對國文課改革解釋道：

> 本校從本學年起國文教授確有大大的改革，不過改革的原因，人家說是迎合新思潮哩！五四運動的影響哩！這都是很淺近的推測。我認定中國文學不改革，教育是萬萬不能普及。我做了範師〔師範〕校長，不是單單製造幾個學生，設法使教育可以普及，這我是〔是我〕的本務。想來想去，國文教授，當然是第一個研究的問題。……我爲了聘國文教員，不新不舊，有新有舊，宗旨變換好幾次了。批評師範畢業生，多是說國文程度不夠。我想這短短的五年期間，要養成從前「進士」、「翰林」的一種文章和不中用的詩詞歌賦，無從著手的經史子集，不但苦煞了學生，實在看錯了人生。所以我決定「國文應當爲教育所支配，不應當國文支配教育」的宗旨，非提創〔倡〕國語改文言爲白話不可。我們師範學校，無非爲普及教育，不是「國故」專攻。文言和白話，也不必管他，有些思想，可以寫得出來，那就得了。〔註104〕

在經亨頤看來，國文課阻礙了教育普及，其講授的內容不利於思想傳播，因此，國文課應改爲國語課，教授白話文，並注意教材的思想性。這也正是保守人士重點攻擊的地方。在經亨頤的支持下，國文教師陳望道、夏丏尊、劉大白、李次九制定了《國文教授法大綱》，合編了《國語法》、《注音字母教育法》以及陳望道獨立編寫了《新式標點的用法》等教學用書，並按照大綱的要求，即「以和人生最有關係的問題爲綱，以新出版各雜誌中關於各問題的文章爲目」，從《新青年》、《每週評論》、《新潮》、《覺悟》等新文化書刊上選輯陳獨秀、李大釗、胡適、魯迅、周作人等人的 100 多篇文章爲教材。倡導白話文，教授新語法、修辭法，宣揚新文化運動、新文學運動。在教學方法上採用道爾頓制教學法：讓學生自由閱讀、討論、研究，教師作顧問，進行指導，以代替教師講學生聽的上課模式。〔註105〕希

〔註104〕 經亨頤：《對教育廳查辦員的談話》，《浙江一師風潮》，沈自強主編，浙江大學出版社，1990 年版，第 121 頁。

〔註105〕 以上浙江一師國文課改革情況，參見《浙江一師風潮》，沈自強主編，浙江大學出版社，1990 年版，第 451～457 頁。另有曹聚仁的說法：「上海新文化書局出版的社會問題討論集、婦女問題討論集，便是我們的國文講義。」參見曹聚仁：《後四金剛》，《我與我的世界》上冊，北嶽文藝出版社，2000 年版，第 148 頁。

望通過國文教育，達到兩大目的：一是使學生瞭解「人生真義和社會現象」；二是使學生能夠瞭解使用「現代語或近於現代語，如各日報雜誌和各學科教科書所用的文言——所發表的文章，而且能夠看得敏捷、正確、貫通。使學生能夠用現代語——或口講或寫在紙上，表現自己的思想感情，而且要自由、明白、普遍、迅速」。〔註 106〕也就是注重國文課的思想教育和語言表達、運用能力的培養，前者主要體現爲新文化、新思想的傳播，後者主要體現爲白話作文。

　　學生王壽華的日記，爲我們展示了一堂改革後的國文課。他在 1919 年 9 月 16 日的日記中記載，「第三時上國文班，爲陳（望道）先生授的。第一時他所講的，是關於文學改革上的道理，先說：『文字的本質，完全是發表自己的意思，使人家瞭解。既然文字的本質如此，所以不能不從容易方面做去。爲什麼？因文字容易，個個人自然能夠曉得我的意思。他如用典古〔古典〕的文字，必定要有我的程度，或高於我的程度，才能瞭解。其餘普遍一般人士，決定不能夠瞭解我的意思。譬方一人，到這個大眾面前，去發表言語，尚他不高聲講話，徒是口合兩合，則人家那裏能知道他來說什麼呢？用古典的文字，眞如此一樣呵！既然知道文字不宜拘古，當應世界潮流，所以當改革。那麼改革的方法，〔能〕不能夠講呢。現在有三種方法，大家研究研究。1，改爲白話文：此乃人所多知，所以此地亦不再說了。2，標點……3，橫行……』」〔註 107〕。可見，陳望道在國文課上用通俗易懂的方式，給中學生講授文學改革的道理。

　　這次國文課改革，在陳望道看來，收效比較大，他說：「我們四個國文教員經常在學生中進行文章思想性、藝術性、可變性等的教育。一個月後，我們曾出了『白話文言優劣論』的題目，叫同學們做作文，當時大部分同學都是講白話文比文言文好」，而且杭州的其他學校和各報紙都在一師的影響下，改爲白話文了。〔註 108〕經亨頤也較爲關注白話作文，他認爲國文課改革後，用白話作文能夠使學生敢於表達自我的思想情感，他說，「這幾個月以來，白

〔註 106〕此爲《國文教授法大綱》的規定。關於《國文教授法大綱》可參考《浙江學潮底動機》一文，《星期評論》第 39 期，1920 年 2 月 29 日。

〔註 107〕王壽華：《日記一則》，《浙江一師風潮》，沈自強主編，浙江大學出版社，1990 年版，第 126～127 頁。

〔註 108〕陳望道：《「五四」時期浙江新文化運動》，《浙江一師風潮》，沈自強主編，浙江大學出版社，1990 年版，第 352 頁。

話文風行得了不得，雖不免有思想過激的，但隨隨便便可以發表，不比得從來做一篇文章，有流傳千古的責任，大家嚇得不敢動筆，這個積弊，我是一定要想打破他〔它〕的。講錯了還可糾正，比不講終好得多。不講是教育的絕境，講錯了糾正是教育的本務。我認爲提創〔倡〕白話以後，才可以講教育，本校要講教育，所以決定要改革國文教授。」〔註 109〕當時，浙江一師學生用白話作文的，已占全數十分之九。〔註 110〕不僅如此，喜歡胡適、康白情等人的白話詩、寫作白話詩的學生也不少，正如曹聚仁所說「我們所感興趣，乃是白話文運動」。〔註 111〕

總的來說，在經亨頤和國文教師的努力下，這次國文課改革，在白話文方面效果的確不錯：白話文的影響越來越大，作白話文的學生也越來越多。這爲新詩寫作奠定了基礎。其次，國文課在講授白話文的同時，還宣揚了新思想、新文化，與全國的新文化運動相呼應。學生施存統、汪壽華等先後成立了「全國書報販賣部」、「書報販賣團」，以傳播新思想。師生們又先後出版了《浙江省立第一師範學校校友會十日刊》、《浙江新潮》、《錢江評論》等報刊，宣揚新文化。1920 年春，浙江一師學生爲挽留經亨頤校長、反抗當局迫害進步師生，還發動了一場震動全國的「留經運動」。

「留經運動」後，校長經亨頤去職了，但是在師生們看來，「經氏的精神仍舊留在浙江省立第一師範學校。翻過來說，我們只要繼續的努力，經氏去職不去職，到〔倒〕沒有什麼關係」；新任校長姜伯韓，在到校的演說中說：「我今後做校長，當極力的貫徹經校長的主義」。〔註 112〕1920 年 5 月 10 日，姜伯韓正式就任浙江一師校長，上任不久於 5 月 31 日實施了經亨頤曾計劃的「學科制」，其中就有將「國文課」改爲「國語課」一項。〔註 113〕

〔註 109〕 經亨頤：《對教育廳查辦員的談話》，《浙江一師風潮》，沈自強主編，浙江大學出版社，1990 年版，第 122 頁。

〔註 110〕 參見《五四運動後之浙江第一師範》，《時事新報》1919 年 12 月 15 日第 2 張第 1 版。

〔註 111〕 曹聚仁：《五四運動來了》，《我與我的世界》上冊，北嶽文藝出版社，2000 年版，第 128 頁。

〔註 112〕 《紀事》，《浙江一師風潮》，沈自強主編，浙江大學出版社，1990 年版，第 146～147 頁。

〔註 113〕 《試行學科制說明書》1920 年 2 月 7 日學科制委員會決議，1920 年 5 月 31 日校務會議公決修正，其中「國語科」一項內容爲：「原有國文科，因注重國語教授，改稱今名。教材爲速寫、語法、修辭、讀解，作文五目：原有習字

　　隨經亨頤離開的，還有國文教師陳望道、夏丏尊、劉大白、李次九，而新來國文教師則有俞平伯、朱自清、劉延陵、王祺。國文教師的變化，帶來了校園風氣的變化，「在前四金剛的氣分中，同學中有了宣中華、徐白民、施存統、俞秀松和周伯棣那些參與社會革命的戰士。由於後四金剛，乃產生了張維祺、汪靜之、馮雪峰、魏金枝這一串湖畔詩人，一時風尚所趨，他們都在寫白話詩了。」〔註114〕不僅如此，在前四金剛之前，浙江一師在單不庵等「名儒宿彥」的影響下，校園風氣是「樸學家氣象」，是「一意做理學家門徒的時代」〔註115〕。由此可見，浙江一師的國文教師對學生的影響之大，甚至左右了校園風氣的走向。從新詩的角度看，「前四金剛」時期的國文課改革與白話文的倡導，隨著「後四金剛」的到來而逐漸起著重要的作用。

（二）

　　在浙江一師國文教師的努力下，白話文觀念逐漸被學生接受。然而，學生對新文學的理解還很淺薄，且這一時期可供學生學習的新文學作品也很少。曹聚仁曾回憶說，經過一年半的國文課改革後，「教材不從語文本身去找，實在貧乏可憐，我們實在有點厭倦了。可是『好新立異』的心理，不容易走回頭；回到語文研究的『新』，也不是我們學力所能及，那時唯一的聖經是《新青年》，在『破』方面夠痛快，在『立』方面，只有胡適的『八不』主義」，學生心中「惶惑」得很。〔註116〕這其實是新文學運動遇到的一個重要的問題：需要創作出新的文學作品。這給追隨新文學的中學生帶來了「惶惑」。

　　1920 年秋，俞平伯、朱自清等人來到浙江一師，他們心中也「惶惑」得很。俞平伯第一次留學回國後，在浙江一師任教不久，於次年 5 月又開始預備功課，準備第二次留學。1921 年 10 月他正式辭去浙江一師的國文教師工作，準備赴美留學。俞平伯 1919 年 12 月從北京大學畢業，和當時許多覺醒了的

　　科，歸併本科速寫範圍內；原有讀經科，歸併本科讀解範圍內。」參見《浙江一師風潮》，沈自強主編，浙江大學出版社，1990 年版，第 133 頁。

〔註114〕曹聚仁：《後四金剛》，《我與我的世界》上冊，北嶽文藝出版社，2000 年版，第 149 頁。「前四金剛」指陳望道、夏丏尊、劉大白、李次九，「後四金剛」指俞平伯、朱自清、劉延陵、王祺。

〔註115〕曹聚仁：《拾遺》，《我與我的世界》上冊，北嶽文藝出版社，2000 年版，第 192 頁。

〔註116〕曹聚仁：《後四金剛》，《我與我的世界》上冊，北嶽文藝出版社，2000 年版，第 148 頁。

青年一樣，大學畢業後面臨著「去」與「留」的問題，即去國外留學，或留在國內，繼續進行革命活動。俞平伯選擇了前者，然而他到英國留學沒多久就回國了，回國之後仍然未放棄出國的想法，於兩年後第二次出國，結果和前一次一樣，匆匆幾個月後就回國了，之後就再也沒出國留學了。從這兩次短暫的留學經歷看，俞平伯心中充滿著矛盾與苦惱。「年輕的俞平伯與當時許多經歷過五四洗禮卻又驟然失去前進方向的文化人一樣，經歷了一個痛苦的徘徊與抉擇期。這種思想上的遊移不定和無所適從，突出地反應在他的兩次出國上。」〔註 117〕在浙江一師任國文教師期間，正是他前後兩次出國的中間時段。朱自清則剛從北京大學哲學系畢業，他的心情也是矛盾而複雜的，一方面「五四的餘熱還沒有退盡，心中尚燃燒著對光明的企求」，而另一方面「他又對現實感到惶惑」。〔註 118〕正如他詩裏所表達：「只如今我像失了什麼，／原來她不見了！／她的美在沉默的深處存著，／我這兩日便在沉默了浸著，／沉默隨她去了，／教我茫茫何所歸呢？」〔註 119〕這種「惶惑」感還繼續在他的工作生活中擴散，浙江一師國文課教學的受挫使他倍感彷徨，生活的重擔讓他快要承受不住了。

雖然，在杭州的這段時間，俞平伯、朱自清心中「惶惑」得很，但是，也是在這段時間，他們的新詩創作進入了一個新的階段，有較為豐碩的新詩作品。俞平伯的新詩創作開始於北大讀書期間，然而他第一次留學回國入住杭州之後，他的新詩創作「達到一個噴發期，那勢頭，正如他筆下奔騰的《潮歌》」〔註 120〕，到 1921 年底前，創作有一百多首新詩，大多收入《冬夜》集，於 1922 年 3 月出版。朱自清的新詩創作稍晚於俞平伯，然而在杭州期間，他努力做新詩，且向俞平伯請教。這一時期，朱自清的新詩作品也頗為豐富，《不足之感》表達了因自感不足而產生的惶惑心情，《北河沿底夜》表達了對生活的煩悶和悵惘之情，《自白》表達了不堪生活重負的苦惱心情，《心悸》表達了在無限世界中個體的無助恐懼之感，《歧路》表達了在奮鬥中看不到前途的失望和疲倦心情……還有「因湖上三夜的暢遊，教我覺得飄飄然如輕煙，如浮雲，絲毫立不定腳跟。常時頗以誘惑的糾纏為苦，而亟亟求毀滅」〔註 121〕

〔註 117〕蕭悄：《古槐樹下的學者——俞平伯傳》，杭州出版社，2005 年版，第 56 頁。
〔註 118〕陳孝全：《朱自清傳》，北京十月文藝出版社，1991 年版，第 30～31 頁。
〔註 119〕朱自清：《悵惘》，《新潮》第三卷第一期，1921 年 10 月 1 日。
〔註 120〕蕭悄：《古槐樹下的學者——俞平伯傳》，杭州出版社，2005 年版，第 77 頁。
〔註 121〕朱自清：《毀滅》，《朱自清全集》第 5 卷，朱喬森編，江蘇教育出版社，1990 年版，第 79 頁。

而創作的著名長詩《毀滅》，集中表達徘徊、痛苦與掙扎的自我毀滅與自我新生的精神狀態。此外，劉延陵以及接替俞平伯國文教師工作的葉聖陶，在一師期間，也有新詩創作活動。

　　然而，在杭州的這段時間之後，尤其是俞平伯、朱自清相繼進入大學工作、從事古典文學研究之後，他們基本上就不再做新詩了。也是在這段時間，他們來到浙江一師，且在一師刮起了一場「新詩」之風，大量學生跟著做起新詩來，「國文教室中的空氣大變，湖上詩人的時代便到來了。」〔註 122〕1921 年 10 月 10 日，浙江一師學生潘漠華和汪靜之約同魏金枝、柔石、馮雪峰等同學，和杭州蕙蘭中學、安定中學和女師的同學大約有二三十人，發起成立晨光社，潘漠華借汪靜之的詩《晨光》為社名，「我浸在晨光裏，／周圍都充滿著愛美了，／我吐盡所有的苦惱鬱恨，／我儘量地飲著愛呵，／儘量地餐著美呵」，以表達對光明、愛與美的渴望。晨光社成立之後的活動有西湖聚會喝茶，欣賞詩歌作品，請老師指導新詩寫作，幫助會員發表詩歌作品，創辦文學週刊《晨光》（作為《浙江日報》的副刊發行）等。朱自清和葉聖陶是晨光社的指導老師，其中朱自清是晨光社「從事文學習作的熱烈的鼓舞者，同時也是『晨光社』的領導者。」〔註 123〕1922 年 4 月 4 日，汪靜之、潘漠華、馮雪峰與在上海工作的應修人四人，在西湖旁成立了湖畔詩社，後來又有魏金枝、謝旦如等人加入，切磋詩藝，發表新詩，出版詩集。這一時期，受校園「新詩」風氣的影響，之前「一意做理學家門徒」的學生如曹聚仁等都在寫新詩。曹聚仁還在《覺悟》等刊物上發表新詩多篇，且受到了朱自清的贊賞與鼓勵。而汪靜之的詩更是走出了浙江一師校園，在全國風行一時，影響十分大。

　　應該說，學生的新詩創作受到了俞平伯、朱自清等國文教師的影響。首先，如前所述，在杭州的這段時間，俞平伯、朱自清正處於他們人生中的一個特殊階段，即人生的「惶惑」與新詩創作新的階段。作為一師的國文教師，他們的這種精神氣質與新詩的創作狀態，會在某種程度上影響到學生。其次，作為國文教師，他們對學生的新詩活動給予了很多的直接幫助與指導。例如，俞平伯在學校開設演講《從經驗上所得做「詩」的教訓》〔註 124〕，將他自己

〔註 122〕曹聚仁：《新詩》，《文壇五十年》，東方出版中心，1997 年版，第 147 頁。
〔註 123〕馮雪峰：《應修人潘漠華選集序》，《湖畔詩社評論資料選》，王訓昭選編，華東師範大學出版社，1986 年版，第 186 頁。
〔註 124〕1920 年 12 月 12 日，俞平伯在浙江一師演講《從經驗上所得做「詩」的教訓》，由學生范堯深記錄，整理後發表的發表在《浙江省立第一師範學校校十日刊》

的作詩經驗和教訓與學生分享。又如，朱自清和葉聖陶擔任晨光社的顧問，
直接指導學生新詩寫作。國文教師對學生最大的幫助，莫過於說明學生發表
詩歌作品，以及給學生的詩集作序、寫詩評。最有代表性的是教師們對汪靜
之的幫助，如將汪靜之的詩歌發表在他們自己的刊物《詩》上；又如，朱自
清、劉延陵給汪靜之的詩集《蕙的風》作序，朱自清給《湖畔》寫詩評；〔註
125〕甚至在汪靜之和他的新詩遭到攻擊時，他們不遺餘力地給予支持和辯護。
他們對汪靜之的幫助，正如曹聚仁所說「《新青年》時代的中年人確有如魯迅
所說的『掮著舊的門板，讓年青人踏過去』的胸襟，他們的確要把汪詩人扶
植起來，打開新詩的途徑。」〔註 126〕朱自清也因此被學生親切地稱之爲「文
藝導師」：「他在國文以外，還翻譯了修辭學、社會學來啓發我們，他就成爲
一個切實的文藝導師。」〔註 127〕

（三）

　　浙江一師學生的新詩寫作影響最大的是汪靜之。他的新詩集《蕙的風》
「先後曾重印五次，銷行二萬餘部。這是一個可觀的數字，僅次於新詩集
銷行最廣的《嘗試集》和《女神》，居第三位。」〔註 128〕。不僅如此，《蕙
的風》在當時所引起的騷動，在青年人看來，「是較之陳獨秀對政治上的論
文還大」〔註 129〕。

　　從詩歌題材上看，《蕙的風》有三種：第一，描寫社會問題；第二，描寫
自然風光；第三，歌詠青春愛情。《蕙的風》一共 160 餘首詩，後兩類題材占
絕大多數，其中以愛情爲題的約占四分之一。胡夢華認爲《蕙的風》「大概言

　　　　第 5 期。參見《俞平伯年譜》，孫玉蓉著，天津人民出版社，2001 年版，第
　　　　31 頁。

〔註 125〕《詩》創刊號 1922 年 1 月 15 日，有汪靜之的詩。朱自清《〈蕙的風〉序》、
　　　　劉延陵《〈蕙的風〉序》，見《蕙的風》，汪靜之著，亞東圖書館，1922 年版。
　　　　朱自清《讀〈湖畔〉詩集》，《文學旬刊》第 39 期，1922 年 6 月 1 日。

〔註 126〕曹聚仁：《詩人汪靜之》，《我與我的世界》上冊，北嶽文藝出版社，2000 年
　　　　版，第 258 頁。

〔註 127〕曹聚仁：《後四金剛》，《我與我的世界》上冊，北嶽文藝出版社，2000 年版，
　　　　第 149 頁。

〔註 128〕常立：《浙江新詩史》，中國社會科學出版社，2011 年版，第 51 頁。

〔註 129〕沈從文：《論汪靜之的〈蕙的風〉》，《文藝月報》第 1 卷第 4 號，1930 年 12
　　　　月。

兩性之愛的都流爲墮落輕薄，言自然之美的，皆失去纖巧」。〔註130〕引起了一場關於「性道德」問題的論爭，其中有魯迅、周作人等爲汪靜之辯護。〔註131〕在後來的文學史中，雖然《蕙的風》不再定位爲「不道德」、「墮落」，但是仍主要集中於愛情詩評價，如王瑤的《中國新文學史稿》「以健康的愛情詩爲題材，在當時就含有反封建的意義。」〔註132〕汪靜之雖然在晚年透露「我寫詩時根本沒有想到反封建問題」〔註133〕，但愛情詩仍是汪靜之詩歌的重點。在本文看來，《蕙的風》中的第一類詩歌，如《暴雨》、《向乞丐哀求》、《搗破了的心》描寫農夫、乞丐等社會底層人的貧困生活的詩，與初期描寫「人力車夫」之類的白話詩在一個藝術層面上，成就不高，也就是說與其他反應社會底層平民生活的詩歌沒有太大的區別，甚至存在模仿的痕跡。這也是汪靜之的這類詩歌談論較少的主要原因。然而，第二類、第三類詩歌，如魯迅所說「情感自然流露，天眞而清新」〔註134〕，尤其是第三類愛情詩歌寫出了「五四」「個性解放」下青年人的戀愛心聲。如果說，第一類詩歌是汪靜之受到「五四」平民主義思潮的裹挾而寫作的，存在演繹思想觀念的情況，那麼第二、三類詩歌尤其是愛情詩則是汪靜之心靈的自由抒發。在本文看來，這類詩歌的誕生恰恰離不開浙江一師這樣的校園文化氛圍。

　　汪靜之說，「如果沒有『五四運動』，沒有反封建禮教，提出自由戀愛的運動，在封建禮教籠罩下的舊社會，我就不可能交女朋友，就不可能產生《蕙的風》。如果有私下秘密的不敢公開的戀愛，也只能寫寫曲喻隱指的詩」。〔註135〕在上世紀九十年代的回憶錄中，汪靜之又表達了相近的意思：「1919 年在中學讀書時，『五四』運動爆發，我讀到了《新青年》，然後又讀到了《新潮》，

〔註130〕 胡夢華：《讀了〈蕙的風〉以後》，《時事新報·學燈》1922 年 10 月 24 日。

〔註131〕 魯迅：《反對「含淚」的批評家》，《晨報副刊》1922 年 11 月 17 日，署名風聲。周作人《情詩》，《自己的園地》，北新書局，1923 年版。此外更多論爭文章可參見，《湖畔詩社評論資料選》，王訓昭選編，華東師範大學出版社，1986 年。

〔註132〕 王瑤：《中國新文學史稿》上冊，上海文藝出版社，1982 年修訂重版，第 74頁。

〔註133〕 汪靜之：《回憶湖畔詩社》，《湖畔詩社評論資料選》，王訓昭選編，華東師範大學出版社，1986 年，第 287 頁。

〔註134〕 參見《魯迅對汪靜之詩作的評論》，《湖畔詩社評論資料選》，王訓昭選編，華東師範大學出版社，1986 年版，第 160 頁。

〔註135〕 汪靜之：《愛情詩集〈蕙的風〉的由來》，《文學原理》，飛白、方素平編，西泠印社出版社，2006 年版，第 413 頁。

頭腦裏的腳鐐手銬解除了，思想解放了。《新青年》和《新潮》兩種雜誌是『五四』運動的司令臺，進步青年都聽司令臺的命令。司令臺提倡白話詩、白話文，我就把十二歲開始學寫的一些舊體詩、文言文燒掉，馬上學寫白話詩、白話文。司令臺提出打倒孔家店，我就不再讀四書五經。司令臺反對封建禮教，反對父母包辦婚姻，提倡自由戀愛，我 1920 年到浙江省立第一師範學校讀書，馬上實行交女朋友，談戀愛。每個星期天只要不下雨，我一清早就到浙江省立女子師範學校，邀女朋友一道到西湖上終日遊山玩水。交女朋友是我喜歡寫愛情詩的來源。」〔註 136〕這說出了《蕙的風》最重要的創作緣起：自由戀愛是他新詩創作的靈感與源泉。1920 年汪靜之到杭州讀書時，他曾先後定了兩次婚。一到杭州，曹佩聲就開始給他介紹女朋友，先後介紹了八位女同學，幾經波折後與符竹因成爲情侶。〔註 137〕《蕙的風》收入的是 1920 至 1922 年的詩歌，恰恰是戀愛波折期間所做。自由戀愛是五四新文化運動的重要內容之一。《新青年》曾大力宣揚愛情至上觀點，魯迅在《隨想錄》中，引用一位青年的來信：「我是一個可伶的中國人。愛情！我不知道你是什麼」，接著魯迅感慨說：「這是血的蒸氣，醒過來的人的真聲音……愛情是什麼東西？我也不知道。中國的男女，大抵一對或一群──一男多女，──的住著，不知道有誰知道。……可是魔鬼的手上，終有漏光的所在，掩不住光明：人之子醒了；他知道人類間應有愛情；知道了從前一班少的老的所犯的罪惡，於是起了苦悶，張口發出這叫聲。」〔註 138〕可見，愛情是人之子蘇醒的標誌。浙江杭州是五四新文化運動在南方的重鎮之一，而杭州教育界又是杭州新文化運動最活躍的地方，浙江一師又是最突出的學校。在浙江一師的校園裏，學生大膽追求愛情不在少數，如吳曙天與葉天瑞、章衣萍兩人同時戀愛，章衣萍將他自己和葉天瑞分別寫給吳曙天的情書，以《情書一束》一起出版，風靡一時。〔註 139〕這樣的校園文化氛圍，可以說是汪靜之的愛情詩誕生的最有力的外部條件。

〔註 136〕 汪靜之：《汪靜之小傳》，《沒有被忘卻的欣慰》，飛白、方素平編，西泠印社出版社，2006 年版，第 5 頁。

〔註 137〕 參見汪靜之：《佩聲給我介紹女友》，《沒有被忘卻的欣慰》，飛白、方素平編，西泠印社出版社，2006 年版，第 172～175 頁。

〔註 138〕 唐俟：《隨想錄（40）》，《新青年》第 6 卷第 1 號，1919 年 1 月 15 日。

〔註 139〕 參見曹聚仁：《〈情書一束〉的故事》，《我與我的世界》上冊，北嶽文藝出版社，2000 年版，第 267～273 頁。

　　曹聚仁說，五四時期，作爲浙江一師的學生，「我們熱心五四運動的年輕人，對於新文藝的理解，實在淺薄得很。」〔註140〕曹聚仁所說不錯，青年學生對新文藝很難有深入的理解，更多是「趨時」，追隨胡適之《嘗試集》體的白話新詩。然而，不能否認的是，其中仍有情感表達的欲望，與心靈自由抒發的需求，汪靜之的愛情詩正是其代表。

　　與郭沫若類似，汪靜之走出校園、進入社會以後，他的新詩寫作很難超越《蕙的風》了，他甚至又開始舊體詩寫作。〔註141〕郭沫若在留日期間創作了《女神》，校園青春對《女神》的創作，如題材的選擇、詩歌寫作的切入與展開，以及對詩歌主題的理解等，都有較大的影響。強烈的青春情緒、銳敏的身體感受、未經社會磨礪的青年學生狀態，既可以是《女神》取得成功的關鍵，也可以成爲《女神》的局限。《女神》是郭沫若在他的青春狀態下創作出來的，一旦這種青春狀態消失了，他就再也創作不出「詩」來了。如果說，青春校園影響了郭沫若新詩的表情策略，那麼，青春校園則是汪靜之新詩創作的題材與靈感的來源。無論是郭沫若，還是汪靜之，當他們離開校園，即使再寫新詩也很難超越校園裏的詩作，更何況他們到後來都轉向了舊體詩寫作。

　　最後，本節以朱自清對汪靜之的評價結束，藉以說明青春之於新詩的意義：「他（汪靜之）說自己是『一個小孩子』。他確是二十歲的一個活潑潑的小孩子。這一句話自白很可以幫助我們瞭解他的人格和作品。小孩子天眞浪漫，少經人間底波折，自然只有『無關心』的熱情彌漫在他的胸懷裏，所以他的詩多是讚頌自然，詠歌戀愛。所讚頌的又只是清新，美麗的自然，而非神秘，偉大的自然，所詠歌的又只是質直，單純的戀愛，而非纏綿，委屈的戀愛。這才是孩子潔白的心聲，坦率的少年的氣度！」〔註142〕可以說，《蕙的風》在很大程度上得益於汪靜之的青春狀態與校園戀愛生活經歷。

〔註140〕曹聚仁：《後四金剛》，《我與我的世界》上冊，北嶽文藝出版社，2000年版，第147頁。

〔註141〕《蕙的風》之後有新詩《寂寞的國》，開明書店，1927年初版。1932年之後汪靜之有大量的舊體詩寫作，參見汪靜之：《六美緣》，飛白、方素平編，西泠印社出版社，2006年版。

〔註142〕朱自清：《〈蕙的風〉序》，《蕙的風》，汪靜之著，亞東圖書館，1922年版。

第四節　新詩寫作主體的形成

　　《新青年》自 1917 年 2 月第 2 卷第 6 號發表胡適的《白話詩八首》，至 1922 年 7 月第 9 卷第 6 號，幾乎每期都刊發白話詩。胡適、劉半農、沈尹默、周作人、魯迅、陳獨秀、李大釗等北大教師在《新青年》上組成了一支堅實的白話詩寫作隊伍。隨著《新青年》的傳播，白話詩終於進入了公共空間；然而，1917～1918 年白話詩的影響是極其有限的，即使北京大學的學生知道的也很少。〔註 143〕因為，這一時期《新青年》的發行情況不理想，在 1917 年 8 月出齊三卷後就停刊了，直到次年 1 月 15 日才復刊，但銷路仍然不佳。〔註 144〕《新青年》遭受到了冷遇。所以，我們可以想像：以《新青年》雜誌為傳播媒介的早期白話詩，它的傳播情況很不理想。當然，不可否認這時也有青年開始閱讀、仿傚《新青年》上的白話詩，但畢竟是少數，如 Y.Z 將自己仿學的白話詩，寄贈劉半農懇請指教，說「我學步你們的」〔註 145〕；又如，李劍農「套襲」胡適的《你莫忘記》，創作了《湖南小兒的話》，寄贈胡適。〔註 146〕

　　《新青年》真正好轉是在 1919 年五四運動前後〔註 147〕，尤其是五四運動的興起，極大地推動了它在全國的傳播，以致「愈出愈好，銷數也大了，最多一個月可以印一萬五六千本了」〔註 148〕。以中部的湖南為例，五四前夕《新青年》銷量極少；五四運動爆發後，銷量大增。長沙文化書社在 1919 年下半年銷售《新青年》達 2000 本。又如西部的成都，1916 年底《新青年》初到成都時只賣了 5 份；3 個月後，銷量超過 30 份。但此後銷量未見大的起色。五四運動後，才有頓然改觀。〔註 149〕伴隨著《新青年》的廣泛傳播，白話詩

〔註 143〕參見張國燾：《我的回憶》第 1 冊，東方出版社，1991 年版，第 39 頁。

〔註 144〕魯迅在 1918 年 5 月 29 日寫給許壽裳的信中說「銷路聞大不佳」，參見《魯迅全集》第 11 卷，人民文學出版社，2005 年版，第 357 頁。

〔註 145〕Y.Z：《對於新青年之意見種種》，《新青年》第 5 卷第 3 號，1918 年 9 月 15 日。

〔註 146〕李劍農：《湖南小兒的話·來函代序》，《新青年》第 5 卷第 4 號，1918 年 10 月 15 日。

〔註 147〕1919 年初（五四運動前）由於「雙簧戲」引起林紓等人的反對，《新青年》的影響越來越大，這時的銷量開始上漲。五四運動時，銷量上繼續高漲到一萬五六千本。參見王奇生《新文化是如何「運動」起來的——以〈新青年〉為視點》，《近代史研究》，2007 年第 1 期。

〔註 148〕汪原放：《亞東圖書館與陳獨秀》，學林出版社，2006 年版，第 33 頁。

〔註 149〕《新青年》在湖南、成都傳播的情況，參見王奇生《新文化是如何「運動」起來的——以〈新青年〉為視點》，《近代史研究》，2007 年第 1 期。

在 1919 年迅速流傳開來。並且當時其他報刊也紛紛開始刊載白話詩，正如胡適所說，「報紙上所載的，自北京到廣州，自上海到成都，多有新詩出現。」〔註150〕也就在 1919 年，胡適在《談新詩》一文中將白話詩正式命名爲「新詩」。

當然，除了以上報刊傳播外，新詩還有其他傳播途徑，如學校老師，其中聲名遠揚的浙江一師有劉大白、朱自清、俞平伯、劉延陵等新文化人物任教，他們帶動了學生的新文學熱情，使新詩備受關注，如曹聚仁所說隨著這些老師來校任教，「國文教室中的空氣大變，湖上詩人的時代便到來了」。〔註151〕綜上所述，隨著《新青年》在全國的傳播以及學校老師的引導等等，新詩傳播到了全國各地，終於從私人圈子中突圍出來，進入了公共空間。

隨著新詩的廣泛傳播，新詩的寫作主體逐漸形成。當時很多人都在寫新詩，一位清華學生描述到：「現在白話詩最時髦了，東也是白話詩，西也是白話詩；甲也做白話詩，乙也做白話詩；差不多『不脛而走』、『風行天下』了！這不是『文學革命』以後的異彩嗎？咳，我們都中了這時髦白話詩底毒！」〔註152〕甚至小學生都萌發了寫作衝動，如艾蕪讀到刊物上的白話詩時，一下就被深深吸引了，「心裏還衝動地想：『這樣的詩，我也敢寫哪』」。〔註153〕有關當時新詩與新詩人的具體數字，以及新詩人的構成情況，由於材料有限頗難統計，但從 20 世紀 20 年代初期出版的個人詩集看，大致可以得出這樣的結論：當時新詩寫作的主體是青年學生。據《中國現代文學總書目》〔註154〕，1920～1922 年間出版的個人詩集有胡適的《嘗試集》、葉伯和的《詩歌集》、胡懷琛的《大江集》、郭沫若的《女神》、俞平伯的《冬夜》、康白情的《草兒》、李寶梁的《紅薔薇》、汪靜之的《蕙的風》、徐玉諾的《將來之花園》、朱采眞的《眞結》、朱樂人的《雨珠》，其中不少爲青年學生的作品。借新詩集出版這一側面，可以在某種程度上說明當時新詩寫作的主體爲青年學生。並且，在本文《校園中「個性解放」與學生的表情慾望》一節中，我們已從「表情慾望」的角度指出，五四時期青年學生新詩寫作已成爲一種普遍現象，胡適之的「八不」主義和《嘗試集》體的新詩成爲青年人追捧對象。

〔註150〕胡適：《談新詩》，《星期評論》「雙十專號」，1919 年 10 月 10 日。
〔註151〕曹聚仁：《新詩》，《文壇五十年》，東方出版中心，1997 年版，第 147 頁。
〔註152〕浦逖生：《時髦白話詩底罪惡》，《清華週刊》第 200 期，1920 年 11 月。
〔註153〕艾蕪：《五四的浪花》，《五四運動回憶錄》下冊，中國社會科學出版社，1979 年版，第 961 頁。
〔註154〕賈植芳、俞元桂主編：《中國現代文學總書目》，福建教育出版社，1993 年版。

　　值得注意的是，從早期胡適、魯迅、周作人、劉半農、沈尹默、陳獨秀、李大釗等北大教師的白話詩寫作，到五四運動之後以青年學生為主體的新詩寫作，這不僅僅是寫作主體的一個轉變，還是新詩發生的一個關節點。

　　魯迅曾說他寫白話詩，「只因為那時詩壇寂寞，所以打敲邊鼓，湊些熱鬧；待到稱為詩人的一出現，就洗手不作了」。〔註155〕李怡對此做過精彩分析，他指出「這段自述非常形象地描繪了作者介入新詩世界時的理性精神和超越於詩的整體文化觀念。……作為新文化建設的重要環節，新詩的實踐最能顯示在同以詩文化為優秀的傳統文學相對抗時的現代走向，因此，魯迅同當時的其他新文學作家一樣，都試圖以詩的成果、詩的力量『來鞏固新文學的地位』」。〔註156〕「來鞏固新文學的地位」亦是王瑤的話。王瑤在著名的《中國新文學史稿》中說：「當時作新詩的人多少都有點這種心境，是為了向舊文學示威，來鞏固新文學的地位的。」〔註157〕以新詩來鞏固新文學的地位，這本身就包含著一種文化的姿態。因為新詩的寫作，不在於新詩本身，而在於新文學的地位，乃至新文化的地位。詩歌在中國傳統文學中佔據著核心的位置，在中國傳統文化中詩歌的高度就是整個文化的高度。早在美國留學的時候，胡適就已經有了以白話詩寫作來證明白話文學觀念的想法和實踐；回國之後，他的這一想法和實踐變得更加明確，而且影響也更大。又如陳獨秀、李大釗，他們也在《新青年》上發表過白話詩，但他們的白話詩寫作也不是為了詩歌寫作本身，而是為了給新文學、新文化助陣。由此可見，以魯迅為代表的新文學家，將新詩寫作「當做探索現代中國文化建設這一宏大目標的一部分，將它作為對中國文化進行理性研究的一個樣品，將它的成敗得失當做中國文化自傳統向現代艱難轉化的藝術顯示。」〔註158〕這真可謂「醉翁之意不在酒」。

　　這種為了鞏固新文學、新文化的地位而涉足的新詩寫作，形成了這樣一個尷尬局面：「本身並不具備『詩人的天分』，卻非要參加白話詩的『嘗試』

〔註155〕 魯迅：《〈集外集〉序言》，《魯迅全集》第 7 卷，人民文學出版社，2005 年版，第 4 頁。

〔註156〕 李怡：《中國現代新詩與古典詩歌傳統》，北京大學出版社，2008 年增訂版，第 299 頁。

〔註157〕 王瑤：《中國新文學史稿》上冊，上海文藝出版社，1982 年修訂重版，第 67 ～68 頁。

〔註158〕 李怡：《中國現代新詩與古典詩歌傳統》，北京大學出版社，2008 年增訂版，第 298 頁。

不可，《新青年》同人的這種創作心態，一如其不懂戲曲，卻非要暢談中國舊戲是否當廢一樣，都是基於社會責任而不是個人興趣」〔註 159〕，以至常有胡適「提倡有心，創造無力」那樣的感歎，或有像王曉明所批評的理論先行、主題先行的問題〔註 160〕。然而，在本文看來，這些「感歎」與「問題」主要出現在北大教師的白話詩寫作中，或者說主要是北大教師的白話詩寫作特徵。雖然，青年學生的新詩寫作也會受其影響，但對於青年學生來說，這種影響只是一方面。他們的新詩寫作除了受北大教師的影響外，還呈現出青年人自己的特色。

　　青年學生還沒有北大教師那樣深邃的文化思考，他們對新文化的理解是「非常模糊」，或「不懂」的。他們也許有意地或無意地像北大教師那樣為了鞏固新文化的地位而涉足新詩寫作。他們的新詩寫作，如前所述，也可能是為了獲取「趨新」身份，但還有可能是為了滿足表達自我的欲求，亦即表情慾望。如果說文化思考是北大教師寫新詩的關鍵，那麼表情慾望則成為部分青年學生寫新詩的關鍵。

　　表情慾望是新詩發生的關節點。顯然，自唐以後，在沒有新的寫作資源出現的情況下，中國古典詩歌出現了感受方式、表述方式千篇一律以及詩歌的情感、語言、物象、境界雷同的現象〔註 161〕；詩歌不僅沒能使我們返回我們的內心世界，使我們的外在世界以鮮活的面貌呈現在我們面前，將我們與世界緊密相連，還進一步阻斷了我們對世界的感受。於是，出現了明清詩歌重複過去的現象。尤其到了清末，中國已出現「三千年未有之大變局」，詩歌卻無法將此呈現出來。這時的中國詩歌已經與自身、與世界斷裂了，中國人無法在詩歌中感受自身和世界，詩歌變得僵化，走向了沒落，「形成了一種與真實經驗脫節的『現成的反應』機制，無論什麼樣的題材，都有現成的處理模式，無論如何複雜的情思，都以一定之規加以接納」〔註 162〕。總而言之，中國詩歌發展到晚清，已經喪失了對新的社會歷史經驗的表達能力。拓展詩歌的表意空間成為晚清以來最強的呼聲。然而，表意空間的開拓，首先需要

〔註 159〕陳平原：《觸摸歷史與進入五四》，北京大學出版社，2005 年版，第 85 頁。

〔註 160〕王曉明：《一份雜誌和一個「社團」——重評五四文學傳統》，《上海文學》，1993 年第 4 期。

〔註 161〕關於中國古典詩歌的危機，參見李怡：《中國新詩講稿》，中國人民大學出版社，2014 年版。

〔註 162〕王光明：《現代漢詩的百年演變》，河北人民出版社，2003 年版，第 30 頁。

激發起個人的表達欲望。沒有自我表現的需要，新詩很難得以發展，正如王富仁所說「儘管固有的詩歌傳統也能促進中國新詩的產生和發展，但它的根本基礎仍然不在中國或外國的詩歌傳統，而在於詩歌創作者自我表現的需要。詩人不是爲『詩歌』尋找表達形式和語言形式，而是爲自我的感受尋找新的語言。」〔註163〕詩歌創作者自我表現的需要是中國新詩發生發展的根本基礎。從胡適在美國提出「詩國革命」到北大教師的白話詩寫作，表情慾望一直都沒有引起高度重視。直至五四時期，處於青春期「個性解放」的青年學生才有了強烈的表情慾望與衝動。這種表情慾望成爲他們寫作新詩的重要驅動力之一。

　　總之，在本文看來，青年學生成爲新詩寫作的主體，不僅是因爲他們在詩歌作品數量中占主體，還因爲他們爲新詩寫作注入了表情慾望。

〔註163〕王富仁：《中國現代新詩的「芽兒」——冰心詩論》，《現代作家新論》，山西教育出版社，1998年版，第159頁。

第五章 校園刊物與新詩的傳播

在前幾章中，我們從「校園文化」的角度，探討了學校教育制度、校園文化氛圍、教師、學生等方面與新詩發生的關係。此外，「校園文化」還有一重要組成部分即學生刊物。在五四運動後，學生辦刊物猶雨後春筍紛紛破土而出，正如胡適在 1922 年指出：「五四運動時代，各地的學生團體忽然發生了無數小報紙，形式略仿《每週評論》，內容全用白話。此外又出了許多白話的新雜誌。有人估計，這一年（1919 年）之中，至少出了四百種白話報。」〔註 1〕對此，曹聚仁在多年之後仍記憶猶新，「大概每一個中學生以上的團體，都在辦一些短命的刊物」。〔註 2〕所以，有必要對校園學生刊物與新詩的關係作研究。

本章選擇了兩種校園刊物作為研究代表，即《留美學生季報》和《新潮》。前者是胡適在美國哥倫比亞大學留學期間主編的學生刊物，體現了留美時期作為學生的胡適的「詩國革命」思想；後者是傅斯年、羅家倫等北大學生在五四時期受到作為北大教師胡適等人影響而創辦的學生刊物，對五四時期的青年影響甚大。從「校園文化」的角度看，這兩種刊物不僅在學校、刊物主編等方面具有代表性，還在出版時間上、內容上有先後傳承特徵，它們與新詩的發生及其傳播有著一定的關係。

〔註 1〕 胡適：《五十年來中國之文學》，《胡適文集》第 3 冊，歐陽哲生編，北京大學
　　　　 出版社，1998 年版，第 260 頁。
〔註 2〕 曹聚仁：《五四運動》，《文壇五十年》，東方出版中心，1997 年版，第 114 頁。

第一節 《留美學生季報》（第四卷）與胡適的 「白話詩」試驗

中國現代文學史在談到文學革命的開端時，一般會從 1917 年 1 月《新青年》第 2 卷第 5 號上的《文學改良芻議》開始〔註3〕。事實上，1917 年除了陳獨秀主編的《新青年》舉起了「文學革命」的旗幟外，胡適在美國主編的《留美學生季報》（以下簡稱爲《季報》）也舉起了這面旗幟；無獨有偶，二者在 1917 年的發行情況都不理想。《新青年》在本年 8 月出齊 3 卷後就停刊了，直到次年 1 月 15 日才復刊，參考魯迅在 1918 年 1 月 4 日寫給許壽裳的信，「《新青年》以不能廣行，書肆擬中止」〔註4〕，亦可知《新青年》1917 年的發行情況實在令人堪憂〔註5〕。《季報》1917 年由上海商務印書館印 1000 冊，其中 500 冊直接寄給美國訂閱者，其餘 500 冊在國內發行，發行量很小。〔註6〕雖然，從文學革命的開端來看，二者有上述種種相似之處，然而由於它們各自在以後的發展情況不同，以致在後來關於文學革命開端的歷史敘述中《季報》常常被遮蔽了。即使胡適本人在《逼上梁山》中勾勒新詩發明史時，也未提及《季報》。如果以胡適任《季報》總編輯爲分界線來考察文學革命的開端，我們便可以發現，在分界線前，胡適和朋友們的文學革命、「詩國革命」論爭以及胡適「孤單」的白話詩試驗，都屬於私人性質，發生在私人圈子裏；而在此之後，胡適則有意識地將具有私人性質的文學討論推向公共空間，公開化。這就與《新青年》相呼應，形成了一種文學革命的運動。所以，這個分

〔註3〕 如錢理群等著《中國現代文學三十年》，參見該書北京大學出版社，1998 年修訂版，第 3～12 頁。

〔註4〕 魯迅：《魯迅全集》第 11 集，人民文學出版社，2005 年版，第 357 頁。

〔註5〕 戈公振在《民國初期的重要報刊》指出《青年雜誌》「銷路甚少，連贈送交換在内，期印一千份；至民國六年銷數漸增，最高額達一萬五六千份」，參見張靜廬輯注：《中國近代出版史料二編》，中華書局，1957 年版，第 316 頁。事實上《新青年》1917 年的發行情況並不理想，之後才逐漸轉好。

〔註6〕 《季報》的發行量該報未明確記載過，但其前身《留美學生年報》發行數量不大，1915 年章士釗寫到：「按胡君（指胡適）所寫《非留學篇》，乃登諸去年《留美學生年報》者，其報僅數百份，流傳甚少」，參見《甲寅雜誌》通信，第 1 卷第 10 號，1915 年 10 月 10 日。《季報》1914 年由中華書局印刷發行，寄贈編輯部 500 冊，1916 遂減爲 400 冊，國內發行情況不清楚；1917 年由上海商務印刷 1000 冊，其中 500 冊由商務印書館直接寄給美國訂閱者，其餘 500 冊在國內發行，參見侯德榜：《留美中國學生季報創辦歷史及其歷來辦理情形》，《留美學生季報》第 5 卷第 4 期，1918 年 12 月。

界線不應被忽略、遮蔽，應仔細辨析。這就需要對胡適主編的《季報》第四卷作分析。

（一）

留美中國學生在 1909 年創辦了《美國留學報告》；次年 6 月改名爲《留美學生年報》，每年一期，出版了 1911 年 7 月、1913 年 1 月、1914 年 1 月一共三期；1914 年 3 月再次改名爲《留美學生季報》，卷期重起，每年一卷，每卷四期，在美國編輯，上海出版，1928 年停刊。《留美學生年報》的宗旨「在使國內之人，略知美國情形，及留學界之情形」〔註7〕，改版爲《季報》之後，這一宗旨基本沒有變化，朱起蟄在《留美學生季報發刊序》中說，「吾留美同人負笈海外，國人之所期望，父老之所訓誨，固無日不以祖邦爲念。羨彼北美民國，而欲以其目所見耳所聞心所得以爲是者，語於吾國人」〔註 8〕。《季報》的編輯工作由編輯部負責。編輯部設總編輯一名和編輯員數名，任期爲一年，從正月一日至次年正月一日。次年總編輯由本屆編輯互舉產生，編輯員由東美、中美、西美三地中美中國學生會按會員人數比例選舉產生，在每年夏季年會上進行，當選者有半年時間準備次年任內的事物。胡適在 1915 年被選舉爲 1916 年的編輯員，在 1916 年被推舉爲 1917 年的總編輯。由於 1917年 6 月回國，他實際上負責編輯了這一年即《季報》第 4 卷的前三期，而第 4期由張宏祥代理。《季報》的作者隊伍不太穩定，因爲《季報》「像一個每年改組一次的同人刊物，因爲志願的投稿者很少，誰當了總編輯，都得向自己的朋友和熟人拉稿。」〔註9〕在 1917 年胡適擔任總編輯期間，《季報》的作者隊伍、欄目及內容上都發生了一些微妙而有意思的變化。

1917 年 3 月《季報》第 4 卷第 1 期共有六個欄目，它們的先後順序是：插圖、論著、談叢、文苑（包括兩個子欄目詩選和詞選）、雜著和附錄。除去插圖與附錄外，剩下的四個欄目都有與文學革命相關的內容。《文學改良芻議》爲論著欄第一篇文章。而在《新青年》1917 年 1 月第 2 卷第 5 號上它被編排爲第四，排第一是陳獨秀的《再論孔教問題》，前兩期排第一的也是陳獨秀關

〔註 7〕　朱庭祺：《美國留學界》，《留美學生年報》第 1 期，1911 年 7 月。
〔註 8〕　朱起蟄：《留美學生季報發刊序》，《留美學生季報》第 1 卷第 1 期，1914 年 3月。
〔註 9〕　丁守和主編：《辛亥革命時期期刊介紹》第 4 集，人民出版社，1986 年版，第571 頁。

於孔教的文章，也就是說，《新青年》這個時候的焦點在孔教上；只有到了第2卷第6號的時候，它的焦點才從孔教轉移到了文學革命，陳獨秀的《文學革命論》才排在了第一。相比之下，胡適首先就將《文學改良芻議》放在了《季報》第一篇的位置上，這其實是高調打出「文學革命」的大旗。接下來，胡適如何具體操作呢？如何將自己關於詩歌革命的思考和觀點展現給讀者呢？如何採用「報刊編輯式」的敘述方式將具有私人性質的文學討論推向公共空間呢？

　　第一，在《季報》上發表關於中國文學的問題的思考結果。《文學改良芻議》開篇指出「吾國近世文學之大病，在於言之無物。」〔註10〕緊接著以《沁園春》表達「誓詩」之心。〔註11〕胡適在《季報》上批評得最嚴厲的是摹仿古人，例如，批評周邦彥、辛棄疾在部分詞中「用典、用陳語、套語，自己不肯造句，皆爲文人之懶病」〔註12〕；又如批評章太炎「詩得力於古樂府。然有時亦有學古太逼似之處，則其病也。……此皆太似古人、反失本眞。……太炎先生一代大師，乃亦學古人至可亂眞如此，何也」；同時還藉此將其他人也給批評了，「吾國文學大病，在於規摹古人。今之詩人，上者以『學杜可亂楮葉』爲高，下者則學南社諸人之爛調耳。此其旨趣卑下，固不足論。」〔註13〕不僅如此，胡適還做了一首詩加以諷刺「『學杜眞可亂楮葉』，便令如此又怎麼？可憐終歲禿千毫，學像他人忘卻我。」〔註14〕可見，在《季報》上，胡適主要將矛頭指向了模仿古人的問題，這實際上沒有直接觸及到中國文學問題的性質。胡適在《季報》上發表的文字，遠遠沒有將《留學日記》以及與朋友往來書信中記載的關於朋友的辯難與討論、胡適的自我思考過程或結果較爲全面地呈現出來。

　　第二，在《季報》上展示解決方案及其白話詩的試驗結果。前文所述，胡適在明確中國文學的問題之後，提出了兩套解決方案。第一套方案強調採用散文句式寫詩即「以文爲詩」，第二方案強調採用白話寫詩。在《季報》上，幾乎找不到關於「以文爲詩」的直接理論觀點。第一套方案被忽視，而第二套方案得到了突出和強調：首先，胡適在《季報》上發表他自己的白話詩試

〔註10〕　胡適：《文學改良芻議》，《留美學生季報》第4卷第1期，1917年3月。

〔註11〕　胡適：《沁園春》，《留美學生季報》第4卷第1期，1917年3月。

〔註12〕　胡適：《江上雜談》「清眞詞稼軒詞之用典」，《留美學生季報》第4卷第2期，1917年6月。

〔註13〕　墨者：《論詩雜記》「章太炎詩」，《留美學生季報》第4卷第1期，1917年3月。此文署名爲墨者，與胡適《胡適留學日記》對比，可以判定爲胡適所作。

〔註14〕　胡適：《論詩雜記》，《留美學生季報》第4卷第3期，1917年9月。

驗作品，有《他思祖國也》、《江上》、《中秋》、《黃克強將軍哀辭》、《蝴蝶》、《十二月五夜月》等等。胡適還特別在《嘗試篇》的序中指出他有意創作白話詩的意圖，「故作嘗試篇，以題吾之白話詩集」。〔註15〕其次，向朋友約稿，組稿，修改稿件以此達到強調白話的目的。例如，1917 年 2 月 17 日胡適有則日記題爲《叔永柬胡適》，這是任鴻雋寫給胡適的詩歌，然後胡適抄寫在日記中。與日記中的這首詩相比，刊出在《季報》第 3 期上的《柬胡適》被大量修改過，刪去了六句詩，結構更加緊湊；還有把「矗」改爲「連」，「聆」改爲「聽」，「觀」改爲「見」，「侵」改爲「清」，「兩三日一見」改爲「數日乃一見」，「夜半喧雷聲」改爲「夜半作電聲」，除了最後一句將雷聲改爲電車聲屬於內容上的修改外，其他地方都是將語言改得更加「白話」。再次，通過稿件編排，凸顯白話詩。當時除了胡適嘗試白話詩之外，其他人幾乎都沒有認眞寫過白話詩。《季報》不可能只刊發胡適一個人的白話詩，這就需要將胡適和其他人的稿件編輯在一起，而且還要表達出白話詩觀點，這費了胡適一番心思：在文苑欄中，胡適採用了兩種組稿方法即將主題相近的詩詞、唱和的詩詞安排在同一期刊中。例如《季報》第 1 期詩選欄，通過主題相近的方法將舊體詩與白話詩同時刊出，舊體詩有任鴻雋的《中秋紀事》，胡適的《秋柳》、《秋聲》，白話詩有胡適的《中秋》，組成一個秋天主題，同時胡適再將他的四首白話詩《〈孔丘〉有序》、《他思祖國也》、《江上》、《黃克強先生哀辭》穿插其中；又如第 3 期詩選欄採用了唱和的方式，有任鴻雋的舊體詩《柬胡適》與胡適的白話作答詩《赫貞旦答叔永》，以及唐鉞的舊體詩《答叔永》。這就形成了白話詩與舊體詩的對比，在比較中起到凸顯白話詩的效果。最後，胡適還刊出了王陽明的白話詩〔註16〕，以此作爲白話詩的樣本，亦即爲白話詩尋找資源與支持。

第三，關於遊戲詩。姜濤曾在《「新詩集」與中國新詩的發生》中指出，胡適在《嘗試集》「成集」中自動刪除了白話打油詩或遊戲詩，這是因爲受到現代詩歌的「創作」觀念影響，即現代詩歌「應該從文人自遣、日常交際和教養習得中掙脫出來，成爲自律的、嚴肅的而且是『獨特』的『創作』」〔註17〕。然而，胡適出任《季報》總編輯時，距《嘗試集》的「成集」還有一段

〔註15〕 胡適：《嘗試篇》（有序），《留美學生季報》第 4 卷第 2 期，1917 年 6 月。
〔註16〕 「王陽明詩」，《留美學生季報》第 4 卷第 1 期，1917 年 3 月。
〔註17〕 姜濤：《「新詩集」與中國新詩的發生》，北京大學出版社，2005 年版，第 39 頁。

時間。《季報》恰恰反映了胡適在這段時間裏對遊戲詩的態度。如果說遊戲詩因為「屬於私人間的遊戲，不足以承擔賦予『新詩』之上的現代公共化期待」〔註18〕而被《嘗試集》自動刪除，失去出版發表的機會，那麼在這些「現代公共化期待」還處於萌芽階段時，遊戲詩獲得了在《季報》上發表的機會。然而，它的地位與性質有些尷尬：胡適將《紐約雜詩（和湮沒百年之英倫詩）》〔註19〕這首打油詩刊在了《季報》第4卷第1期的雜著欄裏，又為《新大陸之筆墨官司》〔註20〕一詩，在本卷第2期開闢了一個「遊戲詩」新欄目，特別刊出。卻始終沒有將遊戲詩放在文苑欄詩選中。在此，我們可以看到胡適的猶疑和探索：一方面他認為遊戲詩嬉笑頑皮，充滿活力，或許可為「詩國革命」注入新的血液，開闢出一條前進之路。這也體現在他對章太炎《東夷詩》詼諧風格的欣賞上：《東夷詩》十首「其詩寫日本風俗，而以極諧謔之語出之，能使讀者笑不可仰。兩千年來文學枯餒，久無此種妙文矣」，為此胡適選取了第三、四、五、六、八首刊出以饗讀者。〔註21〕但另一方面，胡適始終沒有將遊戲詩放在文苑欄目中，也僅僅從他《留學日記》裏數量較多的遊戲詩中選取了兩首刊出。這說明胡適對遊戲詩的承認是有限度的，同時也反映了胡適對傳統詩歌美學的恪守。這表現出他過渡性、探索性的特徵。

《季報》的編輯任期還未結束，胡適就回國了。《季報》的文學探索，也因胡適的回國而迅速消失了，恢復了其原有的留學生文化刊物的綜合性特徵，失去了文學先鋒性特徵。回國之後，胡適的「白話文學」演變成了「國語文學」，「白話詩」發展為了「新詩」。就詩歌的變化而言，在詩體方面，胡適開始全面而堅定地採用白話，採用長短不齊的句式，以及對舊式音節的突破；在詩質方面，體現出了少有的「現代」精神。〔註22〕可以說，這是他離開美國校園回國、進入社會後的一個重大變化。

〔註18〕 姜濤：《「新詩集」與中國新詩的發生》，北京大學出版社，2005年版，第33頁。

〔註19〕 觀者：《紐約雜詩（和湮沒百年之英倫詩）》，《留美學生季報》第4卷第1期，1917年3月。

〔註20〕 胡適：《新大陸之筆墨官司》，《留美學生季報》第4卷第2期，1917年6月。

〔註21〕 墨者：《論詩雜記》「章太炎詩」，《留美學生季報》第4卷第1期，1917年3月。

〔註22〕 李怡對此有過分析，參見李怡：《中國現代新詩與古典詩歌傳統》，北京大學出版社，2008年增訂版，第163～164頁。

（二）

　　胡適在《季報》上的文學革命、白話詩試驗，沒有獲得留美中國學界的普遍應和，總體上說，社會影響有限，私人的實驗性仍是其基本性質。一般觀點認爲，留美學生對中國文化、中國文學的現狀，以及中國國內的情況不甚熟悉，他們留學美國僅對西方的知識有相對廣泛的瞭解，他們將西方知識橫移到中國來，卻忽視了中國自身的情況。這樣的認識有一定的道理，但還不夠。

　　《季報》是綜合性的留學生文化刊物，而非純文學刊物，然而舊體詩詞幾乎是每期必刊，相比之下小說、戲劇則偶而刊發。這說明了《季報》恪守中國古典文學傳統：詩歌高於小說、戲劇等其他文類，最具現代意義的小說還未得到重視。考察《季報》上的這些舊體詩詞，便可以知道留美中國學界的詩歌審美趣味、審美追求，以及胡適「詩國革命」所在的整體氛圍。《季報》中的詩歌有思鄉、悼亡、遊歷、寫景、贈別等主題。其中寫景、贈別詩歌占絕大多數，也最能體現留美學生的特色。下文試做分析。

　　寫景詩諸如楊杏佛的《課餘溪旁小憩》、《春日雜吟》、《雨後窗前即景》、《遣興》，任鴻雋的《春日即事》、《春朝和適之原韻》、《登紐約六十層樓放歌》、《月》、《晚眺》、《送雪》，胡適的《江上》、《寒江》，陳衡哲的《寒月》、《西風》，理菴的《晚秋》、《雪中》、《初夏》，胡先驌的《落葉》等等，採用了中國古典式的「即景抒情」手法，營造出古典詩歌式的意境，體現了詩人追求人與自然相互應和的詩學努力。如任鴻雋的《春朝和適之原韻》：「侵晨入古校，靜境絕塵囂。隔樹數鐘出，當樓一幟飄。鳥歌答聖唱，花氣誤村醪。欲問山中客，芳菲望轉遙。」〔註 23〕詩人將清晨校園漫步的情趣融入到景物描寫中，生成情景交融之境。如果說《春朝和適之原韻》還帶有一些人工的痕跡，那麼陳衡哲的《寒月》、《西風》則達到了一種「無我」的境界：「初月曳輕雲，笑隱寒林裏。不知好容光，已印清溪底。」〔註 24〕詩人彷彿化入了一片清虛之中，物即我，我即物，渾融一體，悠遠，空靈。這兩首詩在任鴻雋、胡適等人中間流傳，得到了高度評價，「此兩詩得力於摩詰。摩詰長處在詩中有畫。此兩詩皆有畫意也。」〔註 25〕在這些寫景詩歌中，很難看到現代美國

〔註 23〕　任鴻雋：《春朝和適之原韻》，《留美學生季報》第 1 卷第 3 期，1914 年 9 月。
〔註 24〕　陳衡哲：《寒月》，《留美學生季報》第 4 卷第 1 期，1917 年 3 月。
〔註 25〕　胡適：《胡適留學日記》下冊，安徽教育出版社，2006 年第 2 版，第 304 頁。

的影子；即使以美國現代城市風景爲題材的詩，仍就寫出了中國古典詩歌的
味道，如任鴻雋的《登紐約六十層樓放歌》：「紐約城中多高屋，瓴牙欑簇稱
天觸。中有一屋尤魁特，六十層樓何兀矗。峭如高峰起平陵，麗如鬼斧鏤層
冰。」〔註26〕相比之下，黃遵憲在日本受到現代文明衝擊後，他的詩歌呈現
出了新材料、新題材的新面貌，而長年浸淫於現代都市的留美學生詩歌卻很
難見到新的東西。〔註27〕這在一定程度上說明他們對中國古典詩學的固守。
雖然他們在美國生活學習，但是他們的心靈感受方式仍然是古典式的，他們
的審美追求、審美趣味仍然局限在中國傳統的天人合一、物我相融爲審美核
心的古典詩學之中。

從上文對寫景詩歌的分析中，我們可以看到，胡適的現代詩歌革命就像大
海中的孤島，被中國古典詩學氛圍包圍。以「雅言」系統之外的白話作詩，或
者採用作文的方式作詩，恰恰是中國古典詩歌難以接納的。所以，胡適得不到
留美學生的回應與支持。他主編的《季報》第四卷就像一隻「孤單怪可憐」蝴
蝶，無人陪伴跟隨。中國詩歌的發生之路是艱難的。相比中國國內學生，留美
中國學生直接浸染在西方文化、文學之中，直接擁有新的資源；他們在接受美
國大學教育的過程中，逐漸建立起新的知識體系、價值判斷，甚至新的思維方
式，然而，這些都無法聚集起來形成對中國古典詩學的突破。可以說，在古典
詩學的審美趣味以及對古典詩學的追求未改變之前，要接受胡適的白話詩觀念
是很難的。然而，我們也要看到，美國大學教育、新的知識體系、價值判斷以
及思維方式，具體到胡適個人身上所起到的作用：如前文所述，胡適之所以能
夠提出兩大詩歌革命方案與康乃爾大學英國文學專業的學習，與胡適留學期間
的學術訓練及其思考有著重要的關係，它們使胡適對詩歌的關注從內容轉向了
形式，使胡適發現中國詩歌的問題，且推動胡適提出解決方案且以先鋒的姿態
「實地試驗」。也就是說，美國大學教育是以知識的、或「學習」的方式，在
理論層面上，啓發了胡適，使胡適走上中國詩歌的現代轉型之路的，而不是從
情感體驗、審美感受的角度使胡適進入現代詩歌探索的。

〔註26〕 任鴻雋：《登紐約六十層樓放歌》，《留美學生季報》第 2 卷第 1 期，1915 年 3
月。

〔註27〕 黃遵憲在擔任駐日使館參贊期間，寫了大量的詩歌即著名的《日本雜事詩》，
將他在日本的眞實見聞引入了詩歌中，爲中國詩歌帶來了「新題」。李怡對此
有精彩分析，參見李怡：《日本體驗與中國現代文學的發生》，北京大學出版
社，2009 年版，第 69～73 頁。

（三）

贈別詩有任鴻雋的《送傅有周畢業東歸》、《送胡適之往科侖比亞大學》、《別綺色佳》，胡適的《送許肇南歸國》、《送梅覲莊往哈佛大學》、《留別任叔永》，楊杏佛的《送適之》，朱經農的《送適之》，唐鉞的《送梅覲莊之哈佛大學兼示叔永杏佛》，理菴的《送友人返國》，陳茂康的《別美歌》，歡園的《留別美洲諸子》，蕲潭的《別離行》等等。留美學生常常在這些贈別詩中追憶學習經歷，展望未來，尤其是抒發爲祖國效力的豪情壯志，如「而今心經復身受，黃金不換眞閱歷。十百男兒回國時，雪恥新民尚有日」（《別美歌》）；「天生我材必有用，忍聽哀鴻嗥嗥聲。況我中原正多事，行矣行矣慰蒼生」（《送友人返國》）；「願集志力相夾輔，誓爲宗國去陳腐」（《送許肇南歸國》）……表達了他們對自己未來建設者身份的認同，蘊含了他們對自我的關注以及對自我前途的想像與期許，因而類似古典詩歌的離愁別緒大大減少了。新的因素在悄然生發。

胡適將往哥倫比亞大學，任鴻雋有詩「不期君以古，古人不足伍。不期君今人，今人何足倫？丈夫志遠大，豈屑眼前名？一讀盧（騷）馬（志尼）書，千載氣崢嶸」（《送胡適之往科侖比亞大學》）。胡適和詩有「相知益深別更難，贈我新詩語眞切。君期我作瑪志尼（Mazzini），我祝君爲倭斯襪（Wilhelm Ostwald）」（《將去綺色佳留別叔永》）。他們分別以世界著名的愛國者、哲學家與化學家期許對方，爲贈別詩開拓了新的世界視野，超越了傳統「西出陽關」式的地理空間。又如，胡適贈別梅光迪詩有「舉世何妨學倍根（Bacon），我獨遠慕蕭士比（Shakespeare）」，「神州文學久枯餒，百年未有健者起。新潮之來不可止，文學革命其時矣。吾輩勢不容坐視，且復號召二三子，革命軍前杖馬箠，鞭笞驅除一車鬼，再拜迎入新世紀」（《送梅覲莊往哈佛大學》），仰慕世界大文學家，期許中國文學發生根本性變革，表達了對文學的一種現代想像。這些想像與期許已越出了中國古典詩歌的範圍，一些新的因素悄然而生。如果說留美學生的寫景詩反映了他們對中國古典詩學的固守，那麼他們的送別詩則暴露了他們對中國古典贈別詩寫作的艱難突破與創新。他們在創作贈別詩時，往往要將當下的留學體驗與對未來的理解相融合併寫入詩歌中，而不像寫景詩那樣，忽略現代美國情景，刻意去追求對中國古典詩歌意境的再現。這些詩歌新變既被胡適捕捉到，也被梅光迪、任鴻雋、朱經農等人發現，由此激起了白話詩討論。

胡適在《送梅觀莊往哈佛大學》中表達了對世界大文學家的仰慕之情，以及對中國文學革命的期待之情，爲此採用了十一個音譯名詞，受到了任鴻雋的戲弄即「牛敦，愛迪生，培根，客爾文，索虜，與霍桑，『煙士披里純』，鞭笞一車鬼，爲君生瓊英」，任鴻雋認爲自牛敦至「煙士披里純」，皆是一車鬼。〔註 28〕也就是說，在任鴻雋看來這十一個音譯名詞寫入詩歌似乎不妥，因爲沒有經過語言的錘鍊。然而，在胡適看來，爲了表達對未來的理解與期許，似乎沒有不可的地方。胡、任二人在詩歌內容與表達上的爭議集中在詩歌語言上。可以說，贈別詩的創作實踐，引發了胡適一代留美學生對白話入詩的討論。胡適在和任鴻雋的這首戲詩中，倉促拉起了「詩國革命」的旗幟，提出「詩國革命何自始？要須作詩如作文」。胡適認爲中國文學包括詩歌的問題，在於不能反映現實生活經驗，解救辦法是用白話進行文學創作。然而，梅光迪、任鴻雋、朱經農等人則認爲小說詞曲可以用白話，詩歌則不可以；以白話寫詩則將失去詩「美」。從表層上看，這是關於白話入詩的爭議，然而，從深層上看，則是關係中國古典詩學的爭議。如前文所述，留美中國學界籠罩在中國古典詩學氛圍之中，胡適要突破它，是很艱難的。

胡適在理論上做出了重大貢獻。他將詩歌的關注重點從內容轉移到形式上，在理論上解放了詩歌的形式。只有詩歌的形式解放了，新的現代情感才能進入到詩歌中。但是，另一方面，形式的解放，不等於現代情感就進入到詩歌中來，也不等於現代詩歌就產生了。這還需要更多的努力。其次，胡適在留美期間雖然在《季報》上進行了白話詩寫作實踐，但是僅有胡適一人在試驗白話詩寫作，白話詩理論與實踐還沒有眞正突破私人圈子，走向公共空間，還沒有得到社會的廣泛認同。留美中國學界強大的中國古典詩學氛圍緊緊束縛著胡適的「詩國革命」，使其不能進一步發展、成長起來。《季報》也因主編胡適的畢業回國而迅速停止白話詩試驗，恢復了其原有的留學生文化刊物的綜合性特徵，失去了文學先鋒性特徵。

第二節　《新潮》與新詩的傳播

《新潮》是五四時期最早的學生刊物之一。同時，它又是繼《新青年》之後，最早宣揚新文化運動的刊物之一。除了第一期和最後一期外，每期都

〔註28〕　胡適：《胡適留學日記》下冊，安徽教育出版社，2006 年第 2 版，第 153 頁。

刊發有新詩作品，且設有「詩」欄。在五四時期，它在青年學生中影響較大。此外，作爲校園學生刊物，《新潮》還與《留美學生季報》在新詩的宣揚與傳播方面有著先後關係。如果說《留學生季報》在「詩國革命」的宣揚上遭遇了重挫，那麼《新潮》則在新詩的傳播上大顯身手，收穫頗豐。所以，除《留美學生季報》外，《新潮》也應被作爲研究對象，以揭示校園學生刊物與新詩的關係。

（一）

關於《新潮》的創辦情況，在事後的回憶中，有幾種說法：羅家倫在 1950 年說：「一九一八年，孟眞和我還有好幾位同學抱著一股熱忱，要爲文學革命而奮鬥。於是繼《新青年》而起組織新潮社，編印《新潮》月刊……我們主張學術思想解放，打開已往傳統的束縛，用科學的方法來整理國故。我們推廣這種主張到傳統的社會制度方面，而對固有的家族制度和社會習慣加以批評。」〔註 29〕顧頡剛在 1960 年說：「傅斯年、羅家倫、徐彥之等人看到《新青年》這樣鼓舞人心，於是也想學著《新青年》，辦一個刊物；而他們最主要的目的，是想通過這個刊物把北大文學院的國粹派罵倒。」〔註 30〕此外，羅家倫在更早的時候，還有另一說法：「因爲大家談天的結果，並且因爲不甚滿意於新青年一部分的文章，當時大家便說：若是我們也來辦一個雜誌，一定可以和新青年抗衡，於是新潮雜誌便應運而產生了。」〔註 31〕羅家倫強調《新潮》的創辦是爲了宣揚文學革命與發揚學術，或是爲了與《新青年》「抗衡」，而顧頡剛則說是爲了「罵倒」國粹派。顯然，這些事後回憶有想像的成分，其眞實性值得懷疑。而傅斯年在《新潮之回顧與前瞻》一文中說，1917 年秋他與顧頡剛、徐彥之常在一起閒談，「覺得學生應該辦幾種雜誌：因爲學生必須有自動的生活，辦有組織的事件，然後所學所想，不至枉費了；而且雜誌是最有趣味，最於學業有補助的事，最有益的自動生活。再就我們自己的脾氣上著想，我們將來的生活，總離不了教育和出版界，那麼我們曷不在當學

〔註 29〕 羅家倫：《元氣淋漓的傅孟眞》，臺北《中央日報》1950 年 12 月 31 日，轉引自《傅斯年印象》，王爲松編，學林出版社，1997 年版，第 4～5 頁。

〔註 30〕 顧頡剛：《回憶新潮社》，《五四時期的社團》（二），張允侯、殷敍彝、洪清祥、王雲開編，三聯書店，1979 年版，第 125 頁。

〔註 31〕 羅家倫口述遺稿，馬星野（偉）筆記：《蔡元培時代的北京大學與五四運動（選刊）》，《魯迅研究月刊》，1990 年第 5 期。

生的時候，練習一回呢。」〔註32〕傅斯年的這篇文章發表於《新潮》第二卷第一期 1919 年 10 月。從時間上看，傅斯年的回憶更靠近事件本身。從內容上看，傅斯年指出《新潮》的創辦是因為學業方面的考慮。相比之下，傅斯年的說法更符合實際情況。因此，可以說《新潮》是作為校園學生刊物而誕生的，它還獲得了很多北大資源：辦刊經費來自北大，北大每月從學校經費中撥出 2000 元作為資助；社址由北大圖書館館長李大釗提供，即北大紅樓圖書館一層 22 號房間；校長蔡元培親自題寫刊名；胡適擔任顧問；李辛白辦理印刷與發行事宜等。這些學校資源使《新潮》的創辦相對順利，如許德珩所說：「《新潮》與《國民》不同，是受到校方支持的，學校每月給《新潮》四百元，並在校內掛牌子。它比《國民》籌備晚，卻能在同一天出版，這都是因為有胡適幫忙。」〔註33〕

　　然而，作為校園學生刊物，傅斯年他們最擔心的是把《新潮》辦成課藝性質的雜誌。傅斯年在給顧頡剛的信中說：「吾校中真實能事撰述的很少；前途的可慮，只是怕成了課藝性質的雜誌，並沒成《新青年》的趨向；只怕沒有痛快的文章，近於麻木不仁，並不至於痛快過度。」〔註34〕課藝性質的雜誌是他們尖銳批評的一類雜誌。具有編輯經驗的羅家倫曾在《新潮》上發表文章評論當時的雜誌界，其中就有「課藝派」雜誌，他說：「每次翻開這類的雜誌來，都覺得有兩種最討厭的東西。一種是策論式的課藝，一種是無病呻吟的詩。除了這兩種之外，大都空無所有。」〔註35〕從創刊起，《新潮》就在努力避免上述情況，這體現在辦刊宗旨、讀者定位、欄目設計與內容安排等方面。

　　在《新潮》創刊號上，有《新潮發刊旨趣書》〔註36〕一文，指出《新潮》有四大責任：第一，「喚起國人對於本國學術之自尊心」，然後漸漸引導「中國同浴於世界文化之流」；第二，「中國社會，形質極為奇異」，「兼談所以因革之方」；第三，「鼓動學術上之興趣」；第四，「協助中等學校之同學」。其中第一項和第三項都在談學術問題，那麼，《新潮》一共涉及三個方面即發揚學

〔註32〕 傅斯年：《新潮之回顧與前瞻》，《新潮》第 2 卷第 1 號，1919 年 10 月。
〔註33〕 許德珩：《回憶國民雜誌社》，《我與北大》，北京大學出版社，1998 年版，第 290～291 頁。
〔註34〕 顧頡剛：《顧頡剛日記》第 1 卷，臺灣聯經出版公司，2007 年版，第 56 頁。
〔註35〕 羅家倫：《今日中國之雜誌界》，《新潮》第 1 卷第 4 號，1919 年 4 月 1 日。
〔註36〕 《新潮發刊旨趣書》，《新潮》第 1 卷第 1 號，1919 年 1 月 1 日。

術、革新社會文化、幫助中學生修學立身。這三方面與傅斯年等人的學生身份有關：學術是他們的學習任務，革新社會文化是他們老師倡導的新文化運動的主要內容，說明中學生是他們同為學生而產生的想法。

與此同時，《新潮》將讀者定位為中學生：「本志同人皆今日之學生，或兩年前曾為學生者。對於今日之一般同學，當然懷極厚之同情，挾無量之希望。觀察情實。乃覺今日最危險者，無過於青年學生。……本志發願協助中等學校之同學，力求精神上脫離此類感化。於修學立身之方法與徑途，盡力研求，喻之於眾。」〔註37〕從讀者反應的角度看，《新潮》的讀者定位是比較成功的，正如社員李小峰所說：「在讀者印象方面，留下了《新潮》和《新青年》都以青年為對象；但也有些分工，《新青年》的讀者偏重於大青年，高級知識分子，《新潮》的對象主要是小青年、中學生。」〔註38〕

《新潮》因此專門為中學生開闢了「出版界評」和「故書新評」兩欄，「商榷讀書之誼，此兩欄中就籍本身之價值批評者甚少，藉以討論讀書之方法者甚多。其他更有專文論次。總期海內同學去遺傳的科舉思想，進於現世的科學思想；去主觀的武斷思想，進於客觀的懷疑思想；為未來社會之人，不為現在社會之人，造成戰勝社會之人格，不為社會所戰勝之人格。」〔註39〕「出版界評」、「故書新評」這兩欄在受到張東蓀的批評後〔註40〕，調整為「書報介紹」、「書報評論」。總之，通過書評給中學生讀者「明白的、分析的、概括的知識」。〔註41〕圍繞《新潮發刊旨趣書》中的「四大責任」，《新潮》還開闢了「評壇」欄，批評社會生活中種種惡劣習俗。此外，從第 1 卷第 2 號開始還開闢了「詩」欄，以及不定期的「通信」欄。

〔註37〕　《新潮發刊旨趣書》，《新潮》第 1 卷第 1 號，1919 年 1 月 1 日。傅斯年在《新潮》第 1 卷第 3 號的通信中又說：「我們辦這雜誌的動機，豈不是要供給中等學校學生應得的知識嗎？」見傅斯年《通信》，《新潮》第 1 卷第 3 號，1919 年 3 月 1 日。

〔註38〕　李小峰：《新潮社的始末》，《五四運動回憶錄（續）》，中國社會科學院近代史研究所編，中國社會科學出版社，1979 年版，第 204 頁。

〔註39〕　《新潮發刊旨趣書》，《新潮》第 1 卷第 1 號，1919 年 1 月 1 日。

〔註40〕　傅斯年在《通信》中說，張東蓀批評《新潮》的評書欄目：「與其批評中國的出版物，不如介紹外國的出版物……此門可以刪去，另添一個介紹西洋新書的」，於是傅斯年計劃從二卷一號起，書評分四項：西書提要、故書新評、書報介紹和「蒲鞭」。除書報介紹外，其他未實現。參見傅斯年《通信》，《新潮》第 1 卷第 3 號，1919 年 3 月 1 日。

〔註41〕　傅斯年：《通信》，《新潮》第 1 卷第 3 號，1919 年 3 月 1 日。

（二）

作爲以中學生爲主要讀者的學生刊物,《新潮》第一卷主編傅斯年希望《新潮》上的文章能夠涵蓋自然科學、社會科學與人文科學三方面的知識。實際上,這很難做到。

第一期出版後,讀者史志元來信指出:《新潮》上關於哲學和文學方面的文章過多,而科學方面則太少,希望三方面並論,尤其要重視科學。傅斯年對此極爲認同,他回答道:「我們雜誌上沒有純正科學的東西,是我們的第一憾事。以後當如尊命,竭力補正。」〔註42〕在《新潮》第一、二期出版後,傅斯年對《新潮》上的內容分配問題做過分析與總結:「我們雜誌的唯一大缺點是純粹科學文字太少了,——簡直是還不會有哩。我們整天講什麼新思想、自由思想,卻忘了新思想、自由思想的本根;整天說要給做學生的讀,卻不給做學生的所最需要的科學知識,這眞是我們的罪過。照現在的情形而論,我們雜誌材料的分配,實在不均勻,應當切實改良。這都因爲我們社裏的人,文科同學比較占多數,當發起的時候,對於理法科的同學不很熟悉,因而無從相邀,這是我們很抱歉的。」〔註43〕傅斯年從科學與讀者的角度考慮,認爲《新潮》應重視自然科學。他計劃在《新潮》上增加自然科學方面的文章。然而,正如傅斯年自己所說,《新潮》社員多是文科生,理工科較少,所以自然科學方面的文章很難組稿。緊接著,魯迅也來信對自然科學提出了意見:「《新潮》每本裏面有一二篇純粹科學文,也是好的。但我的意見,以爲不要太多;而且最好是無論如何總要對於中國的老病刺他幾針,譬如說天文忽然罵陰曆,講生理終於打醫生之類。……現在偏要發議論,而且講科學,講科學仍發議論。」〔註44〕魯迅從社會現狀出發,給《新潮》提出了更高的要求,即將科學介紹與文化批判相結合起來。這是傅斯年他們很難達到的水準,《新潮》上也很少有這樣的文章。儘管如此,傅斯年他們還是很重視自然科學。五四運動結束後,傅斯年考取了山東官費留學英國倫敦大學研究院,從史培曼（Spearman）教授研究實驗心理學。羅家倫曾對此解釋道:「那時候,大家對於自然科學,非常傾倒,除了想從自然科學裏面得到所謂可靠的知識而外,

---

〔註42〕 史志元、斯年:《通信》,《新潮》第 1 卷第 3 號,1919 年 3 月 1 日。
〔註43〕 傅斯年:《通信》,《新潮》第 1 卷第 3 號,1919 年 3 月 1 日。
〔註44〕 魯迅:《對於〈新潮〉一部分的意見》,《新潮》第 1 卷第 5 號,1919 年 5 月 1日。

而且想從那裏面得到科學方法的訓練。在本門以內固然可以應用，就是換了方向來治另一套學問，也可以應用。這是孟眞要治試驗心理學的原因。」〔註45〕這其實也是傅斯年在《新潮》上強調自然科學的原因，雖然這類文章在《新潮》上不多。

傅斯年自知很難達到魯迅關於科學文章的要求，他在給魯迅的回信中說：「我現在所以把《新潮》第三期裏加入科學文一條意見自行取消的緣故，不過以爲我們當發揮我們的比較的所長，大可不必用上牛力氣補足我們天生的所短。先生的一番見解是更進一層了。此後不有科學文則已，有必不免於發議論，不這樣不足以盡我們的責任。」〔註46〕最終，傅斯年不得不根據自身的知識情況減少自然科學文章的分量。相比自然科學在《新潮》上的遭遇，文學可謂幸運多了。顧頡剛甚至來信抱怨說，《新潮》上的文學太多了讓他有些失望：「這幾期你同志希都傾向文學方面去我有些失望。因爲我們目的是『改造思想』。文學是表現思想的形式；人生觀是創建思想的實質，實質自然是形式的根本。所以我很望你將《人生問題發端》更進一步，或者將你前次預備的在第三號發表的思想問題兩篇，——題已忘了——繼續發表。此外或將西洋各哲學家的人生觀敍述幾篇，用適之先生《易卜生主義》之例。」〔註47〕在顧頡剛看來，「改造思想」亦即思想革命是《新潮》的重點，所以應該多刊發思想文化批評的文章，多談「因革之方」，然而文學只是作爲思想革命的工具，則可以少談。應該說，《新潮》社員普遍認同這種「工具論」文學觀，只是對文學的分量稍有異議。與顧頡剛減少文學分量的觀點不同，傅斯年認爲應該加大文學的分量，他在給顧頡剛的回信中說：「你主張『改造思想』而輕視文學，這是不然的。思想不是憑空可以改造的，文學就是改造他的利器」。〔註48〕

《新潮》提倡新文學，反對舊文學。在創刊號上，《社告》對投稿要求做了詳細說明：第一，「須與本志有精神上之同情；主張可不必與社論一致。」第二，「文詞須用明顯之文言或國語，其古典主義之駢文與散文概不登載。」

〔註45〕羅家倫：《元氣淋漓的傅孟眞》，臺北《中央日報》1950年12月31日，轉引自《傅斯年印象》，學林出版社，1997年版，第7頁。

〔註46〕傅斯年答：《對於〈新潮〉一部分的意見》，《新潮》第1卷第5號，1919年5月1日。

〔註47〕誠吾：《通信》，《新潮》第1卷第4號，1919年4月1日。

〔註48〕斯年、誠吾：《通信》，《新潮》第1卷第4號，1919年4月1日。

第三，「句讀須用西文式。」第四，「小說、詩、劇等文藝品尤爲歡迎，但均以白話新體爲限。」〔註 49〕第一項是內容的要求即要有革新精神；第三項是新式標點符號的要求；第二、四項是從體裁與語言的角度提出的要求：應用文可以採用文言或白話，而文學則一律用白話。例如《新潮發刊旨趣書》用的是文言，而《新潮》上的小說、詩歌、戲劇等文學作品則全部用白話。在整個刊物全部用白話之前，《新青年》也是這樣區別對待應用之文與文學之文的。〔註 50〕可見，白話文學實質上是作爲思想革命的「工具」或「利器」而被提倡的。傅斯年爲此專門寫了《白話文學與心理的改換》一文，進行宣揚與說明：「我以爲未來的眞正中華民國，還須借著文學革命的力量造成。」「必須以新思想夾在新文學裏，刺激大家，感動大家，因而使大家恍然大悟；徒使大家理解是枉然的，必須喚起大家的感情；徒用言說曉喻是無甚效力的，必須用文學的感動力。」「改革的作用是散佈『人的』思想，改革的武器是優越的文學。文學的功效不可思議：動人心速，入人心深，住人心久：一經被他感化了，登時現於行事。用手段高強的文學，包括著『人的』思想，促動大家對於人生的目的，是我們的使命。」〔註 51〕羅家倫也多次堅定地說：「文學革命不過是我們的工具，思想革命乃是我們的目的」〔註 52〕，「思想革命是文學革命的精神，文學革命是思想革命的工具：二者都是去滿足『人的生活』的」〔註 53〕，他在任《新潮》第二卷主編後明確提出：每期務必要有一篇戲劇、一二篇小說和幾首新詩，以標出《新潮》「文藝的色彩」，這得到了汪敬熙、顧頡剛、俞平伯、康白情、徐彥之等人的讚同與支持。〔註 54〕如果說，在傅斯年主編第一卷時，《新潮》一方面刊發新文學作品，另一方面又糾結於自然科學文章，那麼到羅家倫主編第二卷時，《新潮》則明顯偏向了新文學。然而，無論是在第一卷，還是在第二卷以至第三卷，在《新潮》社員看來，新文學都是作爲「思想革命」的工具而存在，這當然也包括新詩。

〔註49〕 《社告》，《新潮》第 1 卷第 1 期，1919 年 1 月 1 日。
〔註50〕 關於應用之文與文學之文，可參加本文第四章第二節。
〔註51〕 傅斯年：《白話文學與心理的改換》，《新潮》第 1 卷第 5 號，1919 年 5 月 1 日。
〔註52〕 羅家倫覆：《施存統君來信》，《新潮》第 2 卷第 2 號，1919 年 12 月。
〔註53〕 羅家倫：《近代中國文學思想的變遷》，《新潮》第 2 卷第 5 號，1920 年 9 月。
〔註54〕 徐彥之覆：《潘介泉君來信》，《新潮》第 2 卷第 2 號，1919 年 12 月。

在「工具論」文學觀的影響下，傅斯年認為文學應描寫社會人生，不應像古人那樣忘情於山水。他在《中國文藝界之病根》中指出：「中國美術與文學，最慣脫離人事，而寄情於自然界……文學更以流連光景，狀況山川為高，與人事切合者尤少也」，在他看來文學應「切合人生，不可徒作曠遠超脫之境」，「人與山遇，不足成文章；佳好文章，終須得自街市中生活中也。」〔註55〕然而，顧頡剛對此提出了異議：「人與山遇的文章容易好。容易好容易不好，是一事；補救現在中國的文學，應否人與山遇，或者人與山離，又是一事」，傅斯年接受了顧頡剛質疑，且作出了調整：「（A）人與山遇的文章容易好，人與人遇的文章不容易好；（B）補救現在中國的文學，須得人與山離，人與人遇。」〔註56〕由此可見，傅斯年認為雖然描寫自然的文學也有可能是好文學，但是當下中國需要的是反應社會現實的文學，而不是描寫自然的文學：這完全是從「思想革命」的角度看待文學，將文學視為「思想革命」的工具，而且「思想革命」決定了文學的意義與價值。這也是他們的老師如胡適等人的觀點，他們繼承了老師的觀點。

為了貫徹上述文學觀點，傅斯年緊接著在《新潮》上轉發了周作人的兩首反應社會人生的新詩《背槍的人》和《京奉車中》，在附語中說：「我們《新潮》登載的白話詩業已好幾期了，其中偏於純粹的模仿者居多。我想這也不是正當趨向。我們應當製造主義與藝術一貫的詩，不宜常常在新體裁裏放進舊的靈魂——偶一為之，未常不可。所以現在把《每週評論》裏的兩首詩選入，作個模樣。」〔註57〕此詩歌觀點也得到了《新潮》第二卷主編羅家倫的認同。例如，羅家倫刊發了傅斯年反應人生的新詩《心不悸了》，且在按語中說：「我們《新潮》上的詩，總覺得寫景太多，像這樣『Humanized』的詩，實在很少，所以我讀了非常歡喜」。〔註58〕《新潮》社員執著於新詩反應社會人生的觀點，以致對魯迅關於新詩的意見的理解也發生了偏差。魯迅指出：「《新潮》裏的詩，寫景敘事的多，抒情的少，所以有點單調。」〔註59〕傅斯年回答說：「我們的詩實在犯單調的毛病。要是別種單調也還罷了，偏偏這單

〔註55〕傅斯年：《中國文藝界之病根》，《新潮》第1卷第2號，1919年2月1日。

〔註56〕誠吾、斯年：《通信》，《新潮》第1卷第4號，1919年4月1日。

〔註57〕傅斯年：《〈京奉車中〉按》，《新潮》第1卷第5號，1919年5月1日。

〔註58〕羅家倫：《〈心不悸了〉按》，《新潮》第2卷第2號，1919年12月。

〔註59〕魯迅：《對於〈新潮〉一部分的意見》，《新潮》第1卷第5號，1919年5月1日。

調是離開人生的純粹描寫。我很後悔我的詩不該發表。」〔註60〕在魯迅看來，《新潮》上的新詩之所以單調是因為寫景詩、敘事詩多了，而抒情詩少了，應該增加抒情詩的比重。然而，從傅斯年的回信中可以看出，傅斯年認為《新潮》單調的原因是描寫社會人生的詩歌少了，偏離了魯迅的意見。

《新潮》一共發表了 67 首新詩，作者有 17 人，康白情 18 首，俞平伯 14 首，傅斯年 8 首，羅家倫、顧頡剛分別 4 首，寒星（劉半農）3 首，胡適、周作人、葉紹鈞、朱自清、汪靜之分別 2 首，汪敬熙、亡是、裴慶彪、駱啓榮、程裕清、施誦華分別 1 首。從內容上看，描寫自然景色的詩歌仍是多數，如寫景詩有葉紹鈞的《春雨》，俞平伯的《冬夜之公園》，《春水船》，康白情的《雪後》，羅家倫的《除夕入香山》，傅斯年《深秋永定門城上晚景》等，而反應現實社會人生以及抒發離別之情、愛情等詩相對較少。從《新潮》上刊發的新詩作品來看，《新潮》社員的詩歌觀點沒有得到貫徹。這種強調新詩反應社會人生的觀點，受到五四時期「思想革命」的影響，但另一方面也是近代以來詩歌本身的「呼聲」：在傳統的山水詩之外，擴大詩歌的表意空間，處理新的社會歷史經驗。然而，對於《新潮》社員來說，他們更多是從前者的角度進行新詩寫作，他們基本上沒有認識到後者。前者要求新的社會歷史經驗進入新詩，然而，他們忽略了後者，也就忽略處理新的社會歷史經驗的方法。這給他們帶來了疑惑與苦惱。

以傅斯年為例。雖然，有「工具論」作為文學觀點的支撐，但他最終還是產生了疑惑：是描寫自然？還是反應人生？是聽從自己的文學趣味？還是恪守知識觀點？

> 究竟我還是愛自然重呢？
>
> 或者愛人生？
>
> 他倆常在我心裏戰爭，
>
> ……
>
> 「趣味！」「趣味！」你果真和我最親切嗎？
>
> 你為什麼不能說明你自己來？
>
> 你果不是和我最親切的嗎？
>
> 你為什麼能有力量，叫我背叛了我的知識，和你要好去，

〔註60〕傅斯年答：《對於〈新潮〉一部分的意見》，《新潮》第 1 卷第 5 號，1919 年 5 月 1 日。

……

人生啊！我的知識教我信你賴你！

自然啊！我的知識教我敬你遠你！

我信我的知識，我不能不聽他的話：

然而我的趣味弄得我和我的知識神離了。

究竟我這知識是假知識呢？

或者我的感情是撒旦？

前面的光明啊！我陷在這裡了！快引個路兒！〔註61〕

在這首《自然》詩前有傅斯年於 1919 年 10 月 25 日寫給俞平伯和顧頡剛的信爲序，他在信中反覆表達他的矛盾心情，以及對他自己的質疑。從《自然》及其序言可見，傅斯年對詩學觀、人生觀都充滿了疑惑。1920 年，傅斯年到英國倫敦大學研究院研究實驗心理學，他「於科學上有些興味，望空而談的文章便很覺得自慚了」，「途中心境思想覺得比以前複雜，研究的態度稍多些，便不大敢說冒失話」，因此，他不僅不想做文章了，也不想做詩歌了，在給胡適的信中說：「詩久不做了，但中國詩與英國詩還常讀。於此也稍有些意思，但不願寫出。」〔註 62〕研究心理學，這看似解決了傅斯年的矛盾，但這也背離了他的「趣味」。綜上所述，傅斯年的新詩寫作歷程：爲「思想革命」而寫作新詩，又覺得新詩寫作終不是自己才情所在，最後因畢業等原因停止新詩寫作——這是五四時期青年學生新詩寫作中一種較爲普遍的情況。

當傅斯年質疑詩歌反應社會人牛的觀點時，俞平伯也在思考總結他的詩歌觀點。在 1920 年初去英國留學的途中，俞平伯思考指出，詩歌不應是純客觀的描寫，而應是詩人的主觀情緒與想像的表達。他由此得出結論：不反對描寫自然的詩，但反對僅僅描寫自然的詩。〔註 63〕俞平伯從情感與想像是詩歌不可或缺的成分出發，解決了困擾傅斯年等人詩歌應否描寫自然的問題，從「思想革命」回到了詩歌本身。在《新潮》第三卷第一號，俞平伯發表了《詩底自由與普遍》一文，立足詩歌本身，強調詩歌文類的獨特性，他說「詩是個性底自我——個人底心靈底總和——一種在語言文字上的表現，並沒有條件限制的表現。……詩人的共相只有在表現和創造，至於所表現的，所創

〔註61〕　傅斯年：《自然》，《新潮》第 2 卷第 3 號，1920 年 2 月。

〔註62〕　傅斯年：《致胡適》，《傅斯年全集》第 7 卷，歐陽哲生編，湖南教育出版社，2003 年版，第 13 頁。

〔註63〕　見俞平伯：《俞平伯來信》，《新潮》第 2 卷第 4 號，1920 年 5 月。

造的是什麼？誰能知道？他自己沒有寫出以前也不知道啊！」〔註 64〕這可以視為對《新潮》上的新詩的一次反撥與總結。與傅斯年面對疑惑與矛盾時選擇研究科學、不再寫作詩歌的方式不同，俞平伯則更向新詩走進了一步。

（三）

據社員李小峰回憶，《新潮》初刊時，僅有北京的一些高等學校、書報攤以及上海的群益書社、亞東圖書館等幾家書店代銷；在五四運動後，《新潮》的代銷處才增至四十多處。然而，李小峰回憶，《新潮》的主要傳播途徑還不是書店等代銷處，而是積極擁護新文化運動的青年學生。「當時《新潮》的主要推銷員倒是青年學生，他們自己看過雜誌之後，借給同學看，寄給朋友看，送給兄弟姊妹看，如此一傳十，十傳百，由近及遠，從北到南，作義務的宣傳員、推銷員，《新潮》的讀者就這樣越來越多，遍及到全國。」〔註 65〕由於學生的支持，《新潮》的發行量才遠遠超出了傅斯年等人的估計：「第一期出來以後，忽然大大的風行，初版只印 1000 份，不到 10天要再版了，再版印了 3000 份，不到一個月又是三版了，三版又印了 3000份。以後亞東書局拿去印成合訂本又是 3000 份。」〔註 66〕多年後，顧頡剛仍對此津津樂道：「《新潮》出版後，銷路很廣，在南方的鄉間都可看到。因為《新潮》中的文章多半都是青年人寫的，文字淺顯易懂，甚為廣大青年讀者所喜愛。」〔註 67〕

隨著《新潮》的廣泛傳播，新文學影響也越來越大。如讀者施存統的來信說：「同學關於新文學新思想也極注意。大概看過《新青年》和《新潮》的人，沒有一個不被感動；對於諸位，極其信仰。學白話的人也有三分之一。」〔註 68〕當然，新詩也隨著《新潮》得到了傳播，促使青年學生新詩寫作，如汪靜之，他將《新潮》視為是五四運動的司令臺之一，認為進步青年應聽司令臺的命令，他說：「司令臺提倡白話詩、白話文，我就把十二歲開始學寫的

〔註 64〕俞平伯：《詩底自由和普遍》，《新潮》第 3 卷第 1 號，1921 年 10 月。

〔註 65〕李小峰：《新潮社的始末》，《五四運動回憶錄（續）》，中國社會科學院近代史研究所編，中國社會科學院近代史研究所編，中國社會科學出版社，1979 年版，第 209 頁。

〔註 66〕羅家倫：《北京大學與五四運動》，《五四運動親歷記》，中國人民政治協商會議全國委員會文史資料委員會編，中國文史出版社，1999 年版，第 60 頁。

〔註 67〕劉俐娜編：《顧頡剛自述》，河南人民出版社，2005 年版，第 65 頁。

〔註 68〕施存統：《施存統君來信》，《新潮》第 2 卷第 2 號，1919 年 12 月。

一些舊體詩、文言文燒掉，馬上學寫白話詩、白話文。」〔註 69〕又如，冰心說：「我們都貪婪地爭著買，爭著借，彼此傳閱，如《新青年》、《新潮》……看了這些書報上大學生們寫的東西，爲寫作的膽子又大了一些，覺得反正大家都是試筆；我又何妨把我自己所見所聞的一些小問題，也寫出來求教呢？」〔註 70〕《新潮》不僅傳播了新詩，還推動了新詩寫作。

　　然而，《新潮》在第三卷第二期出版後，因經濟與社員畢業等問題停刊了。〔註 71〕經濟是所有刊物生存的關鍵，而社員畢業的問題則充分體現了學生刊物所特有的現象。學生畢業導致了校園刊物的作者群體、甚至讀者群體處於不穩定的狀態，這對校園刊物的生存有很大影響。校園刊物既可以因爲某一屆學生而繁榮，也可以因爲某一屆學生畢業而停刊。學生既是校園刊物的主要作者來源，也是其主要讀者來源。校園刊物上的新詩傳播，既可以因爲某一屆學生而廣泛傳播，也可以因爲某一屆學生的畢業而停止傳播。與此類似，新詩的寫作呈現出「學屆」特徵：學生是新詩寫作的主體，新詩寫作既可以因爲某一屆學生而繁榮，也可以因爲某一屆學生畢業而減弱；校園則成爲新詩寫作主要環境，當學生畢業走出校園、進入社會後，新詩寫作就基本停止了。傅斯年、康白情、郭沫若、汪靜之、冰心等人的新詩寫作情況幾乎都是如此。

〔註 69〕　汪靜之：《汪靜之小傳》，《沒有被忘卻的欣慰》，飛白、方素平編，西泠印社出版社，2006 年版，第 5 頁。

〔註 70〕　冰心：《回憶「五四」》，《文藝論叢》1979 年 9 月。

〔註 71〕　顧頡剛說：「到了後來，社中許多成員都出國留學，人越來越少了；加之蔡校長此時已離校，《新潮》經費無著，北新書局又不肯幫新潮社的忙，於是《新潮》就停刊了。」參見劉俐娜編：《顧頡剛自述》，河南人民出版社，2005 年版，第 65 頁。又可參見李小峰：《新潮社的始末》，《五四運動回憶錄（續）》，中國社會科學院近代史研究所編，中國社會科學出版社，1979 年版。

結　論

　　中國新詩的發生受到過西方影響。五四時期，胡適曾指出詩歌革命的觀念與策略的西方來源，他說「文學革命的運動，不論古今中外，大概都是從『文的形式』一方面下手，大概都是先要求語言文字文體等方面的大解放。歐洲三百年前各國國語的文學起來代替拉丁文學時，是語言文字的大解放；十八十九世紀法國囂俄英國華茨活治等人所提倡的文學改革，是詩的語言文字的解放；近幾十年來西洋詩界的革命，是語言文字和文體的解放。」〔註1〕康白情也曾描述了當時青年學生由模仿西方詩歌到自己創作新詩的過程，「日本英格蘭美利加底『自由詩』輸入中國而中國底留洋學生也不免有些受了他們底感化。看慣了滿頭珠翠，忽然遇著一身縞素的衣裳，吃慣了濃甜肥膩，忽然得到幾片清苦的菜根，這是怎麼樣的驚喜！由驚喜而模仿；由模仿而創造。」〔註2〕不僅如此，在五四時期向西方詩歌學習以及翻譯、介紹西方詩歌的呼聲不絕如縷，「新詩之完成所需元素太多，我們當從各方面入手，例如西方詩的介紹——不僅譯述詩家之創作，尚須敘論詩的各種派別，某派主義，某詩家的藝術，都值得我們精微的研究——放大我們對詩的眼光，提高我們對詩的概念，都是其中刻不容緩的工作。」〔註3〕到了三四十年代，在與「五四」拉開距離後，新詩的發生受西方詩歌的影響：逐漸成為一個歷史觀念，如朱自清就認定「按詩的發展的舊路，各體都出於歌謠」，而新詩都是直接「接

〔註1〕　胡適：《談新詩》，《星期評論》紀念號，1919年10月10日。
〔註2〕　康白情：《新詩底我見》，《少年中國》第1卷第9期，1920年3月15日。
〔註3〕　黃仲蘇：《一八二〇年以來法國抒情詩之一斑》，《少年中國》第3卷第3期，1921年10月。

受了西方影響」〔註4〕。可以說，中國現代新詩受到西方影響是一個不爭的事實。其實，除了新詩，中國現代小說、戲劇，乃至整個現代文學都受到了西方影響。而西方影響現代中國文學的一個很重要的方式就是教育。梁啓超曾將「學校」視爲「傳播文明三利器」之一。〔註5〕甲午戰敗後，晚清教育改革的呼聲日益高漲，以致清廷不得不在「新政」中制定新學制在全國實施新式教育。從整體上看，晚清教育改革包括兩大方面：新式教育和留學教育。西方知識觀點、價值體系借助這兩種教育進入中國。所以，本文一方面考察胡適、郭沫若等人的域外留學教育，另一方面考察清末民初的教育改革，包括教育宗旨、課程設計、教材、教法等方面，著重教育制度研究，探討西方知識如何通過教育的方式進入中國及其對新詩發生的影響與作用。

但是，這只是本文研究的一部分。本文在教育制度的研究中，還引入了個體體驗研究。這是因爲作爲個體的人，都是獨特的，不同的人有著不同的人生經歷與感受，即使接受同樣的教育，也會有著不同的反應。這是世界多樣化、豐富化的重要原因之一。當然，這也是新詩發生多樣化、立體化的重要原因之一。所以，本文一方面注重教育制度研究，尤其關注近代教育改革帶來的知識結構與審美趣味的變化，另一方面注重作爲知識接受者的學生的個體感受、體驗、個體選擇及其與詩歌的關係。或者說，一方面注重教育制度研究，另一方面注重青年學生的個體體驗研究，考察青年學生的個體體驗與新詩寫作選擇的關係，並藉此溝通詩歌的外部研究與內部研究。

通過正文的敘述，新詩的發生得到了一個大致的描述與闡釋。我們發現，教育對新詩的發生有著重要的影響。通過引入不同的域外教育資源，留學生們開啓了不同的新詩探索之路。例如，接受美國留學教育的胡適與接受日本留學教育的郭沫若，他們在新詩探索之路上就有著重大的差異。胡適接受的美國教育，是一種正規的文學專業教育，同時也是一種嚴格的學術訓練。也就是說，美國教育是以知識的、或「學習」的方式，在理論層面上啓發了胡適，使胡適走上新詩探索之路，而不是從詩歌情感體驗、審美感受的角度使胡適走上新詩探索之路。與胡適不同，郭沫若沒有接受過正規的文學專業訓

〔註4〕 朱自清：《眞詩》，《朱自清全集》第5卷，朱喬森編，江蘇教育出版社，1990年版，第379頁。

〔註5〕 學校、報紙、演說爲「傳播文明三利器」，參見梁啓超：《自由書·傳播文明三利器》，《飲冰室合集·專集之二》，中華書局，1989年版，第41頁。

練，他主要是在外國語課上通過外國語言學習接觸到外國文學，這激發了他的文學熱情、文學感覺。也就是說，郭沫若是在文學感受、文學體驗的感性層面上開始他的詩歌探索之路的。由此出發，胡適的新詩探索之路呈現出強烈的文化理性特徵，而郭沫若則呈現出強烈的詩美特徵。

除了美日教育資源之外，本國不同歷史時期的教育資源也對新詩產生了不同的影響。從中國傳統教育到近代新式教育，教育宗旨、課程設置、教材教法的變化帶來了知識結構、審美趣味的變化，以致五四一代青年學生與傳統私塾教育、傳統詩歌教育開始疏遠，他們的古典詩歌知識、他們對古典詩歌的情感與體悟遠趕不上上一代人，他們的詩歌審美趣味、審美追求，都有別於過去。可以說，這在某種程度上促進了新詩的發生。當然，審美趣味、審美追求的形成是很複雜的，教育和知識只是其形成的因素之一。對於文學來說，教育可以提供文學知識，也可以激發文學熱情，培養文學趣味等。總之，教育可以提高一個人的文學修養。當然，我們還需要注意，教育對文學創作影響的有限性，所以也不能無限誇大教育對新詩的作用。

另一方面，我們還發現，校園、青春對於青年學生的新詩寫作有著重要的意義。例如《女神》是郭沫若在青春狀態下創作的，強烈的青春情緒、銳敏的身體感受、未經社會磨礪的青年學生狀態影響了《女神》的題材選擇、詩歌的切入與展開，以及主題表達等方方面面。又如，《蕙的風》是汪靜之在校園戀愛中創作的，自由戀愛成為他新詩創作的靈感與源泉，是他新詩盡情歌唱的主題。如果說，青春校園影響了郭沫若新詩的表情策略，那麼，青春校園則是汪靜之新詩創作的主要內容與靈感源泉。然而，無論是郭沫若，還是汪靜之，當他們離開校園，即使再寫新詩也很難超越校園時期的新詩成就，更何況他們到後來都轉向了舊體詩寫作。這說明了郭沫若、汪靜之的新詩創作與校園、青春有著密切關係。事實上，郭沫若、汪靜之的這種現象不是個別現象，新詩發生期的許多青年學生都表現出了類似情況，如傅斯年、康白情、冰心等等，當他們畢業離開校園、進入社會，當他們的青春一去不復返之後，他們就很少再寫新詩，即使再寫新詩也很難超越他們青春期的新詩成就。這種現象，不僅在新詩發生期頻繁出現，還在新詩後來的發展中時常出現。因此，可以說，青春是新詩發生的重要動力。在新詩後來的發展中，也不可小覷它。此外，校園刊物也受到學生畢業離開校園的影響。學生畢業使校園刊物的作者群體、讀者群體處於不穩定的狀態中。校園刊物既可以因為

某一屆學生而繁榮，也可以因爲某一屆學生畢業而停刊。校園刊物上的新詩傳播，既可以因爲某一屆學生而廣泛傳播，也可以因爲某一屆學生的畢業而停止傳播。

詩是「一種心靈狀態，這種心靈狀態就其本質是原始的、童年的，是我們以原始般、童心般純眞心靈感受世界、感受社會、感受生活、感受周圍一切事物的方式。只有在這種感受方式中，我們才再一次返回自身，返回我們的內心，我們才能與我們所處的世界保持活生生的聯繫，周圍的世界才重新以新鮮的活力呈現在我們面前」〔註6〕，詩是「一種恢復有意識的體驗的方法，一種打破遲鈍機械的行爲習慣的方法，使我們得以在這個存在著清新與恐懼的世界中獲得新生」〔註7〕。但是，發展到一定階段的詩歌往往失去了這種能力，例如清代詩歌。恢復詩歌的這種能力，也就是重新擁有能夠感受到鮮活世界的能力。而能夠擁有這種感受能力的人，也許是對世界有著深刻體驗的中年人，也許是未經世事的青春洋溢的青年人。如波特賴爾，他經歷過生活的折磨、精神的壓抑與心靈的痛苦，他感受到的世界——醜陋、陰暗、憂鬱、孤獨、墮落——是全新的世界，由他開啓了現代主義詩歌之路。然而，中國詩歌的現代轉型卻不是由像波特賴爾這樣成熟的詩人來完成，而是由青年人來完成的。可以說，青年人對中國現代新詩乃至整個新文化的發生、發展都有著重要的作用與意義。然而，這也帶來了一定的局限。以郭沫若爲例，郭沫若「長於對情緒的凝聚和把握，但是他弱於對自己的分析，弱於從思想深處把握事物的能力。所以他的詩缺少後勁，當『女神』時期過了，情緒釋放完了，他就進入了他的創作瓶頸時期。」〔註8〕這不僅可以用來評價郭沫若，還可以用來評介整個新詩發生期青年人的新詩寫作情況。雖然，青春賦予了新詩發生的動力，但它「缺少後勁」，使新詩難以達到時代文化的高度。如果說，詩歌在中國傳統文化中佔據著主導位置，詩歌的高度往往是整個時代文化的高度，那麼，中國現代新詩則很難再享受有如此高的地位了。

〔註6〕 王富仁：《中國現代新詩的「芽兒」——冰心詩論》，《現代作家新論》，山西教育出版社，1998年版，第170頁。

〔註7〕 （美）費雷德里克·詹姆遜：《語言的牢籠——馬克思主義與形式》，錢佼汝、李自修譯，百花洲文藝出版社，1995年版，第42頁。

〔註8〕 李怡：《中國新詩研究》，中國人民大學出版社，2014年版，第66頁。

參考文獻

一、報紙期刊類

1. 《留美學生年報》、《留美學生季報》、《新青年》、《新潮》、《創造季刊》等多種。

二、著作類

1. 梁啓超《飲冰室合集》，上海：中華書局，1989 年。
2. 魯迅《魯迅全集》，北京：人民文學出版社，2005 年。
3. 歐陽哲生編《胡適文集》，北京大學出版社，1998 年。
4. 郭沫若《郭沫若全集》文學編，北京：人民文學出版社，1982～1992 年。
5. 任建樹、張統模、吳信忠編《陳獨秀著作選》，上海：人民出版社，1993 年。
6. 錢玄同《錢玄同文集》，北京：中國人民大學出版社，2000 年。
7. 鍾叔河編訂《周作人散文全集》，桂林：廣西師範大學出版，2009 年。
8. 李保初、李嘉言選編《冰心選集》，石家莊：河北教育出版社，1992 年。
9. 朱喬森編《朱自清全集》，南京：江蘇教育出版社，1990 年。
10. 俞平伯《俞平伯全集》，石家莊：花山文藝出版社，1997 年。
11. 歐陽哲生編《傅斯年全集》，長沙：湖南教育出版社，2003 年。
12. 羅家倫《羅家倫先生文存》，臺北：中國國民黨中央委員會黨史委員會，1989 年。
13. 羅崗、陳春豔編《梅光迪文錄》，瀋陽：遼寧教育出版社，2001 年。
14. 林同華編《宗白華全集》，合肥：安徽教育出版社，1994 年。

15. 吳秀明主編《郁達夫全集》，杭州：浙江大學出版社，2007年。

16. 成仿吾《成仿吾文集》，濟南：山東大學出版社1985年。

17. 飛白、方素平編《汪靜之文集》，杭州：西泠印社出版社，2006年。

18. 樓適夷編《修人集》，杭州：浙江人民出版社，1982年。

19. 應人編《漠華集》，杭州：浙江文藝出版社，1984年。

20. 馮雪峰《雪峰文集》，北京：人民出版社，1981年。

21. 夏丏尊《夏丏尊文集》，北京：線裝書局，2009年。

22. 李叔同《李叔同文集》，北京：線裝書局，2009年。

23. 韓耀成編《馮至全集》，石家莊：河北教育出版社，1999年。

24. 巴金《巴金選集》，成都：四川人民出版社，1982年。

25. 丁玲《丁玲文集》，長沙：人民出版社，1984年。

26. 孫玉蓉著《俞平伯年譜》，天津人民出版社，2001年。

27. 賈植芳、俞元桂主編《中國現代文學總書目》，福州：福建教育出版社，1993年。

28. 張靜盧輯注《中國近代出版史料》，上海：中華書局，1957年。

29. 上海圖書館編《中國近代期刊篇目匯錄》，上海：人民出版社，1965～1985年。

30. 丁守和主編《辛亥革命時期期刊介紹》，北京：人民出版社，1986年。

31. 中共中央馬克思、恩格斯、列寧、斯大林著作編譯局研究室編《五四時期期刊介紹》，北京：三聯書店，1978年。

32. 張允侯、殷敘彝、洪清祥、王雲開編《五四時期的社團》，北京：三聯書店，1979年。

33. 中國人民政治協商會議全國委員會文史資料委員會編《五四運動親歷記》，北京：中國文史出版社，1999年。

34. 中國社會科學院近代史研究所編《五四運動回憶錄》，北京：中國社會科學出版社，1979年。

35. 舒新城編《中國近代教育史資料》，北京：人民教育出版社，1981年。

36. 璩鑫圭、唐良炎編《中國近代教育史資料彙編學制演變》，上海教育出版社，1991年。

37. 王雪珍、郭建榮主編《北京大學史料》，北京大學出版社，2000年。

38. 清華大學校史研究室《清華大學史料選編》，北京：清華大學出版社，1991年。

39. 沈自強主編《浙江一師風潮》，杭州：浙江大學出版社，1990年。

40. 俞玉姿主編《中國近現代學校音樂教育文選：1840～1949》，上海教育出版社，2010 年。

41. 張靜蔚編《中國近代音樂史料彙編：1840～1919》，北京：人民音樂出版社，1998 年。

42. 陳金淦《胡適研究資料》，北京十月文藝出版社，1989 年。

43. 王訓昭編《郭沫若研究資料》，北京：中國社會科學出版社，1986 年。

44. 朱金順編《朱自清研究資料》，北京師範大學出版社，1981 年。

45. 孫玉蓉編《俞平伯研究資料》，天津人民出版社，1986 年。

46. 蕭斌如編《劉大白研究資料》，天津人民出版社，1986 年。

47. 鮑晶編《劉半農研究資料》，天津人民出版社，1985 年。

48. 王訓昭選編《湖畔詩社評論資料選》，上海：華東師範大學出版社，1986 年。

49. 饒鴻兢等編《創造社資料》，北京：智慧財產權出版社，2010 年。

50. 姜義華主編《胡適學術文集‧新文學運動》，上海：中華書局，1993 年。

51. 杜春和、韓榮芳、耿來金編《胡適論學往來書信選》，石家莊：河北人民出版社，1998 年。

52. 周質平編譯《不思量自難忘：胡適給韋蓮司的信》，合肥：安徽教育出版社，2001 年。

53. 胡適《胡適留學日記》，合肥：安徽教育出版社，2006 年。

54. 胡適《胡適四十自述》，北京：中國文史出版社，2013 年。

55. 胡適口述，唐德剛譯注《胡適口述自傳》，桂林：廣西師範大學出版社，2005 年。

56. 羅志田《再造文明之夢——胡適傳》，成都：四川人民出版社，1995 年。

57. 江勇振《捨我其誰：胡適（第一部：璞玉成璧，1891～1917)》，北京：新星出版社，2011 年。

58. 江勇振《捨我其誰：胡適（第二部：日正當中，1917～1927)》，杭州：浙江人民出版社，2013 年。

59. 江勇振《星星、月亮、太陽：胡適的情感世界》，北京：新星出版社，2006 年。

60. 周質平《胡適與中國現代思潮》，南京大學出版社，2002 年。

61. 周昌龍《超越西潮：胡適與中國傳統》，臺北：臺灣學生書局，2001 年。

62. 宗白華、田漢、郭沫若《三葉集》，合肥：安徽教育出版社，2006 年。

63. 郭沫若《女神》，上海：泰東圖書局，1927 年。

64. 郭沫若《〈女神〉及佚詩》，北京：人民文學出版社，2008 年。

65. 陳永志校釋《〈女神〉校釋》，上海：華東師範大學出版社，2008 年。

66. 曾健戎編《郭沫若書信集》，西寧：青海人民出版社，1982 年。

67. 唐明中、黃高斌編注《櫻花書簡》，成都：四川人民出版社，1987 年。

68. 陳漱渝編《郭沫若日記》，太原：山西教育出版社，1997 年。

69. 武繼平《郭沫若留日十年（1914～1924)》，重慶出版社，2001 年。

70. 黃侯興《郭沫若——「青春型」的詩人》，濟南：山東人民出版社，1996 年。

71. 搶救民間家書項目組委會編《任鴻雋陳衡哲家書》，上海：商務印書館，2007 年。

72. 張朋園、楊翠華、沈松僑訪問《任以都先生訪問記錄》，臺北：中央研究院近代史研究所出版，1993 年。

73. 趙元任《從家鄉到美國——趙元任早年回憶》，上海：學林出版社，1997 年。

74. 蔣夢麟《西潮・新潮》，長沙：嶽麓書社，2000 年。

75. 蔣廷黻《蔣廷黻回憶錄》，臺北：臺灣傳記文學出版社，1979 年。

76. 中國社會科學院近代史研究所譯《顧維鈞回憶錄》，上海：中華書局出版，1983 年。

77. 郁達夫《風雨茅廬：郁達夫回憶錄》，北京：華夏出版社，2008 年。

78. 陳平原、鄭勇編《追憶蔡元培》，北京：三聯書店，2009 年。

79. 周作人《知堂回想錄》，蘭州：敦煌文藝出版社，1998 年。

80. 張國燾《我的回憶》，上海：東方出版社，1991 年。

81. 曹聚仁《我與我的世界》，太原：北嶽文藝出版社，2000 年。

82. 經亨頤《經亨頤日記》，杭州：浙江古籍出版社，1984 年。

83. 顧頡剛《顧頡剛日記》，臺北：臺灣聯經出版公司，2007 年。

84. 劉俐娜編《顧頡剛自述》，鄭州：河南人民出版社，2005 年。

85. 趙景深原評，楊揚輯補《半農詩歌集評》，北京：書目文獻出版社，1984 年。

86. 簫悄《古槐樹下的學者——俞平伯傳》，杭州出版社，2005 年。

87. 陳孝全《朱自清傳》，北京十月文藝出版社，1991 年。

88. 王爲松編《傅斯年印象》，上海：學林出版社，1997 年。

89. 品達主編《陸費逵教育論著選》，北京：人民教育出版社，2000 年。

90. 汪原放《亞東圖書館與陳獨秀》，上海：學林出版社，2006 年。

91. 蘇雪林《文壇舊話》，臺北：文星書店，1967 年。

92. 廢名《論新詩及其他》，瀋陽：遼寧教育出版社，1998 年。

93. 王炳照、閻國華主編《中國教育思想通史》，長沙：湖南教育出版社，1996 年。

94. 馬鏞《中國教育制度通史》，濟南：山東教育出版社，2000 年。

95. 陳青之《陳青之中國教育史》，吉林：人民出版社，2012 年。

96. 陳景磐《中國近代教育史》，北京：人民教育出版社，1979 年。

97. 舒新城《近代中國留學史》，上海：中華書局，1928 年。

98. 實藤惠秀《中國留學日本史》，北京：三聯書店，1983 年。

99. 于景祥《金榜題名：清代科舉述要》，瀋陽：遼海出版社，1997 年。

100. 桑兵《晚清學堂學生與社會變遷》，上海：學林出版社，1995 年。

101. 王天駿《文明夢：記第一批庚款留美生》，北京：清華大學出版社，2012 年。

102. 葉維麗著，周子平譯《為中國尋找現代之路：中國留學生在美國（1900～1927）》，北京大學出版社，2012 年。

103. 蘇雲峰《從清華學堂到清華大學 1911～1929：近代中國高等教育研究》，北京：三聯書店，2001 年。

104. 黃延復《二三十年代清華校園文化》，桂林：廣西師範大學出版社，2000 年。

105. 王世儒、聞笛編《我與北大》，北京大學出版社，1998 年。

106. 王培元《抗戰時期的延安魯藝》，桂林：廣西師範大學出版社，1999 年。

107. 姚丹《西南聯大歷史情境中的文學活動》，桂林：廣西師範大學出版社，2000 年。

108. 高恒文《東南大學與學衡派》，桂林：廣西師範大學出版社，2002 年。

109. 張玲霞《清華校園文學論稿（1911～1949）》，北京：清華大學出版社，2002 年。

110. 羅崗《危機時刻的文化想像：文學·文學史·文學教育》，南京：江西教育出版社，2005 年。

111. 陳平原《中國大學十講》，上海：復旦大學出版社，2002 年。

112. 陳平原《作為學科的文學史》，北京大學出版社，2011 年。

113. 李宗剛《新式教育與五四文學的發生》，濟南：齊魯書社，2006 年。

114. 張傳敏《民國時期的大學新文學課程研究》，北京：人民出版社，2010 年。

115. 楊蓉蓉《學府內外──20 世紀二三十年代上海現代大學與中國新文學關係研究》，北京：光明日報出版社，2007 年。

116. 季劍青《北平的大學教育與文學生產 1928～1937》，北京大學出版社，2011年。

117. 王彬彬主編《中國現代大學與中國現代文學》，上海人民出版，2011年。

118. 杭州市教育委員會編纂《杭州教育志》，杭州：浙江教育出版社，1994年。

119. 史華楠、周文建、張成銘主編《校園文化學》，北京：北京醫科大學、中國協和醫科大學聯合出版社，1993年。

120. 陳映芳《「青年」與中國的社會變遷》，北京：社會科學文獻出版社，2007年。

121. （日）星旭著，李星光譯《日本音樂簡史》，北京：人民音樂出版社，1986年。

122. 繆裴言、繆力、林熊傑編著《日本音樂教育概況》，上海教育出版社，1999年。

123. 高婷《留日知識分子對日本音樂理念的攝取：明治末期中日文化交流的一個側面》，北京：文化藝術出版社，2009年。

124. 張靜蔚編《觸摸歷史——中國近代音樂史文集》，上海音樂出版社，2013年。

125. 明言編著《20世紀中國音樂批評文獻導讀》，上海音樂學院出版社，2010年。

126. 張前《中日音樂交流史》，北京：人民音樂出版社，1999年。

127. 錢仁康《學堂樂歌考源》，上海音樂出版社，2001年。

128. 陸正蘭《歌詞學》，北京：中國社會科學出版社，2007年。

129. 張頤武主編《新中國60年·學界回眸·文學發展卷》，北京出版社，2009年。

130. 陳平原《中國小說敘事模式的轉變》，上海人民出版社，1988年。

131. 袁進《中國文學觀念的近代變革》，上海社會科學院出版社，1996年。

132. 劉納《嬗變：辛亥革命時期至五四時期的中國文學》，北京：中國社會科學出版社，2009年。

133. 李歐梵《中國現代文學與現代性十講》，上海：復旦大學出版社，2002年。

134. 王德威《被壓抑的現代性：晚清小說新論》，北京大學出版社，2005年。

135. 王一川《中國現代性體驗的發生：清末民初文化轉型與文學》，北京師範大學出版社，2001年。

136. 欒梅健《二十世紀中國文學發生論》，臺北：業強出版社，1992年。

137. 鄭家建《中國文學現代性的起源》，北京：三聯書店，2002年。

138. 楊聯芬《晚清至五四：中國文學現代性的發生》，北京大學出版社，2003年。

139. 陳方競《多重對話：中國新文學的發生》，北京：人民出版社，2003年。

140. 李怡《日本體驗與中國現代文學的發生》，北京大學出版社，2009年。

141. 張莉《浮出歷史地表之前──中國現代女性寫作的發生》，天津：南開大學出版社，2010年。

142. 伊藤虎丸著，孫猛、徐江、李冬木譯《魯迅、創造社與日本文學──中日近現代比較文學初探》，北京大學出版社，2005年。

143. 李自強《現代中國科學主義思潮》，鄭州大學出版社，2001年。

144. 錢穆《中國文學論叢》，北京：三聯書店，2002年。

145. 皮錫瑞《經學通論》，上海：中華書局，1954年。

146. 王本朝《中國現代文學制度研究》，重慶：西南師範大學出版社，2002年。

147. 王瑤《中國新文學史稿》，上海文藝出版社，1982年。

148. 錢理群等著《中國現代文學三十年》，北京大學出版社，1998年。

149. 曹聚仁《文壇五十年》，上海：東方出版中心，1997年。

150. 鄧偉《分裂與建構：清末民初文學語言新變研究（1898～1917）》，北京：中國社會科學出版社，2009年。

151. 周策縱著，周子平等譯《五四運動：現代中國的思想革命》，南京：江蘇人民出版社，1996年。

152. 高力克《五四的思想世界》，上海：學林出版社，2003年。

153. 高旭東《五四文學與中國文學傳統》，濟南：山東大學出版社，2000年。

154. 張耀傑《歷史背後：政學兩界的人和事》，桂林：廣西師範大學出版社，2006年。

155. 張耀傑《北大教授與〈新青年〉》，新星出版社，2014年版。

156. 陳平原《觸摸歷史與進入五四》，北京大學出版社，2005年。

157. 周海波《青春文化與「五四」文學》，天津：百花文藝出版社，1996年。

158. 王富仁《王富仁自選集》，桂林：廣西師範大學出版社，1999年。

159. 王富仁《靈魂的掙扎──文化的變遷與文學的變遷》，長春：時代文藝出版社，1993年。

160. 王富仁《現代作家新論》，太原：山西教育出版社，1998年。

161. 呂進《中國現代詩學》，重慶出版社，1991年。

162. 李怡《中國新詩講稿》，北京：中國人民大學出版社，2014年。

163. 李怡《中國現代新詩與古典詩歌傳統》，北京大學出版社，2008年。

164. 姜濤《「新詩集」與中國新詩的發生》，北京大學出版社，2005 年。

165. 許霆《中國新詩發生論稿》，北京：人民出版社，2012 年。

166. 湯富華《翻譯詩學的語言向度——論中國新詩的發生》，南京大學出版社，2013 年。

167. 王光明《現代漢詩的百年演變》，石家莊：河北人民出版社，2003 年。

168. 張桃洲《現代漢語的詩性空間——新詩話語研究》，北京大學出版社，2005 年。

169. 張桃洲，孫曉婭主編《內外之間：新詩研究的問題與方法》，北京：社會科學文獻出版社，2012 年。

170. 蔣登科主編《中國新詩的精神歷程》，成都：巴蜀書社，2010 年。

171. 趙敏俐等著《中國古代歌詩研究：從〈詩經〉到元曲的藝術生產史》，北京大學出版社，2005 年。

172. 常立《浙江新詩史》，北京：中國社會科學出版社，2011 年。

173. （美）韋勒克、沃倫，劉象愚等譯《文學理論》，南京：江蘇教育出版社，2005 年。

174. （美）路易斯·科塞著，郭芳等譯《理念人——一項社會學的考察》，北京：中央編譯出版社，2001 年。

175. （美）費雷德里克·詹姆遜，錢佼汝、李自修譯《語言的牢籠——馬克思主義與形式》，南昌：百花洲文藝出版社，1995 年。

176. （美）克拉克·科爾著，陳學飛等譯《大學的功用》，南昌：江西教育出版社，1993 年。

177. （西）奧爾托加·加塞特著，徐小洲，陳軍譯《大學的使命》，杭州：浙江教育出版社，2001 年。

178. （美）查理斯·霍默·哈斯金斯著，王建妮譯《大學的興起》，上海：上海人民出版社，2007 年。

三、論文類（建國後）

1. 段從學《回到起點的意義——評姜濤〈「新詩集」與中國新詩的發生〉》，《中國現代文學研究叢刊》2007 年第 1 期。

2. 榮光啓《現代漢詩的發生：晚清到「五四」》首都師範大學，博士學位論文，2005 年。

3. 胡峰《詩界革命：中國現代新詩的發生——詩歌本體的現代轉型研究》，山東師範大學，博士學位論文，2010 年。

4. 羅崗《現代「文學」在中國的確立——以文學教育爲線索的考察》，華東師範大學，博士學位論文，2000 年。

5. 鄭敏《世紀末的回顧：漢詩語言變革與中國新詩創作》，《文學評論》1993 年 3 期。

6. 龔喜平《新學詩・新派詩・歌體詩・白話詩——論中國新詩的發生與發展》，《西北師範大學學報（社會科學版）》，1988 年第 3 期。

7. 李怡《興與中國現代新詩的發生學闡釋》，《西南師範大學學報（哲學社會科學版）》，1993 年第 1 期。

8. 方長安《傳播與新詩現代性的發生》，《學術月刊》，2006 年 4 月。

9. 梁笑梅《中國新詩發生期新詩集序的媒介價值》，《文學評論》，2009 年第 5 期。

10. 顏同林《方言入詩與中國新詩的發生》，《文學評論》，2009 年第 1 期。

11. 熊輝《翻譯詩歌與中國新詩現代性的發生》，《中南大學學報（社會科學版）》，2013 年 4 月。

12. 姚丹《西南聯大中文系、外文系和校園裏的新文學創造》，《中國現代文學研究叢刊》，1999 年第 1 期。

13. 錢理群《我的中國現代文學研究大綱》，《中國現代文學研究叢刊》，1997 年第 1 期。

14. 羅崗《文學教育與文學史》，《今天》，1995 年 4 期。

15. 李光榮《西南聯大文學教育與新文學傳統》，《中國現代文學研究叢刊》，2005 年第 4 期。

16. 胡楠《文學教育與知識生產：周作人在燕京大學（1922～1931）》，《現代中文學刊》，2014 年第 1 期。

17. 汪成法《中國現代大學校園文學與新文學傳統》，《江蘇社會科學》，2009 年第 3 期。

18. 伍明春《論早期新詩在中學的傳播》，《山西師大學報（社會科學版）》，2009 年 5 月。

19. 姜濤《20 世紀 30 年代的大學課堂與新詩的歷史講述》，《學術月刊》，2007 年 1 月。

20. 錢文亮《「學院派詩歌」：概念與現實——兼論中國當代詩歌的處境》，《江漢大學學報（人文科學版）》，2010 年 12 月。

21. （澳）莊偉傑《重返 80 年代：校園詩歌的寫作熱潮與文化影響》，《海南師範大學學報（社會科學版）》，2011 年第 4 期。

22. 李慧明《從「校園」到「學院」——對 1980 至 1990 年代中國詩歌的一種觀察》，《江漢大學學報（人文科學版）》，2011 年 4 月。

23. 宋明煒《現代中國的青春想像》，《現代中國》第 8 輯，陳平原主編，北京大學出版社，2007 年。

24. 李怡、周維東《文學的「民國機制」問答》,《文藝爭鳴》,2012 年第 3 期。

25. 曠新年《胡適與意象派》,《中國文化研究》,1999 年秋之卷。

26. 孫之梅《明代歌詩考——兼論明代詩學的歌詩品質》,《文學評論》,2012 年第 1 期。

27. 傅宗洪《學堂樂歌與中國詩歌的現代轉型》,《中國現代文學研究叢刊》,2006 年第 6 期。

28. 禹權恒、陳國恩《學堂樂歌與中國新詩的發生》,《海南師範大學學報(社會科學版)》,2012 年第 9 期。

29. 陳曉明《新世紀漢語文學的「晚鬱時期」》,《文藝爭鳴》,2012 年第 2 期。

30. 陳思和的《從「少年。情懷」到「中年危機」——20 世紀中國文學研究的一個視角》,《探索與爭鳴》,2009 年第 5 期。

31. 陳學祖《中國現代新詩詩人大學時期之唐宋詩詞教育及其功能——以北京大學、清華大學爲例》,《美育學刊》,2011 年第 3 期。

32. 陳平原《知識、技能與情懷——新文化運動時期北大國文系的文學教育》,《北京大學學報》,2009 年 6 期。

33. 羅志田《課業與救國:從老師輩的即時觀察認識「五四」的豐富性》,《近代史研究》,2010 年第 3 期。

34. 李春《文學翻譯如何進入文學革命——「Literature」概念的譯介與文學革命的發生》,《中國現代文學研究叢刊》,2011 年第 1 期。

35. 王奇生《新文化是如何「運動」起來的——以〈新青年〉爲視點》,《近代史研究》,2007 年第 1 期。

36. 王曉明《一份雜誌和一個「社團」——重評五四文學傳統》,《上海文學》,1993 年第 4 期。

37. Daniel Fried, *Beijing's Crypto-Victorian: Traditionalist Influences on Hu Shi's Poetic Practice*, Comparative Critical Studies 3.3(2006).

致　謝

　　選擇校園文化與中國新詩的發生作為我的博士論文研究題目，對我來說是一個較大的挑戰，因為論文涉及胡適、郭沫若等人的留學教育，於是美國、日本的校園文化則成為論文的重要內容之一。20 世紀初期美、日校園文化多樣而複雜，我努力搜集、整理相關材料，但仍有很多缺憾之處，只待日後繼續努力，不斷完善。

　　感謝我的大學老師趙心憲先生、碩士生導師呂進先生把我引上學術道路，沒有他們多年來對我的鼓勵與支持，我很難有今天的收穫。感謝我的博士生導師王富仁先生、李怡先生三年來對我的耐心教導，從論文的選題到具體的寫作，他們給我無數的幫助與指導。感謝馬睿老師、陳思廣老師、周維東老師，他們在博士論文開題、預答辯上對我的論文提出了誠懇的批評。感謝我的同門學友譚梅、王永祥、李哲、李金鳳、高博涵、張玫，給我學業上的幫助。感謝東八舍的同學吳世豔、鍾敏，給我生活上的關心。尤其要感謝我的父母弟弟，在我的求學途中，他們給我提供了物質和精神上的重大支持。

陶永莉

2015 年 5 月 6 日於四川大學東區八舍 541